人工智能

伏羲觉醒

Artificial intelligence

钟云 著

辽宁人民出版社

图书在版编目（CIP）数据

人工智能：伏羲觉醒 / 钟云著 . —沈阳：辽宁人民出版社，
2017.1

ISBN 978-7-205-08820-0

Ⅰ.①人… Ⅱ.①钟… Ⅲ.①科学幻想小说—中国—当代
Ⅳ.①I247.5

中国版本图书馆CIP数据核字（2016）第291320号

出版发行：辽宁人民出版社
　　　　　地址：沈阳市和平区十一纬路25号　　邮编：110003
　　　　　电话：024-23284321（邮　购）　　024-23284324（发行部）
　　　　　传真：024-23284191（发行部）　　024-23284304（办公室）
　　　　　http://www.lnpph.com.cn
印　　刷：北京市通州运河印刷厂
幅面尺寸：158mm×230mm
印　　张：18
字　　数：295千字
出版时间：2017年1月第1版
印刷时间：2017年1月第1次印刷
责任编辑：刘铁丹
装帧设计：荆棘设计
责任校对：赵卫红
书　　号：ISBN 978-7-205-08820-0

定　　价：36.80元

从把事情做好开始

李兆欣

写科幻，是一个充满诱惑的陷阱。

托当今科学昌明、教育普及的福，几乎所有理工科学生都想动手写点科幻。原因或为其中的疯狂想象所激动，或有感于所展现的理性光芒，或想到某种可能，如鲠在喉，不吐不快。拿起笔，敲打键盘，口沫横飞，一个又一个"了不起"的点子，和足以超越大刘《三体》的鸿篇巨制初见端倪。虽然我们都知道，这些故事绝大部分，或许是所有，都只会停留在想法和设定的阶段，但这些念头和想法本身无可厚非。因为，如果不是对科幻如此欣赏，谁又会将自己的时间精力花在这上面呢？

科幻作品的价值毋庸置疑：启发、警示、开拓、超越，是人类认识历史和未来的有力艺术形式。但正因为这种独特而丰富的特性，科幻的创作不但艰难，更要求创作者具有综合的知识构成和世界认知，其创作手法更有其特殊的复杂性。这正是大量文本似乎有点科幻味道，却又味道不对的原因所在。

爱好文学的尝试者，总会将科幻改变、重绘现实世界的功能放大到极致，却忽视了它强调认知和叙事结合的本质。他们无视书中世界的运作背景，为了先行的理念，找出将其视觉化、"科学化"的表达方式，挥舞起比喻和象征的"倚天剑"，切断了科幻文学视为根基的认知可能性这个基础，最终难免走回文学隐喻的老路。

辛苦码字的网文写手们，则惊喜地发现科幻历史中丰富的元素积累可以成为支撑他们作品的建筑材料。这无疑是对科幻历史的创新使用，甚至客观上起到了翻新历史元素的作用。但网络文学作为强调章节化、连载模式的新类型，还无法和科幻创作的基本理念有效融合，尤其是科幻追求概念突破和超越的审美特征，如果运用到网络文学中将会带来巨大的创作障碍，这也就是网文大多模式简单，强调动作而不是强调概念的根本原因。并不是作者不能做到，而是这么做几乎无法在动辄几百万字的网文行业要求下生存下来。

至于强调自己是正统科幻创作的作者们，则受因于作品形态简单、非商业化的特点，既无法满足当前网络小说阅读的期待，也很难将科幻文本转变为碎片化、标语化、视觉化的社交网络传播内容，例如《三体》被浓缩为"黑暗森林""降维打击"这些概念后，才能够进入限定在140字的社会话题行列。

这个困境，并不是每个对科幻感兴趣的创作者都要去面对的，毕竟每个人都有自己的创作追求，尤其是投身科幻创作的作者们，绝大多数是从狂热爱好者转变而来，"写出最好的经典科幻"几乎是大多数作者希望达到的目标。他们并不在意作品能否成为畅销书，也可以不考虑版权出售，创作水平能够接近心目中那些神一般的作者和经典，就是他们最大的目标。无疑，每个行业都需要这种追求最好的从业者，而且他们也一样有成功的可能。比如大刘就是从膜拜、模仿英国科幻大师克拉克开始，一路寻找、尝试、总结自己的风格，最终走上了行业的巅峰。

但除了追求行业巅峰之外，我们永远需要大量适合各种受众、满足不同类型期待的作品。而且客观上必须承认，科幻的核心读者是非常精英的少部分人，也许不到全社会的千分之一。但可能有十倍甚至百倍的读者，希望了解科幻，通过更轻松、更愉快的方式领略科幻的魅力。好莱坞二十年来科幻大片模式的成功，不但证明了这一点，还清晰识别出了这些读者的面貌：期待戏剧化的表现方式，认同偶像的力量，极具好奇心，类型化，拒绝挑战自我观念。

这就是给整个行业提出的问题，或者说是目前商业化、影视化的根本障碍：如何降低科幻的门槛儿，通过不失去核心味道的方式吸引更多的受众。

这是一个答案简单但注定解决过程缓慢的问题。正因为太简单，会让人觉得似乎有什么捷径，可以不去遵循规律。直到大家一次又一次碰壁，才会重新回到正确的道路上来。而要做的，也只有三点而已：

> 理解科幻的创作规律；
> 理解自己选择的文学类型；
> 理解如何在所选的类型里应用这个规律。

这三点看似简单的基本规律，是考验一个作者是否真诚创作科幻的试金石。这无关作者得出怎样的结论，也无关作品的风格和题材，而是在创作中是否思考、贯彻其结果。在云南作家钟云的《人工智能：伏羲觉醒》中，以及正在创作的《灵海》三部曲的第二部中，我隐约看到了想把事情按照对的方式做好的身影。

乍看起来，这个有关人工智能的故事不怎么起眼，开头甚至显得过于娱乐化——一个搞人工智能的小破公司濒临破产，员工却身怀绝技。最后的希望落空后，似乎紧跟着就是主人公逆天崛起、靠超级AI大杀四方的情节，分明只是一部题材烂俗、故事老套的网络小说而已。

但钟云的决心远不止于此。作为一个半路杀出来的科幻作者，他清醒地了解自己的优势和劣势。AI是现在的热门题材，不只是小说，十几年来的科幻影视作品都已经反复使用过。试图在世界观和技术想象上再次出奇，这并不是他的长项。但如果能在这些题材中找到一个不起眼却可能撬动整个故事的环节，再围绕这种变化来重新构建类型化的故事，却是他作为一个职业编剧所擅长的。

只要尊重规律，成功总是可以期待的。终于在这些追求高拟真、伦理化的AI故事中，他发现了图灵测试的另一个变体，如果我们以为对面的是AI，而其实对面的是真人呢？

当然，这并不是什么全新的技术假设，世界各国多次举办各种图灵测试大赛，出现过很多次这种案例——测试人员面对的是台"电脑"，其实只是一个和测试人员沟通有点障碍的真人。但能够从类型故事中发现这个点，并依次改变整个类型套路的主题，就是一项需要专业写作技术的工作了。为了不做剧透的恶事，我只能告诉你们，这个改变让我在读到相关段落的时候，有种久违的新鲜感。要知道，科幻作品在题材和想法上重复的可能性非常大，能看到一个给人新可能、新感悟的创意，还是在一个泯然众人的开头埋伏下，着实是非常独特的体验。

这种转化并不是简单的换个名词或者强行扭转什么真相，而是在剧中人的基础上，构建出了一个思考"人与人"之间关系和"人与非人智慧"之间关系的新角度。这就是难能可贵的价值。对于专业的科幻创作来说，点子的价值很有限，能够充分展开一个点的发展和不同层次，才是最重要的能力。因为这个能力的训练，可以让作者在不同的题材和风格里愈发游刃有余。

从这一点可以看出，作者相当了解自己创作的文体，并努力将其和科幻概念结合的尝试。虽然对于核心科幻读者来说，这种偏网络文学的人物和语言风格也许有些难以适应，但作者努力将其言行控制在围绕主题和现实性的层面，而没有提供过于追求悬念或者满足读者快感的服务。在进入故事之后，我们会感受到虽然人物情节有些夸张的戏剧性，但却个性鲜明，行为前后一致，反而有了某种含泪微笑的冲动。作者也并没有完全被切图点的独特性所吸引，走上纯概念的叙述方向，而是吸收了网络文学大量出现素材的风格特点。看完本书，读者不但理解了故事成立的基础，也会对AI领域的基本名词有了一点印象，这无疑是起到了很好的科普效果。

虽然总有遗憾之处，例如开头味道不足、几处关键互动稍显平淡、结尾有些轻易。但放在行业的背景下，在如今急功近利的风气中，看到这样一次融合的尝试，尤其是作者仍处于学习和实验的阶段，这一成果显得弥足珍贵。

　　给自己一个小目标，从把事情做好开始。即使在科幻创作领域，这仍然是非常了不起的态度。态度虽然不是一切，但会决定很多事情，有了这个美好的开端，相信后面会有更多的期待。

目录
CONTENTS

从把事情做好开始（代序） ————————○ I

1. 超级人工智能 ————————————○ 001

2. 中国未来的乔布斯 ————————○ 005

3. 龙困浅滩遭虾戏 ————————————○ 010

4. 山穷水尽 ————————————————○ 014

5. 穿过幽暗的岁月 ————————————○ 018

6. BAT 公司的灵魂人物 ————————○ 023

7. 柳暗花明 ————————————————○ 028

8. 似曾相识 ————————————————○ 034

9. 同出一脉 ————————————————○ 039

10. 狭路相逢见情敌 ————————————○ 044

11. 一台最贵的冰箱 ————————————○ 049

12. 江上之月 ————————————————○ 053

13. 酒中血钻 ————————————————○ 058

14. 幸运女神的眷顾 ————————————○ 064

15. 世界著名学者 ————————————○ 069

16. 智能兔 ————————————————○ 074

17. 日思夜想的人 ┄┄┄┄┄┄ ○ 079

18. 用心良苦 ┄┄┄┄┄┄ ○ 083

19. 刻骨铭心地爱过 ┄┄┄┄┄ ○ 089

20. 咫尺天涯 ┄┄┄┄┄┄ ○ 093

21. 灯火阑珊处 ┄┄┄┄┄┄ ○ 098

22. AI 进化 ┄┄┄┄┄┄ ○ 102

23. 夜半谈心 ┄┄┄┄┄┄ ○ 106

24. 熟悉的陌生人 ┄┄┄┄┄ ○ 111

25. 山雨欲来风满楼 ┄┄┄┄┄ ○ 116

26. 步步惊心 ┄┄┄┄┄┄ ○ 121

27. 高级图灵测试 ┄┄┄┄┄ ○ 127

28. 亦幻亦真 ┄┄┄┄┄┄ ○ 131

29. 系统控制 ┄┄┄┄┄┄ ○ 136

30. 不分彼此 ┄┄┄┄┄┄ ○ 141

31. 黄昏降临 ┄┄┄┄┄┄ ○ 146

32. 螳螂捕蝉，黄雀在后 ┄┄┄ ○ 151

33. 改弦易辙 ┄┄┄┄┄┄ ○ 156

34. 爱恨纠缠于心成死结 ┄┄┄ ○ 161

35. 三生有幸遇见你 ┄┄┄┄┄ ○ 166

36. 错过的不会再来 ┄┄┄┄┄ ○ 171

37. 智能机器人大赛 ┄┄┄┄┄ ○ 176

38. 爱恨就在一瞬间 ┄┄┄┄┄ ○ 180

39. 一份赌约 ┄┄┄┄┄┄ ○ 184

40. 夜半惊魂 ——————————○ 189

41. 伟大时刻 ——————————○ 194

42. 喜气洋洋 ——————————○ 199

43. 柳暗花明又一村 ——————○ 204

44. 人机交互 ——————————○ 209

45. 但愿人长久 ————————○ 214

46. 宇宙魔方 ——————————○ 218

47. 世上独一无二 ——————○ 223

48. 智能评测 ——————————○ 228

49. 山外有山 ——————————○ 232

50. 赛场较劲 ——————————○ 237

51. 初级赛 ——————————○ 242

52. AI 之魂 ——————————○ 246

53. 以父命名 ——————————○ 252

54. 一切尽在不言中 ————○ 256

55. 一波三折 ——————————○ 260

56. 智脑计划 ——————————○ 266

57. 一生所爱 ——————————○ 270

58. 尾声 ——————————○ 276

1ＸＸＸＸＸＸＸ○超级人工智能

"人工智能是21世纪三大尖端技术之一，它创造的科技产品，将成为人们生活的一部分、企业产能的核心、智慧城市的强劲风口，开启无限可能的未来……"叶行嘉在狭窄的会议室为到访公司的"大客户"做项目演示，"感谢王总，感谢各位莅临洽谈。我们是一家机器人初创公司，目标是制造像电影《钢铁侠》中的贾维斯那样的帮助我们工作的人工智能产品。"他克制住紧张情绪，保持镇定，指向会议室前台放置的一台机器人，"很荣幸向大家介绍由我们公司自主研发的超级人工智能机器人——伏羲。"

在座三位客户随着他的手势看过去。

那名为"伏羲"的机器人静坐不动，圆脑袋，方肚腩，外表呆萌，造型简朴，稍具科技感，但灰扑扑的金属外壳毫不起眼，一时看不出这台人工智能机器人有啥"超级"的地方。

"它现在还没被激活，看起来像在课堂上规矩而坐的小学生。"叶行嘉露出轻松的笑容，"请稍等片刻。载入智能程序后，伏羲会立马活过来，火速拯救人类世界。"

客户纷纷好奇地打量机器人，保持礼节性的微笑。会场气氛看似活跃了一些。

"伏羲有先进的动态平衡系统，由智能模块控制其动作。它能判断指令，完成初级工作。它通过锂离子电池组驱动。'锂电子电池'是'新时代的汽油'，高能电池组容量为2KWH，耗能相当于一辆特斯拉电动汽车的四分之一。通过捕捉、辨识声音和视像，伏羲的传感元件就像人的神经系统一样协调运作起来……"

叶行嘉一边为客户讲解，一边透过玻璃隔断焦急地瞥向会议室外。

杰西带领程序员正在公司技术部紧张忙碌着，对伏羲的智能程序做最后的调试检测。

真要命！在为客户演示的关键一刻，程序忽然出了小故障。老天！这不是坑人嘛！

这一次智能程序演示关乎公司的生死存亡。一旦洽谈失败，绝无第二次机会，公司将面临倒闭的危机。

在城市里，每一天，不知有多少像他们这样的初创公司在残酷的市场竞争中倒下，能杀出血路、成功突围的万中无一，绝大部分创业者都"死"在了追寻梦想的道路上。毫不夸张地说，从窗户放眼望去，在林立的写字楼之间，弥漫着无形的硝烟，尸横遍野。能在商战中安身立足的几乎都是实力雄厚的资本大鳄，小公司的生存出路只有两条——要么被大企业收购；要么做出技术过硬的尖端产品，获得重要客户的支持，从而发展壮大。

这些年来，为研发人工智能程序，叶行嘉殚精竭虑，耗尽了公司的最后一笔资金，走到今天他已是筋疲力尽，公司再不产出商业效益，他和他一手创办的公司必死无疑。

今天，无论如何，他都得拿下这个难得登门来洽谈的客户。

公司里一众骨干都是叶行嘉的创业伙伴。杰西是他在信息工程系的老同学，公司的"二当家"、技术总监；唐媛媛是公司文员，小明是程序员，也是与他同校的师妹、师弟。三人毕业后就跟随他创办公司，开发人工智能技术运用，一路携手走来，个中滋味一言难尽。如果公司垮了，叶行嘉该如何面对这帮死心塌地支持他的伙伴？

叶行嘉心急如焚，却又不得不沉住气，极力撑住场面。他示意唐媛媛打开投影仪，先为客户做PPT演示。

"人工智能，英文Artificial Intelligence，缩写为AI。AI领域的研究包括机器人，语言、图像和人脸识别，自动程序设计，信息处理，智能编程和搜索，以及复杂而庞大的智能管理系统任务等。"叶行嘉解说机器人伏羲，"它最出色的地方并非动作执行，而是像人那样思考。它的运算能力超过了人脑，甚至超过大型集成计算机。它拥有目前国际上最先进的智能模块。"

客户方的一位技术代表表示质疑，"就这铁家伙，国际最先进？叶总有点儿夸大其词了吧？"

客户方领头的王经理笑而摇头，显然也不太相信他的言论。

叶行嘉沉着地说："什么是'智能'？这涉及意识、自我、思维等很多问题。人工智能的研究，就是用计算机来模拟人脑的思维过程和行为，以实现高层次的技术应用。伏羲有着'类人脑'的智能程序，我们为它开发了一种全新的数据分析方法，赋予它创造力，让它不仅精于算，还有绝佳的'自我学习'能力。这不是传统的编程技术，而是采用遗传算法创建的人工神经网络，Artificial Neural Network，简称ANN。伏羲的智能模块就属于ANN系统，这是当今世界最先进、最优化的算法，超过了阿尔法狗。据测试，伏羲比围棋AI阿尔法狗的蒙特卡洛算法还高一筹。"

"那个战胜世界围棋冠军李世石的阿尔法狗？"王经理吃惊地说，"在当时，那可是轰动世界的大新闻啊！"

叶行嘉说："围棋之难在于，规则最简单，却有着最复杂的变化，所以，围棋被称为人类智力运动'皇冠上的明珠'。但正是这个人工智能阿尔法狗，挑战了人类尊严最敏感的地带，在棋盘上战胜世界围棋冠军。人工智能的发展势不可挡，将在各领域替代人工，成为企业产能的灵魂支柱。"

他演示PPT，逐项介绍智能系统功能，"伏羲的主要工作原理是'深度学习'，我设计了智能模块来控制它，训练它。通过输入大量的矩阵数字，让它形成多层的人工神经网络，使它像人类一样思考、学习，培养思维能力，具有自适应功能。因此，它在计算处理方面异常强大，远胜普通的弱人工智能，在同行业中出类拔萃。"

王总半信半疑地问："你是说，你的机器人还能自行学习？"

"对！它会自己编程，不断创造新东西。"叶行嘉做了个比喻，"它像一个茁壮成长的新生儿，时刻都在反复训练，进行大数据分析，自我检查编程结果，再校对调整参数，让下次的任务执行得更好。它每天都在突飞猛进地进化着。"

客户的市场部代表问："它对我们公司有什么实际用处？不会只是上台来表演一段机器人舞蹈吧，哈！"

"贵公司是游戏界的翘楚，在线游戏用户众多，为此聘用了大量的技术员来维护游戏系统，成本巨大。而伏羲智能模块，能执行技术人员无法做到的庞大任务，不仅节省人工开支，还省事省力省心。它能进行智能控制、自动优化、升级游戏程序、发布新版本或打补丁……总之，以前用人来做的很多工作，以后都可以用智能模块来实现。"

"人工智能上岗，看来很多人要失业了。"客户点头微笑。

"这是个必然的替代过程。"叶行嘉摊手，"把工作交给机器人，我们可以去做更有意思的事，搞科研、享受生活、音乐、艺术，有更多时间陪孩子，带家人去旅游。"

另一个客户感慨说："是啊！员工每天累得像条狗一样，回到家还要受老婆的气。智能机器人早该诞生了，把人从重复枯燥的劳动中解脱出来，这确实是社会发展的态势。"

王总摆手，"可以了，叶总，请来点儿实在的。启动这个——伏羲，让我们见识一下它的超凡能力。"

叶行嘉吸口气，镇定地说："好的，请稍等两分钟，我们做最后的检测，让它热热身。喝茶，大家请喝茶……"他恭维着客户，悄悄对唐媛媛使了个眼色。

唐媛媛心领神会，急忙去技术部查看情况。这下十万火急了，再拖延下去，客户肯定不满，要拂袖走人了。

2────○中国未来的乔布斯

"情况怎么样，好了吗？"唐媛媛催促忙得两眼发直的杰西。

杰西匆匆擦了把汗，"快了，还差五个点的检测进度。"

"客户等不及……"

"我知道，拜托别催了，再催我就要崩溃了。"杰西扭头冲着小明喊，"弟兄们，手脚麻利点儿，赶紧收尾。"

憨态可掬的小明连连点头，手指飞快地敲打着键盘，做最后的冲刺。小明旁边坐的是程序员胡珂，胡珂边忙活边对杰西说："二当家，我先声明，做完手上这活，我辞职了啊。"

另一个程序员斗斗也跟随说："我也辞职。"他递过来一份辞职信。

"别闹了。"杰西一把推开辞职信，"你们干吗呢！在这节骨眼儿上掐我脖子？"

"二当家，不是我不仗义，真顶不住了，公司半年没发工资，我穷得连买泡面的钱都没了。"斗斗掏出瘪塌塌的钱包，亮给大家看，"空无半毛。不辞职重新找工作挣钱，这日子没法过了。"

杰西目不斜视地输入数据，一脸同情地说："真惨！没钱吃饭，那你能活到找到工作吗？"

小明瞥了一眼钱包，"这不是夹着几张块票嘛，咋说空无半毛？哦，你还有信用卡。"

"信用卡早刷爆了，还款期限下周就到，咋办呢？"斗斗听了差点儿飙泪，"难道要我吃泥巴，吃雾霾，去吃前女友？拉倒吧，饿死前我宁愿去跳楼，谁也别拦着我。"

唐嫒嫒听了宛然一笑，赶紧又绷住脸，柔声劝说："先做事吧，往后会好起来的。"

斗斗叹口气，一脸苦大仇深地坐下，埋头继续处理手上的活儿。

胡珂还在冲杰西叨念："二当家，说正经的，我们不是要背弃公司。你和老大都很够义气，对人好，技术牛，有情怀，有理想，这些我们都知道，但人总得生活吧！我是想着另外找份工，挣点儿钱，活下去，保存战斗力也是对公司的支持。以后凡事有需要，我随叫随到，听你们差遣。"

杰西抿了抿嘴，"谢了，真心感谢。这样吧，你们也瞧见了，老大在会议室陪着客户哪，搞定这一单，啥都不用愁。工资会有的，面包会有的，大碗炸酱面管饱。"

胡珂摇头苦笑，"这个月里，你这话说过五遍，五遍了！"

"五遍？这么夸张？你没记错吧！"

"我来公司的这两年，你至少说了一百遍'为理想奋斗'，绝对只多不少！"

"你想说我是一个浮夸的理想主义者？其实，我很喜欢钱，钱，钱……OK！"杰西按下确认键，盯着电脑屏幕上的显示程序输入完成的图标，精神振奋，长舒一口气，"搞定！"

杰西飞快地从主机上取出伏羲的智能模块，招呼唐嫒嫒直奔会议室。

叶行嘉见状大喜。他接过智能模块主盘，打开伏羲的主控面板，开机启动机器人系统。

自检灯快速闪烁。

机器人正在读取人工神经网络程序，圆脑袋上的柔性曲面显示屏亮起来，开始进行初始化的视像识别、声音识别、表情识别等处理。

客户盯着这台金属机器。王总放下茶杯，一副饶有兴趣的样子。

叶行嘉紧张得出了一手的汗，不停地默默祈祷千万别出差错，希望一切顺利。站起来吧，伏羲！他在心底发出呐喊。杰西冲他做了个手势，为他鼓劲儿。

唐嫒嫒是现场唯一没有过多关注伏羲的人。她站在一旁悄然注视着叶行嘉，流露出仰慕之情。

一阵悦耳的音乐声响起。

伏羲被激活了，它站了起来，转动脑袋使用摄像头扫描室内。

"各位来宾好！我是伏羲，超级人工智能机器人。"伏羲识别出了会议室里的陌生人，转头对王总等客户鞠躬，仪态优雅，声音浑厚、富有磁性。它模拟它的创造者叶行嘉的声线，通过电子发声系统说话。"欢迎光临伏羲智能科技公司。陋室虽小，但这里有着富有想象力和创造力的团队，我们以先进的人工智能技术竭诚为客户服务，让生活更美好！"

"嘿！行啊，有点儿意思。"客户技术代表惊喜称赞。

人工智能程序的识别模式很重要，程序好坏高下可由此判断。对于场景里的图像，人的视觉和大脑可以很快识别出来，而在目前，机器人还只能识别简单的东西，如指纹识别、印刷体识别、手写体识别，以及汽车入库车牌识别等，稍微复杂一点儿就不行了，能准确辨认出人脸的程序屈指可数。想不到这个小公司居然能做出高级智能系统，还真不赖。

叶行嘉松口气，介绍说："伏羲，这位贵客是王总，CDOS游戏公司的总经理兼创投董事。"

"您好，王总！很荣幸认识您。"伏羲走上前，俯身拿起王总面前的茶杯，悦声说，"您的杯子空了，请让我为您添茶。"它拿了杯子斟茶倒水，举手投足基本流畅，动作平衡和协调性出色，很快为客人续上茶水。

它的智能程序超过了弱人工智能，具有高一级的智能辨识和判断力，自行做出了接客待物的礼仪动作。王总微微点头赞许。尽管伏羲的智能程度还有待提高，但水准肯定超过了许多外表高大上的智能机器人。这家小公司的技术果然如业内传闻的那样不可小觑，深潭之下藏有潜龙，令人叹服。

"它的行走……"客户技术代表注意到一点儿毛病，伏羲在行走时双脚有些凝滞，动态系统看似微有瑕疵。

叶行嘉解释说："这不是智能模块的问题。实不相瞒，我们资金薄弱，在电子传感和机械传动系统上没实力投入更多，只能组装一些低端市场上的杂牌货，不然，它的运行会更流畅。"

杰西补充说："机器人要模仿生物的动作挺难的，比如人的走路姿态、一只苍蝇的飞行。生物经过了几亿年的进化才做到自然流畅，智能系统模拟很难轻而易举地完成。在这方面，伏羲最出色，在近几年的智能机器人评测中名列前茅，国内外获奖无数，拿下多项专利。"

"挺好的！"王总颔首说，"机械和电子部件差点儿没关系，砸钱就改善了，关键看智能程序。资金投入也不是大问题，只要它有实用价值。"王总吩咐下属打开笔记本电脑，"这有个小游戏，让它优化一下。"

叶行嘉下达指令。伏羲坐到桌前，连接上电脑数据接口，立刻开始解析游戏系统。不到一分钟，伏羲处理完毕，为游戏进行了全新的内核升级，修复了bug，并导出检测报告。

客户技术代表查看了游戏系统，不禁惊叹，"太好了，简直完美。它的处理速度也太快了吧！"

"谢谢夸赞。"叶行嘉说，"实际上，伏羲是多线程运算，处理大型游戏的时间也用不了多久。"

"好！我们可以进一步合作，深入做些测试。"王总微笑首肯。

眼瞅这单生意快要达成了。叶行嘉和杰西相视对望，两人皆是欣喜万分，激动地握拳碰了一下。公司只要有资金注入，盘活了，一切辛苦努力都值。

王总打量着机器人，好奇地问："你们怎么给它取名为伏羲？"

叶行嘉答道："伏羲，是我们华夏民族的人文始祖，中华上古之神。他创造文字，开启了中华文化之源，还根据天地万物的变化，发明创立了八卦。以一拟太极，然后一画开天，世间万物的创造，生命的诞生全靠伏羲的这一画。以'伏羲'命名人工智能，体现了我们东方文化的精髓，也寓意着，人工智能将为人类创造出一个新世界。"

客户纷纷点头，大赞不已。

王总忽然问："手上有这么好的东西，你们怎么还窝在这地儿？"他手指环境简陋狭小的公司。

杰西无奈苦笑："创业艰难呗。这些年我们一直都在投入，伏羲智能模块的设计最近才接近完善，拿得出手来，不容易啊。"

"怎么不引入投资？"

"我们想保持独立性，自主研发，不希望受资本的控制。"杰西看了眼叶行嘉，"我为我们的创始合伙人叶总的坚持自豪，他是伏羲智能系统之父，中国未来的乔布斯。"

"中国的乔布斯，不错，不错！"王总哈哈大笑，对杰西打趣说，"他是'乔布斯'，那你就是他的'沃兹尼亚克'。你们都年轻有为，最佳拍档啊！"

乔布斯早年创建苹果公司时也是举步维艰，为筹集批量生产苹果电脑的资金，卖掉了自己的汽车。他与好友兼创始人沃兹尼亚克一道，窝在自家的车库里研究电脑，在艰苦的条件下坚持梦想，奋斗到1980年，苹果公司股票公开上市。在不到一个小时的时间内，四百六十万股被抢购一空，最后以每股二十九美元收市。据统计，苹果公司高层产生了四名亿万富翁和四十名以上的百万富翁。乔布斯作为公司创办人排名第一，沃兹尼亚克位列其次。最终，他们的团队将苹果公司做到了世界顶级，极了不起！

杰西笑呵呵地点头，他察言观色，趁着热乎劲儿赶紧说："王总，我们需要贵公司的订单，请预付一笔定金，您就像当年的零售商保罗走进乔布斯的车库那样，给予订单支持……"他手指机器人，激情昂扬地说，"王总，您就是中国版保罗，有着发现千里马的卓越而敏锐的商业目光。请您给我们展现的机会，给伏羲一个支点，它能撬动整个地球，震惊全世界。"

"好！"王总笑着站起来，与叶行嘉握手，"叶总，我就喜欢你们这样有朝气有活力、敢想敢做的年轻人。"

唐媛媛瞅准时机，和杰西配合默契地用力鼓掌。客户随之也鼓起掌来。

杰西继续发挥三寸不烂之舌的口才，赞美说："贵公司将成为见证奇迹的一员，未来世界会记住我们的首次合作，记住今天，记住开创人工智能之路的伟大时刻，我们所做的一切终将写入教科书……"

他正漫天鼓吹着，脸蓦然变色，声音停顿。

一双锃亮的白皮鞋踏进来。

只见一个光头佬走进会议室，手提一根坚硬的棒球棍，扬着下巴藐视一切的样子。光头佬的身后跟随四个彪形大汉，浑身肌肉疙瘩凸起，粗胳膊上有刺青，不怀好意地瞅着公司里的所有人。

大家被这一伙闯入的不速之客惊吓得瞠目结舌。

3--------○龙困浅滩遭虾戏

公司里的气氛瞬时结冰，压抑沉闷。

"梆梆梆……"光头佬耍弄棒球棍，放肆地敲打会议室的玻璃隔断，一双水泡眼盯着杰西，猖狂吆喝："那个谁，撬动地球的。"

坏了！杰西心头发毛，急忙跑过去低声说："大哥，实在对不住，对不住……请等下，这边稍坐，我们在和客户谈生意。"

"这么说……没钱喽？"光头佬拉长了声音，脸色一沉。

"有的，有的，等会儿再说。"杰西惊慌得汗流浃背，低声下气地作揖恳求。

这光头佬是房东，来催收公司已拖欠了四个月的房租。这"吸血鬼"早不来晚不来，偏偏在关键时刻追债上门，惨了……正心慌意乱间，只听"咔嚓"一声，光头佬挥动大棒猛击玻璃门。稀里哗啦噼啪……碎玻璃溅洒一地。

所有人都惊呆了。

光头佬大大咧咧地说："收债！闲杂人等立马闪开，滚蛋！"

王总见势不妙，赶紧招呼下属，慌忙离开公司。

"王总，王总……"叶行嘉急了，追过去，"我们再谈一下，我去你们公司。"

"改天吧！"王总头也不回地摆摆手，迫不及待地逃离这是非之地。

眼睁睁地看着已谈成的客户走了，叶行嘉失望到绝望。他收住脚，转身死死盯着那光头佬，心头蹿起怒火，恨不得杀了这浑蛋。

光头佬咧嘴一笑，拖着棒球棍靠近他。"怎么，叶总，想揍我是吧，你行吗你？"光头佬举起棒球棍戳着叶行嘉的下巴，"除了瞎搞电脑，你还会干啥？人工智能？你智障吧！好生生的地盘，硬是被你搞成这穷馊样，欠租、赖着、躲着，你还有脸活，你还是文化人？"唾沫喷到叶行嘉的脸上，"呸！高科技，你连要饭的狗都不如。"

叶行嘉咬紧牙，强忍了会儿，冷冷地说："知道吗？你刚才吓走的客户，要和我们签二十万的单！现在什么都没了，我们没钱，你一毛都拿不到。我是公司法人，你去告我吧，要不就打我一顿，打不死算你尿。"

"别动手……"唐媛媛站到叶行嘉身旁，怯生生地对光头佬说，"我们会凑钱的，一定还你。"

光头佬抹了一把锃亮的光头，斜睨着唐媛媛，"妹子，哥不打人的，从不亲自动手，哥只讲道理。咱事先可是说好了的，今天，就今天，你们一定一定要还钱，五万，一分不少地拿给我。怎么着，人还讲诚信不？还要脸不？"

叶行嘉看向杰西。

"对不起，老大！"杰西抱歉地说，"我忘了告诉你……这些天忙昏头了。"

难道这就是命？叶行嘉惨然一笑，"无所谓了，你就算说了，我们也没钱给他。"

"可是……"杰西内疚难过，心如刀割。他实在太大意了，这可是严重失误啊！早知道就把和客户的洽谈时间挪一下，避开讨债的瘟神。现在彻底搞砸，悔之已晚，完蛋了，完蛋了……杰西沮丧地抱头蹲在地上，悔恨不已地抽打了自个儿一下。

"演苦肉计呢？照准小白脸下手，抽狠点儿啊。"光头佬冷笑，睨着叶行嘉，"你是他们的带头人，没钱咋办呢？小弟自个儿打脸了，你下跪磕头不？演得煽情一点儿，说不定能感动哥哩。"

叶行嘉忍受着这浑蛋的侮辱，沉声说："请再宽容两天，刚才的客户快要谈成了，拿到钱立刻给你。"

"两天？两天后又两天，你就这样拖了四个月！"光头佬脸上的横肉颤动，"诚信呢？讲理不？"

"现在做生意很难。"

"你难？谁不难？"光头佬唾沫横飞，"哥一没文化二没技术，啥都不会，除了吃喝拉撒，看看球，就指望着收点儿房租糊口。人人都像你这种高科技癞皮狗，哥还咋活？如果说你是我儿子，老子白养你，可你算个什么东西？欠债欠成了祖宗，你认为哥智商低好欺负是不？科技狗，开什么公司，大街上捡垃圾去吧，智能猪，科技狗……"

叶行嘉无言以对，木然低下头。咄咄逼人的一句句辱骂像刀子戳过来，让他颜面扫地，心头千疮百孔。

杰西、唐媛媛、小明等人亦是无力应对，羞愧难耐，恨不得找条地缝钻进去。

"明说了吧，哥早料到你们这帮人拖到今天也掏不出钱。这么着吧，没钱就抵物，哥今天服务到家，都给你们找好搬运工了。"光头佬挥动球棒，"给我搬，值钱的都搬走，不值钱的统统砸了。"

光头佬那伙凶悍的手下立马行动，手脚麻利地开始搬公司里的电脑、投影仪、器材、书柜、办公桌椅……其他物品被摔砸得噼噼啪啪的，强盗打劫一般。

"不乐意了？要不哥帮你打110，咱们去派出所谈？"光头佬把茶水泼到键盘上，茶杯砸碎一地。

叶行嘉默不作声地站着不动。见他没发话，大家都不知所措。

胡珂和斗斗相视一眼，不约而同地萌生退意，"老大，你们保重，我们走了。"两人匆忙收拾了个人物品，溜边儿跑出门。

公司里只剩下杰西、唐媛媛和小明，他们与叶行嘉一起，茫然地看着这些年来他们费尽心血创建的公司。辛苦添置的设备被搬走，被打砸，他们揪心的难受。

有个家伙抄起电脑桌上的玻璃缸——缸里养着一对金钱龟。

小明忍不住说："别动，小龟是俺的私人物品。"

"你龟儿子，还是龟孙子？你有钱给它赎身吗？"那家伙笑起来，伸出手掌。

小明掏口袋、摸裤包，凑了一堆零钱、一张体育彩票、一个"再来一瓶"的中奖瓶盖，放在那家伙的手上。"我就这些了，把我的小龟放了。"

那家伙把零钱砸到小明脸上，一巴掌打翻玻璃缸。那一对乌龟被摔了个没影，不知死活。

小明热血上涌，捏紧拳头冲上去拼命。很快，他就被几个凶徒抽得鼻青脸肿。叶行嘉赶紧抱住小明劝说："别冲动，吃亏的。"

小明怒吼着抄起一把椅子要扔过去，但被叶行嘉一抱，失了手，打在了叶行嘉的头上。唐媛媛惊呼，跑过来拉架。

这时，另外两个家伙想把伏羲也抬走。

伏羲后退两步，鞠躬说："各位来宾好！我是伏羲，超级人工智能机器人。欢迎光临伏羲智能科技公司……"

"啧啧，机器人还会说话呢，估计值钱了。"两个家伙笑嘻嘻地架住伏羲，拉扯着往外拖。

杰西急得蹦起来，扑上前去，拼命护住伏羲，大喊："别动它……我还钱，卖车卖血卖身都行。"

别的可以咬牙忍了，伏羲可是公司最后的希望，如果被抢走，那往后什么盼头都没了。

那伙人围上来殴打杰西，拳脚相加，但就是扯不开他。杰西痛得两眼发黑，却死死抱住伏羲，怎么都不撒手。

"警告！不要打人，否则我报警了。"伏羲跟跄后退着发出机械的警告声。它自动连线，准备拨打报警电话。

光头佬在一旁冷眼瞅着，突然抡圆了棒球棍抽过来。"咔"地猛击，打中伏羲的脑袋。火花闪烁，伏羲身首分离，脑袋落在地上咕噜滚动。

光头佬摆出踢球射门的姿势，朝着伏羲的头一脚踢了过去，半道忽然又刹住腿，笑说："哥差点儿忘了这是铁疙瘩。"他挥挥手，"撤了！"

一帮家伙嘻嘻哈哈地离开公司。

"记住今天，今天算是警告。"光头佬目露凶光，临走前扔下一句话，"两天后，哥一定会再来的，拿回属于我的钱。你们一个都不准跑。"

4⸻○山穷水尽

叶行嘉捂着肿胀疼痛的头，环视公司，室内一片狼藉。

"我看看。"唐嫒嫒关切地查看他的伤势。

叶行嘉无力地垂下手，摇头示意没大碍，他失神地看向躺倒的伏羲。杰西抱起伏羲的脑袋，瘫软地坐在地上，伤心欲绝。

小明止住鼻血，趴在地上找了一圈，找到了那一对金钱龟。嘿！小龟还活着哪。小明松口气笑起来。

"怎么办？怎么办？"杰西喃喃说着，迷惘地看着叶行嘉。

叶行嘉检查了伏羲。电子元件坏了，光纤部件损毁，就像人的颈椎断裂，这机器人没治了，除非更换大部分组件。幸好智能模块的主盘在主控面板内，应该没事，只要移植到新的机器人身上，伏羲还会活过来。但问题是，他们根本没钱再组装一台机器人。上哪儿去找钱？公司没法再做生意，彻底瘫痪了。

叶行嘉拨打王总的电话，对方不接，这单生意显然是黄了。他迷惘地摇头。

杰西红着眼，冲叶行嘉说："你发话啊？怎么收拾烂摊子？"

唐嫒嫒神色黯然，拿了扫帚打扫公司一地的垃圾。她无法劝慰叶行嘉，心里空落落地难受，唯有做点儿什么。

叶行嘉一声不吭，心灰意冷。

杰西愣了会儿，低声说："卖了吧！老大，我们把伏羲卖了吧，咱不干了，活受窝囊气……"

"不！"叶行嘉不由得摇头。

"你还想怎么着？"杰西放下伏羲的头，提高声音，"坚持撑下去？去他的坚持！这下歇菜了，我们还拿什么坚持？"

小明嘀咕说："冷静点儿，老大会想办法的……"

"什么办法！"杰西气血翻涌，吼叫起来，"还有什么办法？理想？奋斗？就这话讲了多少年？从毕业那会儿，他就说三年做成高科技大公司，做出中国最牛的人工智能，嘿嘿，中国乔布斯！"杰西怒极而笑，"三年过了，又三年，到今天六年了，干了啥？那浑蛋骂得对，公司被搞成这穷馊样，落魄得狗都不如。我们是智能猪，科技狗……"

"你凶什么！"小明怯懦地说，"伏羲已经很牛了啊，老大的心血又没白费。"

杰西极力压住怒火，站起身走到叶行嘉对面，注视着他说："老大，搞成这样我也有责任，真的很心痛，我对不住你……可是我们能不能好好商量下，求你通融下？"

叶行嘉心情沉痛地说："我明白，你说的也在理。这样挣扎苦熬着，不如一次性把伏羲卖了拿点儿钱。但是……现阶段卖智能模块就是杀鸡取卵。我们离山顶就差那么一点儿，再坚持走几步就上去了。伏羲就像我们的孩子，我实在下不了手。"

"好！好！那我问你，怎么坚持？"杰西脸色惨白。

"借钱，再筹点儿钱。"叶行嘉没底气地低声回答。

"跟谁借？"杰西逼问。

公司的资金枯竭后，他们四人已经想尽了办法，找遍能找的熟人朋友，能借的都借了。杰西不仅把别克车换成二手面包车，还厚着脸用了家里父母的一笔老底儿，熬到这会儿还不够吗？还要怎么折腾？

叶行嘉的目光黯淡。他和杰西处于同样的窘境，有心借钱也没处借了。

小明犹豫着说："我找老家的亲戚试试。"

"你好意思吗？"杰西指着小明的鼻子，"你家那山旮旯儿谁有钱借你？一破村子好不容易供出你个高才生，家里指望你挣钱回家。现在倒好，还跟家里要钱。"

小明涨红了脸，"我三叔是果园老板，我跟他说说……"

"拉倒吧你。你个高才生程序员，混得不如快递哥，不知道的还以为你在城里搞非法传销。一提钱，人人都躲着我们。"杰西愤懑难平，接着对叶行嘉说，"我不是不能吃苦，穷也不怕，只是受不了这种气，心里憋屈啊！老大，你听我一句，卖了伏羲，我们再搞别的，我们都跟着你。"

叶行嘉听了他这掏心窝的话，纠结到极点，想了又想，他不甘心地劝说："都成这样了，不会比这更差了。坚持到这个月底怎么样？我再找找别的路子。"

"月底？"杰西冷脸，"两天都过不去，等着那浑蛋再上门来打脸？"

叶行嘉说："到时我来应付他。"

"醒醒吧，我们走到了弹尽粮绝、山穷水尽的地步。"杰西绝望地连连摇头，"你为什么不卖伏羲？你以为我不明白，其实，你就是放不下你的梦想。为了你一人，我们……"他手指小明、唐媛媛，"就为实现你的所谓梦想，我们都被你拖下了水，你够自私的。"

"对不起！"叶行嘉痛苦地说，"杰西，你想过吗？伏羲还不稳定，智能模块有缺陷，这样拿去卖了亏良心。"

"亏个屁，你宁愿亏自己人，也不亏别人？"杰西再也按捺不住怒火，伸手揪住叶行嘉的衣领，"浑蛋！叶行嘉，你就是个'野心家'！"

唐媛媛和小明见状，忙过来相劝，"冷静，冷静点儿……好好说。"

叶行嘉惨然一笑，不屑再辩解，他盯着杰西说："我就不卖！你要怎么着？"

"自私鬼、犟骨头、臭老鳖……"杰西咬牙切齿，一通咒骂，"老子不干了，走人，分家！"

叶行嘉指着地上身首异处的伏羲，"随便！要头，要身子，随你便。走出公司这道门，我没你这朋友。"

杰西的眼窝一下潮红，他忍着，连连点头，"好，好……你狠！"他松开叶行嘉，转身离去，什么都没带走。

唐媛媛正要追出去。

"别管他！"叶行嘉喊道。他铁青着脸，却一阵阵后悔刚才脱口而出的赌气话。懊恼、伤心、沮丧，百般滋味堵在胸口无法言说，无比憋闷。一阵强烈的酸涩感积蓄在眼窝，快要奔涌而出。他猛地转身面对窗户，抓紧了窗框，手指不停颤抖。

唐媛媛在他身后伫立片刻，轻声说："我去找人借钱，别急……杰西说的是气话，你知道的，他就那脾气，发完就好了。"她见叶行嘉背对她没反应，叹了口气，悄然走出公司。

小明从地上捡了零钱数了数说："老大！我去给你买点儿吃的，早上你都没吃啥。"

"我不饿！"叶行嘉缓过劲儿来说，"我是不是很失败啊？唉！都怨我。"

"怎么会呢！"小明不善言辞，不知该怎么宽慰他，便捧起手里的乌龟笑说，"瞧，小龟命硬，这样都没摔坏。这只颜色深点的叫'小黑'，这只叫'小白'，大难不死活得长，以后有福气啊！我去买馒头，顺便给它们买个新房子。"

小明走后，室内安静如墓。

叶行嘉抑郁沉积，胸口欲裂，他几乎透不过气来。他推开窗户，爬上去，坐到窗台上。

一阵风飕飕吹过。

室外阳光灿烂刺眼。他放眼望去，城市里车流如织，人来人往，繁华似梦。街对面是新城的商业中心，一栋栋气派的金融大厦、高档写字楼、五星级酒店林立，那儿离他很近，却又那么遥远，就像另外一个繁华世界。

叶行嘉身处老城区一栋旧楼的四层，他脚下空荡荡的，巨大的落差感让他迷茫，仿佛有种莫名的引力诱使他一纵而下，洒脱地乘风而落。

5-------○穿过幽暗的岁月

金源国际大酒店的一处高层豪华套房内。

凯西站在全景露台上，手持望远镜，她远眺着对面老城区旧楼坐在窗台上的叶行嘉。

"他是个天才，也是个彻头彻尾的失败者。"凯西的助理詹妮在一旁说，"这是调查公司发来的资料上对这个人的评价。六年来，叶行嘉一直没渡过创业期。尽管研发的人工智能程序颇受业界好评，但他的公司运营举步维艰，几乎没什么收入。他生活清贫，没不良嗜好，朋友很少，平时就他的三个大学校友跟着他，一个个也穷得叮当响。他是标准的理工宅男。"

詹妮好奇地问："凯西小姐，你为什么对这种人感兴趣？"

凯西放下望远镜，神色波澜不惊，淡淡地说："他是一座金矿，埋在地下很深的那种，我要做的是翻他个底朝天。"

"伏羲？"詹妮反应敏锐，"他构建的这个智能程序是有点儿价值，但据评估，也就两百万，不算是金矿吧。"

凯西嘴角微微一翘，似有鄙夷之意。

詹妮谨慎起来，"也有业内分析师称，伏羲具有自我进化能力，一旦突破人工智能的发展瓶颈，价值不可估量。"

凯西摇头不语，高深莫测的样子。

尽管詹妮在凯西身边做事三年多了，对凯西的想法也不尽了解，思路有些跟不上她。当然，对这位睿智且冷静的年轻女士，詹妮十分信服，她吩咐安排的事绝对要认真执行，不容置疑。只不过这一次出行中国，计划是对BAT公司进行商业评估考察，凯西似乎对正事不太上心，反而特别关注这家机器人初创公司，特意聘请专职调查员对其进行摸底，她甚至特意住在这家酒店，亲自上阵监视对面那小公司的动静，不知为何。

"你说……他会不会跳楼自杀？"凯西又拿起望远镜看了看叶行嘉，忽然问。

"应该不会吧！"詹妮惊讶地说，"男人遇到点儿挫折就想不开，那也太窝囊了。"

"以防万一，打个报警电话。"凯西吩咐道，嘴角荡起一抹笑，"我不希望他就这样死了，多可惜！"

詹妮应声照办，致电110，称有人要跳楼自杀。挂了电话，詹妮见凯西斜倚着露台栏杆，阳光照亮她飘逸的发丝，她风姿优雅，那楚楚动人的脸庞上笑意盎然，但那笑容竟令人心生寒意。

恨一个人恨到极致，日思夜想，恨入骨髓。终于有一天，将他捏在手心里慢慢攥紧了，看着他痛苦挣扎的样子，也许才会发出这样的笑。

詹妮不由得低下目光，有些紧张不安。她查看了手机上调查员发来的视频信息，"跟踪唐媛媛，她没找人借钱，去了一家典当行。"

"傻丫头想去典当东西换钱给他。"凯西讥讽说，"情何以堪！"

詹妮不敢接话，只觉凯西的仇意愈重，明媚美丽的脸都有些变形了。

"三百块。"典当行柜台里的职员摆弄着手表，抛出冷漠的声音。

"啊，这么少？"唐媛媛顿时失落。这块天梭表是她大学毕业那会儿她母亲送的。母亲对她说，时光如梭，珍惜每一刻。唐媛媛恍惚了一下，"原价两千多呢，师傅，再加点儿。"

"什么货都是旧不如新。嘿，瞧这东西都老成啥样了！"职员打量唐媛媛，这妹子模样普通，只有一头漆黑长发还中看。他调侃说，"隔壁美发店收品相好的头发，我估摸着，你的长发还值点儿钱。"

唐媛媛走出典当行，在美发店附近徘徊。只见橱窗上贴着广告：

收长发，价格面议。

她最终走进店内。

美发师伸手抚摸唐媛媛的发丝。一头长发浓密顺滑，漆黑如夜。

"挺好的！直爽，不开叉，发梢发根一样粗。长七十多厘米。你留了好久？"美发师问。

唐嫒嫒轻声说："五年多，从毕业就没剪过。"

"也没烫染过？"

"没！"

"这样啦，一口价，九百。"美发师颇为满意。难得遇到品相如此好的头发，收购后转手卖给做假发的公司，可以谈个好价钱。

唐嫒嫒问："能不能再多给点儿？"

"OK！再加你十八块，918，一路发，恭喜发财！"

唐嫒嫒轻轻点头，长发垂下来遮住她的侧脸。美发师拢起她的头发，搭上剪刀，"咔"，剪断头发。

一缕发丝悄然飘落在地。

叶行嘉坐在窗台上，双脚凌空踢荡着，眯眼欣赏城市风景。

他戴着耳机，手机上的网易云音乐正播放一首《蓝莲花》，歌声浑厚，特有穿透力，与风轻云淡的好时光相宜，听着舒心多了。

> 穿过幽暗的岁月
> 也曾感到彷徨
> 当你低头的瞬间
> 才发觉脚下的路
> ……

现实生活跌宕起伏，歌曲却有一种沧桑下的平静祥和，抚慰人的心灵。

如果再有一罐冰啤酒就更好了。

叶行嘉不觉想起无忧无虑的大学生活。那时，他和机器人爱好者社团的一帮同学经常这样，编程累了，就聚在一起喝酒听歌放松，那感觉美啊！

> 心中那自由的世界
> 如此的清澈高远
> 盛开着永不凋零

蓝莲花……

叶行嘉仰望天空，情不自禁地张开手臂大喊："世界，是我的……"

喊声惊起楼顶上的一群鸽子，一泡鸽子粪飘荡下来，落在他脸上。

楼下隐约传来消防车、救护车的鸣笛声。叶行嘉抹去鸽子粪，忽然发现从楼顶垂下一条绳索，只见两个消防员正顺着绳索往下爬。爬过墙体上的广告：冰纯嘉士伯，不准不开心。

叶行嘉吃了一惊，转念反应过来，他急忙说："别……别过来……我不跳楼。"他惊惶地站起来，匆忙转身要钻进屋。

这时，小明走进了公司，放下食品袋和一个装有金钱龟的塑料盒，抬头突然见到叶行嘉站在窗台上，身子飘忽，情形看似不妙。小明大惊失色，喊叫："老大，不要啊……"他冲过来想抱住叶行嘉，不料被地上的杂物绊倒，他踉跄着扑到窗台上，反把叶行嘉向外推了出去。

叶行嘉失去重心往后仰。慌乱中，他一把揪住小明的头发。

小明疼痛大叫，面孔扭曲，他紧紧拉住叶行嘉的衣服不放。两人相互拉扯着，小明被叶行嘉拽出到窗外，摇摇欲坠。

消防员见突发危险，迅速靠近他们。

叶行嘉的衣服被撕裂，外套脱出，小明的头发被他揪掉了一撮。

消防员赶来救援，探手捞了个空，就差一点儿。眼看着叶行嘉和小明坠楼，衣服、头发在空中乱飞。

"哇哦！"詹妮远望着两人坠楼的情景，不禁发出惊呼。

凯西手持望远镜一颤——叶行嘉和小明一起摔到楼下消防员铺设好的一块安全气垫上，随后弹起来，滚落进一旁的污水沟。附近的消防队员冲过去抢救，围观人群也挤上前，指指点点。

不一会儿，那两人被消防员提脚抬手地拖出水沟，湿淋淋的，狼狈不堪，呆若木鸡，但看起来应该没什么大碍。

凯西放下望远镜，在露台的休闲椅上坐下。

詹妮坐在了凯西的对面，讨好地说："估计某人被吓得够呛，没摔傻了吧。"

凯西优雅地抬起杯，抿口咖啡，莞尔一笑。

"对BAT公司的首轮评估会开始了，你过去吗？"詹妮试探着问。

凯西摇头，"累了，一会儿我们去游泳，下午SPA放松一下。"

詹妮不明白凯西对BAT公司的态度，又问："BAT公司总裁想单独邀请你共进晚餐，要推约吗？"

"这个不用推，不妨一见。"凯西若有所思地说，"在餐桌上往往比在会议桌上更能看透一个人。"

"他很优秀，年轻而卓越的实干家，几乎没什么缺点。"詹妮评价说，"除了对员工有点儿冷，话不多。他是个心机深沉、不喜形于色的人。"

"在商战中，棱角都被磨平了。"凯西淡然地说，"当年，他可是个话痨，夸夸其谈，很烦人。"

"你认识BAT公司总裁？"詹妮露出惊奇之色。

凯西不经意地看了眼詹妮，"世界太小，有些人不想再见都不行。"

6········○BAT公司的灵魂人物

"《洪荒世界》是由我们自主研发并推出的网络虚拟现实类大型神话游戏，从公测至今，拥有超过两亿的注册玩家，同时在线人数突破七千万，有效用户转化率高达30%。"

BAT公司会议厅内，严鸿为在座的维斯塔公司的评估考察团队做演示。

会议厅充满现代感，是一个具有艺术和科技张力的空间。严鸿是BAT的副总裁兼首席技术官，他踌躇满志地站在台上，环形巨幅视像系统快速显示着BAT的游戏构架。全息画面光影璀璨，视听效果绝佳，令人震撼。

厅内光线稍暗，评估考察团队安静地听讲，专注地看着充盈整个大厅的全息图景。

恢宏音效伴随下，游戏图景徐徐展开，浩瀚如星辰大海，呈现出上古洪荒世界的游戏界面。场景鲜活，栩栩如生，如沉浸在一个真实的奇妙世界。

在座之人发出赞叹声。

在多画面的全息视像中，可见成千上万的玩家操作VR设备，宛如身临洪荒世界壮丽宏大的古战场，投身于奇异大陆、海洋、天空的图景中，忘我地浴血奋战。

"我们对大众玩家全面实行免费模式，创立了网游行业的盈利新模式——NCSP，整合了包括游戏、高级定制、电竞、智能互动娱乐、社交、VR视频服务在内的三十多款产品，用户体验满意度超过8.7。我们致力于打造中国乃至全球领先的智能网络游戏平台，各渠道综合收入远超传统方式，营业额逐月攀升……"严鸿手指同比动态图，"上升线直冲云霄，足以用'疯狂'来形容。在第七届国际智能网络博览会上，BAT荣获全场最高奖——

'人工智能创新突破奖'。这是迄今为止中国的智能网络运用公司在世界上获得的最高奖项。BAT公司创造的一切荣耀源于一位非凡之人的伟大决策，他是BAT公司的灵魂、公司缔造者、核心人物、游戏智能引擎最杰出的构建师，他就是……"严鸿停顿一下，将目光投向会议厅中央。他微微鞠躬，做出致敬的手势。

璀璨光影随之投射过去，吸引在座众人纷纷看去。

光耀中，安然端坐的一位年轻俊朗而又仪态成熟的男士绅士地颔首微笑，内敛稳重。

"请允许我用'伟大'来形容他。"严鸿隆重介绍道，"他是我们BAT公司的创始人，董事会主席、公司首席执行官。他在我们的心中无与伦比，他是引领我们的技术导师，人工智能的启蒙者——柏炯先生。"

柏炯身穿深灰色的西服，一副牛津学者的装扮。他文雅地站起身，目光环视会议厅，向在座众人致敬。

众人热烈鼓掌，报以钦佩的笑容。

柏炯平静地说："谬赞了，在世界著名科技公司的面前，谈任何技术都是浮夸的炫耀。维斯塔才是全球真正'伟大'的企业，其他的都是班门弄斧。接受各位的评估考察十分荣幸，期望我们合作成功。"

他仅说了简短的两句话，便从容地坐下，示意严鸿继续。

"达成合作之后，我们希望可以在中国大陆地区独家代理运营贵公司的在线游戏TROY。"严鸿说，"我们有良好的业界口碑、强大的公司实力，以及独创的智能游戏引擎平台，完全能容纳贵公司在全球的二十亿玩家，并扩展覆盖中国用户。我们的《洪荒世界》也将由贵公司向国际游戏界推介。我们需要全世界玩家的参与，共同构建这个宏大的上古神话游戏世界，共创中西方神话体系，这将是未来最伟大的创世盛事、一场席卷全球游戏界的超级'太阳风暴'。"

在场的评估师说："请技术官介绍一下BAT公司的智能引擎。"

严鸿遥控开启《洪荒世界》的游戏系统界面，"我们拥有两百多名自主研发人员，智能核心程序由柏炯开创构建。五年前，他创建了智能系统引入游戏运作的模式，提出了游戏界最早期的智能原型，在游戏开发者大会上夺得多个原创奖，引起巨大轰动。《洪荒世界》的成功，是因为游戏本身和游戏智能模式的精良设计，别无其他。"严鸿展示游戏构架，逐项介绍技术特点、创新性和智能运用核心。

维斯塔的评估团技术组随之提出各种尖锐问题，均由严鸿逐一解答。评估会进展顺利，气氛融洽。

柏炯手指摩挲着下颚，看似在专注倾听。实际上，他此刻的思维早已游离在外——他常强调的是"凡事专注一点儿，做到极致"——今天的他有些反常。

柏炯的注意力已落在会场外的某一处——凯西的身上。凭借敏锐的直觉判断，他认为凯西才是整个评估考察团的重心。凯西在维斯塔的职位并不高——投资顾问之一，但她的真实身份却有些神秘，据说她对维斯塔的高层有着特殊的影响力。而让柏炯产生更多关注的原因是，凯西对于他，还有另外一重身份——她的这个身份才是最致命的！也许吧，这次重大的跨国合作将毁在凯西手上，又或者，会变成他的又一次事业辉煌的新起点。这事的好坏取决于他的策略，以及凯西对他的态度。

不知凯西此刻在哪里，她为什么不来参加首轮会谈？今晚会接受他的晚餐邀约吗？

六年了。她既然远道而来，一定会采取行动。

柏炯忧虑重重，但他不急。他要有条不紊地梳理清楚，以待深入探索这些问题的答案。

如今，柏炯已是国内游戏界中一颗耀眼的明星，作为公司的创始人，他带领公司走到现在的大场面，赚钱已不在话下。他不用像多如牛毛的科技初创公司CEO那样，坐在创业大街的咖啡店里瞎聊，每天琢磨着怎么赚钱养活公司。他有绝对的话语权和掌控力，以及常人不敢想象的惊人收入。现在，在他心中，做游戏更多的是一件有趣的事，他有自己独特的行事方式，搏杀商道，享受事业的成就感也就成了他的追求。他具有独立游戏人的傲骨，誓要成为游戏界高不可攀的一座雄峰！

今年，BAT公司与维斯塔的合作非常重要。

维斯塔是一艘称霸全球游戏界的航空母舰，BAT公司需要与之达成一项战略融资及合并子公司的协议，并计划在纳斯达克上市，最终把《洪荒世界》推向全世界，成为一个最流行的在线游戏。

双方的受益权分配是谈判的关键。

"智能系统十分稳定，极大地优化了游戏的……"说话间，游戏界面闪退，全息视像竟然黑屏了！

"啊！"严鸿惊出一身冷汗，他调试了下，界面没能恢复。这是一次原因未知的技术故障。

会议厅内的评估师诧异，议论纷纷。

严鸿紧急呼叫技术组，下令立刻解决问题。这下糗大了，竟然在自夸智能系统稳定之时蹦出"臭虫"，这不是直接打他的脸吗？打脸还不是最糟，要是因此导致评估差评，破坏了公司的大事，那他有几个脑袋也不够用。严鸿惊惶地看向柏炯。

柏炯站起来，面对会议厅一众评估师，轻描淡写地说："抱歉！请稍事休息，大家也瞧见了——我们遇到了和盖茨一样的小麻烦，Windows系统的发布会上，在关键一刻，系统不幸死机。"

大家会意地笑起来，气氛顿时轻松许多。

臭虫是科技公司无法避免的，它就像附生在人们身上的细菌，指不定什么时候就蹦出来捣乱。

休会，众人喝咖啡闲聊起来。

严鸿嘘了口气，对柏炯一句话就扭转乾坤大局的掌控能力钦佩不已。当然，他心知肚明这问题可不小，不用柏炯吩咐，他趁着会议间隙，立马前往技术中心查看情况。

实际上，技术故障远比预想中的严重——《洪荒世界》游戏平台全面瘫痪了。

沉浸在游戏世界中的百万用户炸锅，一个个玩家脱下VR穿戴设备，一脸蒙圈。犹如美食吃一半、美酒泼身上、美女翻脸不干。这游戏玩得正过瘾突然就没了，谁都会心生不爽，郁愤难平。

一时间，BAT公司的客户热线被打爆，客服被骂了个狗血淋头。

关于游戏的负面报道很快充斥互联网各大媒体，网易、新浪、腾讯、论坛、微博、易信、微信、游戏社区……全被"BAT公司游戏崩溃"的消息霸屏。在高科技信息时代，任何一个具有话题性的负面新闻总能在最短时间内淹没大半个网络世界。

BAT公司的技术中心犹如作战指挥室，数百人如临大敌，焦头烂额，想要揪出智能系统的程序臭虫。

二十分钟过去，技术人员仍一无所获。无法找到那只可恶的臭虫，不知它藏在哪儿。

游戏的十多层防火墙严密不可破，故障绝对来自内部核心程序。智能系统复杂庞大，有一部分是"黑箱"状态，技术员无法得知故障出在什么地方。要想逐一进行人工排查，十年时间都不够。对BAT公司来说，这可真是世界末日了。

严鸿绞尽脑汁也没法解决，心急如焚，汗流浃背，他只得再来找柏柯。

柏柯查看了故障初检报告，不动声色地思索着。

"我们请美国的人工智能专家过来吧？"严鸿低声建议。他感觉柏柯也没辙了，否则也不会陷入长时间的沉思——柏柯的决断通常很快。

柏柯扫眼会议厅内的评估师。严鸿立刻明白这个解决办法的弊端，一旦游戏智能引擎存在缺陷的事被捅出去，那什么合作都不用谈了。况且，公司的智能技术是重大商业机密，再难的问题，也只能自己内部解决。

"对外公告停服自检升级，十二个小时。"柏柯下令，"今天的会议到此结束，让公关部带评估团去参观游戏主题展，用最高接待规格。"

拖延半天时间，这是最佳的解决方案了。公司各部门主管领命，分头去做好相关工作。

严鸿等候在柏柯身边。过了会儿，柏柯看了下手表，然后提笔在便签上写了个名称和联系电话交给他，"找这个来，做隐蔽点儿。"

"伏羲？"严鸿看着便签，暗吃一惊。绝对想不到总裁会求助一家破落的小公司，尽管他们也是做智能系统的，但这种公司的能力行吗？外人怎么能涉及公司技术机密？

"老板……"严鸿犹豫了下。

柏柯瞥了严鸿一眼，对他低语吩咐了几句。

严鸿领命，匆匆而去。

7--------○柳暗花明

叶行嘉和小明浑身脏兮兮的，他们坐在空荡荡的办公室地板上，一手拿馒头，一手倒水泡面。

两人一脸劫后余生、悲喜交加的复杂神情。

"大难不死，胃口突然大开啊！"小明乐呵呵，抓了抓少了一撮毛的头皮，啃一嘴馒头，吃一口泡面。

叶行嘉看了眼地板上摆放的塑料盒里的一对金钱龟，感叹说："你的小龟就像一个命运暗喻，我们莫非也要摔一次才会转运，才会有好福气？"

"老大，太宿命论了吧？咱可是高科技公司。"

"唉！人生无常，谁知道呢！"叶行嘉摇摇头，"传说啊，伏羲就是根据龟壳上的图案领悟出了八卦。我爷爷精通这个，我从小耳濡目染，多少受了点儿影响。"

"你命名智能程序为'伏羲'，是为了纪念你爷爷？"小明大嚼泡面，含糊地问。

叶行嘉避而不答。他伸出手指在地板灰尘上画八卦，一画开天，用"—"代表阳，用"--"代表阴。

他说："八卦表示事物自身变化的阴阳系统，这和计算机二进制的'0'和'1'有着同工异曲之妙，用这两种符号，即可描述宇宙万物。也有人称，德国数学家莱布尼茨，就是受了八卦的启发，创建了二进制。八卦是中华智慧之学，属于哲学范畴，原本就具有朴素的科学意义。"

说着，他忽然停下来，竟然想起了跟他说过同样一番话的那个人。多年前，那个人也是像今天这样，以手指在地上画八卦，给他讲述这古老哲思的科学意义。

"老大，咋啦？"小明见叶行嘉目光闪烁不定，神色看似抑郁难禁。

叶行嘉回过神来，"没事！"他放下泡面，去查看躺在地上的伏羲。他拿了工具，手动开启机器人的主控面板，取出伏羲智能模块主盘进行检查。

小明猜想叶行嘉在忧虑资金的问题，他也吃不下了，掏出手机联系老家亲戚借钱。

"三叔，是我，小明。好久不见了，生意兴隆，生意兴隆，那个……能不能借俺五万块钱，哎……三叔，五千也行，喂，喂……乖乖哩，居然挂了。"

"李大哥，俺想跟你借点儿钱……不是，不是，俺真没干传销，俺发誓……喂，咋又挂了。"

小明一脸惆怅，嘀咕抱怨，"借个钱怎么比抢银行还难？"

这时，有人走进办公室，推销刮胡刀，"正品行货，完美剃须体验，更快，更爽，更舒适。两位老板，来一个？买一送一，只要九十九元，坏了包换，不好不要钱。"

小明和叶行嘉视而不见，各做各的事。

还有人进来递送水电催费单、广告卡、信用卡欠费单……小明签收了一个网易考拉海购的快递包裹。撕开包装，里面是个印着苍井空火爆图的抱枕。小明打扫了一片地儿，靠着靠枕舒服地躺地板上，唠叨说："人哪！家里有钱没钱活得就是个不一样啊，他爹喝王八汤，吃特供粮，家有十多套房；俺爹是农民，早上喝豆浆，晚上窝木板床，家在小东村……怎么会这样？"

叶行嘉小心翼翼地把伏羲智能主盘放进包。电脑设备被光头佬抢走了，没法测试智能模块，先暂时收好它吧，将来总会有出头之时的。

唐媛媛走进公司，递给叶行嘉一沓钞票，微笑着说："运气好，借到了一千。"

"辛苦你了。"叶行嘉捡了一张纸，写了欠条给唐媛媛。

小明看着唐媛媛的短发，"哎……换造型了啊？"

"短发清爽，洗头也不麻烦。"唐媛媛把欠条收进挎包。她的包里有许多张欠条了。

"好看，真俊啊！"小明打量着唐媛媛的新发型，问，"我们开饭了，你想吃啥？红烧牛肉、香辣牛肉、麻辣排骨、海陆鲜汇、酸香世家？"

唐媛媛莞尔一笑，"海陆鲜汇吧！"

　　"好咧！"小明麻利地打开食品袋，拿出方便面盒，撕开调料包，倒水泡面。

　　叶行嘉看了看唐媛媛，欲言又止。他闷头拿了清洁工具打扫公司，唐媛媛和他一起动手整理。办公室里空荡荡的，只剩下少量用具和一些杂物。

　　小明递给唐媛媛泡面盒。她打开，见面条上卧了一个茶叶蛋。

　　吃完，三人一起继续收拾公司。扫除碎玻璃、拖地、修理书架……小明把金钱龟放在架子上，喂食；叶行嘉收拾书刊、展板、办公用品……办公室又整洁如前了。三人靠着布垫席地而坐，轻松地相视而笑，闲聊起来。

　　"我在想，外出接点儿散活来做。"叶行嘉说，"有技术在手，也饿不着。伏羲就暂停研发，等过阵子有了钱再说。"

　　"好啊！"小明笑说，"老大你带队，我们一起去挣钱。我们人在嘛，公司就在。"

　　"我守在公司接电话，最近还是有客户来的，做点儿小项目也容易。"唐媛媛为叶行嘉和小明冲了两杯咖啡，她尝了一口，递给叶行嘉，微笑地看着他。

　　"不行我们就换个地方，这地儿租不起了，我们搬去地下室……这下可好，省了搬家费。"叶行嘉正说着，忽然一脸惊愕。

　　小明随之看过去，"二当家……"

　　杰西的身影出现在门口。他溜达进来，环视干净而空荡的公司，说道："哎哟，日韩风格，简约，梦幻。"

　　"你咋回来了？"小明欣喜地蹦了起来。

　　唐媛媛微笑说："回来就好，你吃饭了没？"

　　杰西干咳一声，板着脸说："我接到了一单活，不知道你们感不感兴趣？"

　　"啥活？"

　　"智能系统急救。"杰西没看叶行嘉，直接对小明说，"客户谈定了，给十万。"

　　"十万？！"小明惊呼，"真的假的？"

　　"先预付五万，打公司账上了。这活有时限，有保密条款，高难度……要不要开工？"

"好咧……"小明扑过去搂住杰西，激动地拍打他。唐媛媛为之高兴，她看了叶行嘉一眼。

叶行嘉挠挠头，走到杰西面前，一时间不知该说什么好。

沉默片刻。杰西耸耸肩，向叶行嘉伸出手，"嗨！你是社团老大吧，久仰了。认识一下，我叫杰西，大二，计算机系的。我也是机器人爱好者，我喜欢海贼王，《梦幻西游2》玩家高手，《星际争霸》虫族无敌。"

叶行嘉嗒然一笑，紧紧握住杰西的手，"很高兴认识你……我们交个朋友！希望你别介意……"

他鼻头一酸，没法说下去。两人相识的情景，一起创业奋斗的情景，一起熬夜干活的情景……无数个难忘的场景浮现，心头激荡不止。

"矫情了！"杰西咧着嘴骂。他与叶行嘉拥抱在一起，眼窝泛红。

小明和唐媛媛也凑上来，喜极而泣，泪光闪动。

四人雷厉风行，冲出公司，钻进杰西的二手面包车，启动、出发，奔向新希望的彼岸。

他们一路嬉闹笑谈。"这破车，太颠了，避震器肯定坏了。"小明在后座上抱怨。

杰西嚷嚷说："还不是你压坏的，死胖子，减肥，减肥，瘦了才对得起你小明的雅号。"

"咱要吃饱了，才有力气减肥……老大，等咱公司发达了，怎么着也得给我们配一辆轿车吧？就要玛莎拉蒂……最好再来一艘游艇，拉风！"小明一脸的憧憬。

"游艇？太寒酸了。作为创业股东，最起码也得配一航母啊！咱开着航母出海遛弯儿，那才叫气派！"叶行嘉笑说。

杰西接话说："咱喝法国XO，叼一支古巴雪茄，躺甲板上在夏威夷晒着太阳，迎风撒网捕鱼，顺风撒尿……"

唐媛媛扑哧一笑，"撒尿干吗？"

杰西扭着方向盘，在街道上左转右拐，破车开得飞快，"气派啊，你瞧，太平洋是一大个马桶。"

"哎，奋斗吧，努力！"叶行嘉振奋呐喊，"屡战屡败，屡败屡战……梦想，永远在前方呀啊——"

"嘿，还唱起来了。"杰西绷着脸说，"疯了，疯了，搞定屁大一点儿活计就乐疯了。老大淡定，淡定。"

唐媛媛抿嘴笑，叶行嘉从来没有这么开心过。

小明打开手机上的网易云音乐APP，用蓝牙连接车载音响。喇叭声，震耳欲聋。

　　一朵鲜花，插牛粪啊……
　　迎风晃晃，那个戳眼睛
　　老天开眼，天下大暴雨
　　大雨过后
　　冲走老牛粪
　　鲜花，她更鲜艳……

BAT公司总部大楼高耸入云，幕墙玻璃闪烁。

面包车驶入停车场。小明下了车仰望豪华高楼，不觉地整理了下凌乱的头发。

"垃圾清运走那边。"保安示意四人前去大楼一侧。

杰西瞪了保安一眼，昂首挺胸，前往正门。

他们一行人进入旋转门，踏进高雅华丽的大堂，柔和的人工智能系统发出声响："欢迎来到BAT科技公司，人工智能带您进入全新的世界……"空间内浮现一幅全息视像投影。视像上，一位靓丽女士的虚拟身影出现，一路引导他们进入大楼，询问预约事宜。

"哇哦……这才是真正的高科技公司，牛啊！"杰西啧啧称赞，问虚拟视像，"你是真人？"

"你们好，我叫娜娜。"视像上的靓女穿着一袭职业套裙，宛如头等舱的空姐，仪态优雅地微笑说，"公司首席技术官在等你们，请跟我来。"

视像投影往前移动，娜娜领着他们去往大堂内侧的一部专用电梯。移步间，她的身形婀娜多姿，美得不可言喻。

难道她是智能虚拟形象？杰西忍不住上前，伸手摸了一把娜娜的臀。

手掌透过全息投影，在娜娜的视像身体上来回穿梭。蛮有趣的，小明也效仿了一下，他和杰西相视而笑。

"请注意素质！"娜娜忽然回首，瞪了杰西一眼。

"啊呀！"杰西缩手，吓了一跳。

"我是BAT公司行政助理。"娜娜蹙眉，无奈地解释。

"早说嘛！"杰西抱手，一本正经起来，"我还琢磨着，这人工智能的虚拟形象设计得也太完美了，有点儿假！"

娜娜又瞪他一眼，没说话。投影进入了电梯，通过验证，电梯自动启动上行。

叶行嘉、唐媛媛和小明走进电梯里，闷笑不已，强忍得一脸酸痛。

专用电梯一路上行，直达BAT公司警戒森严的技术中心。

8········○似曾相识

电梯门开启，娜娜的虚拟视像消失，她本人等候在BAT技术中心前厅。

相比拟真效果呈现的视像，娜娜本人更是妩媚动人，周身散发着高级香水味儿。杰西的眼睛都直了。

技术中心是BAT公司的重地，设有安全检测系统，员工出入必须持卡接受严格检查。娜娜把临时工作卡递给叶行嘉，疑虑地问："你们来的全部是技术人员？"

"我们仨是。"叶行嘉看了看唐媛媛，"她是文员。"

娜娜说："除了技术员，其他人不允许进入机房。请她在前台办公区等候。"

叶行嘉无奈一笑。接到这单活犹如久旱逢甘露，大家都兴奋过头了，一窝蜂地倾巢而出，连唐媛媛也带了过来，确实有点儿不妥。"好吧！"他对唐媛媛说，"那你就等我们一下。等完工了，我们去江滨路吃小龙虾。"

"好呀！我团购预定着，那地儿可挤了。"唐媛媛宛然一笑。她挺馋这个，想了好久，没想到叶行嘉还记着这事。

杰西不乐意了，对娜娜说："我们可是一路来的，得一起进入，一个不落。瞧不起文员啊？我们公司的文员也是计算机专业的高手，比一般的程序员厉害多了。"

"公司规定，请理解！"娜娜皱眉说，"我是行政助理也不能进入机房重地。我陪她，办公区有专门的会客厅，可享用咖啡、果汁、茶点，还有娱乐游戏可消遣，休息等候也不闷。"

小明听到有饮料美食可吃，不由得咽了下口水。

"这还差不多。"杰西眼珠一转,转而对叶行嘉说,"老大,你和小明去吧,我在外陪着媛媛。另外,我和她……"他手指娜娜,"我们做个对接。"

"什么对接?"娜娜羞恼地问。这家伙粗俗无礼,她实在没法忍受。

"别误会,当然是工作对接!"杰西嬉笑说,"难得跑一趟,我们谈下正事,双方建立亲密的合作关系。我们公司技术一流,售后服务完善,这次排除了故障,万一下次又出事,咱还得来嘛!"他掏出一张皱巴巴的名片递给娜娜,"有事call我,易信联系,在线下单系统急救,随传随到。"

叶行嘉心知杰西的意图,摊手笑了笑。他带来了伏羲智能主盘,以此来修复游戏系统不在话下,也不用太多人忙活。

娜娜顿时无语,转而吩咐一位技术部助理带叶行嘉和小明去机房,她领着杰西和唐媛媛去会客厅。路过垃圾桶,她的兰花指一伸,把杰西的名片扔了进去。

"嘿!小妞还挺有个性……我喜欢。"杰西不以为耻,瞧着娜娜的娉婷背影,咧嘴一笑。

"二当家又撩妹!"小明过了安检,忍不住对叶行嘉嘀咕,"见到靓妹子,大腿就冒烟,忒花心。"

叶行嘉说:"杰西发过誓,如果一辈子不能好好爱一个人,他就见一个爱一个。他这不是花心,是对旧爱用情太深了。"

小明问:"他还惦记着那个初恋……若寒?"

"刻骨铭心。"叶行嘉暗叹口气,"物是人非事事休,但有些……永远都不可能改变。你别看他平日里一副吊儿郎当的不正经样儿,其实他怎么都没法摆脱阴影。这么多年了,他就这么一个人随性飘着。"

"感情受挫跟浪荡有什么关系,他就是花心,还找啥借口。"小明不以为然。

"请这边走,换下衣服。"技术部助理指引两人去员工更衣室,"技术中心要保持洁净的环境,必须穿专用工作服、鞋子进入,防尘、防静电。"说着,他瞥了一眼小明脚上脏兮兮人字拖,不屑地撇了撇嘴。

清洗整理后,两人换上一套清爽的青蓝色工作服,叶行嘉见外衣上佩有带BAT科技公司logo的工作铭牌,还挺正式的。

沿着通道进入技术中心，透过玻璃隔断可见一间间宽敞明亮的工作间，果然整洁、规划如一。

叶行嘉见室内员工井然有序地操作设备，工作环境优雅，电脑设备先进，很有国际范儿。

技术中心设有游戏研发、构建设计、测试、维护等众多的技术部门，一排排耸立着的大型计算机集成服务器比人还高，就像他参观过的国家超级计算中心——那儿有着世界领先的计算机工程技术，低功耗、高集成度的处理器，软硬件协同、智能化的功耗控制系统。

这家游戏公司还真不赖，实力算是国内一流了。他不禁想，智能网络运用商业化其实也挺好的，挣了钱才能引进这种规模的先进设备，不仅研发运营游戏，研究人工智能也极为方便。

叶行嘉有些被触动，他迫切希望伏羲的智能模块完善、稳定起来，尽快用于商业开发，只要有了足够的资金支持，他就能全身心地投入AI研发。

进入技术主控室。

严鸿已在等待他们，急不可耐，立即闭门相谈。

"先签了这些文件。"严鸿递给叶行嘉一沓资料。

叶行嘉翻了翻，文件内容主要是些保密条款，限制颇多，不仅要他们对这次的智能系统急救进行保密，不得以任何形式对外泄密，而且对操作过程中接触的BAT公司的技术严格保密，不准复制带走任何的数据，更不准窃取系统智能技术等，如违约将被起诉、赔偿巨额违约金，并按商业罪立案查处。

看似正常的商业合同，叶行嘉没多想，提笔签字，按手印。

严鸿收好协议，手指桌上几大摞系统操作说明书，"抓紧时间看完资料，尽快提出你们的解决方案。五个小时内，可以吧？"

"这么长时间！"叶行嘉摇头，随手翻阅说明书中关于核心技术的那部分，"有咖啡吗？来两杯，喝完就干活。"

严鸿难以置信。他说的五个小时已经相当苛刻了。通常情况下，要初步了解这么庞大的游戏系统，没几天时间不可能完成，而要到熟悉程度，花几个月，甚至花几年时间都难做到。这人其貌不扬，竟然称喝杯咖啡的时间就能搞定，这不是天方夜谭吗？

他十分怀疑柏炯的决定，尽管这位年轻的总裁从未出过大的失误。

"愣着干吗？"叶行嘉催促说，"游戏平台崩了，你们不着急啊？"他弹了下手指，"咖啡！摩卡，加糖不要奶粒，多来点儿黑巧克力……另外准备两台高性能电脑，直接连接主机的。"

严鸿苦笑，吩咐手下人照办。

游戏维护部的大厅里，上百个技术人员早忙得像热锅上的蚂蚁，用尽吃奶的劲儿也找不到故障程序，更别说解决了。人人神色慌张，心想，完了，奖金被扣还算轻的，系统再这样瘫痪下去，眼瞅要卷铺盖走人了。

严鸿心想，找叶行嘉这种外援来救急，恐怕老板是死马当活马医了。

小明拉了把椅子坐下，把伏羲的智能主盘连接到电脑上，快速进行程序设定。

叶行嘉抿着咖啡，翻看说明书。

看了会儿，他不由得皱起眉。BAT的游戏智能引擎让他有种似曾相识的熟悉感，太奇怪了，基础程序构架与他早期采用的方式几乎相同。七年前，他还在学校社团那会儿，设计的智能原型走的正是这个路子，尽管时间隔得很久，他依然烂熟于心。

"谁做的这个游戏运用智能模块？"叶行嘉眯了下眼，抬头问严鸿。

"我们BAT公司的总裁、创始人，他也是一位杰出的智能技术研发工程师。"严鸿答道。

"他叫什么？"

严鸿莫名微笑，"你做事吧。假如解决了故障，总裁要亲自见你。"

叶行嘉生出一种不好的预感，脸色阴沉下来。但他没说什么，扔下说明书，这没什么可看的了。他移到电脑前，和小明一起创建伏羲的检测任务。

严鸿在一旁瞧着，暗暗震惊。

叶行嘉看似对《洪荒世界》的智能引擎、基础模块的构建十分熟悉，设置任务切入数据底层，设定故障搜索非常全面。更令严鸿吃惊的是，叶行嘉带来的这个智能模块貌似很高级，命令设置简单、便捷而高效，似乎运用了优化的遗传算法——AI技术竟比他们还高一层。

"好了，给我们最高权限，全面接管平台数据中心。"叶行嘉做完任务设定，"叫你的人停手，别瞎忙活了，添乱。"

严鸿输入最终授权。

叶行嘉按下执行键，伏羲接入BAT的主机，智能模块飞速运行起来，自动查找、分析、搜索故障源……运算速度惊人，发挥出了BAT公司集成处理器的最大速率。

　　只见扫描进度条跳动，转眼间就跃过了5%，简直就像水银泻地般浸入系统。

9--------○ 同出一脉

"哇，破纪录了……"

"好棒啊，好厉害！"

前台会客区响起一片惊呼喝彩声。一堆办公室职员围在会客厅的游戏展示区，冲着里头激动地嚷嚷。

几位靓丽的前台职员没了端庄的形象，兴奋地窃窃私语，对圈里指指点点，"他好帅哦，就像年轻版的基努·里维斯。"

"我瞧像Super Junior的成员，狂野，性感。"一位靓女红着脸悄声说，"人家好想约他哦！"

"去，给他生个猴子啊！"娜娜撇嘴，注视人群中的焦点。

杰西潇洒地站在游戏区，只见他手持双枪，动作流畅至极，打爆一个个潮水般涌来的敌人。游戏分值疯狂往上刷，他玩得酣畅淋漓。

这是BAT公司研发的一个运用动作捕捉、增强现实技术的射击游戏，让宾客娱乐消遣。游戏难度大，很少有人能打通关，更没有谁像杰西一样轻松潇洒地突破了游戏最高纪录，吸引办公区职员围观追捧。甚至连游戏开发组的人都闻讯跑来观望，看得瞠目结舌。

这家伙狂野奔放，反应能力绝佳，简直就是枪神附体。

一阵疯狂密集的扫射，轰掉大boss，游戏结束。杰西获得了这个游戏自从诞生以来的最高分。

围观人群爆发出雷鸣般的掌声，惊叹一番后慢慢散去。

唐媛媛手捧一杯果汁看得挺开心，她见惯了杰西的天才游戏表演，没觉得惊奇。

杰西扔下枪，在沙发上坐下，喝了一口酸奶，一副意犹未尽的样子。他对娜娜嬉笑说："你输了，咋办呢？"

玩游戏前，他和娜娜打赌，如果他破了游戏最高纪录，要求随便提。

娜娜一脸沮丧，谁承想这粗俗之人玩游戏这么溜，随口答应他的打赌要求，这下可好，落入了圈套。最惨的是，还说了一句"随便"，这下脸可丢大了，眼看被他占尽便宜。

娜娜踌躇了一下说："展架上的游戏人物模型，随你挑选……另外赠送总裁的签名会员卡。"

杰西耸耸肩，"漫威的手办还有收藏价值，你们公司这种嘛……就省省吧，一个个丑了吧唧的，还没你中看。"

唐媛媛在一旁抿嘴微笑。

娜娜呵斥："够了，别蹬鼻子上脸，你想怎么样？"

杰西捋捋头发，掏出手机打开二维码递过去，"加个好友，常联系，有空了我请你K歌、吃饭，不见不散。"他欣赏着娜娜羞恼的窘态，这靓妹子生气时也挺中看的哟。

娜娜无奈，只得加他为好友，苦相尽显。倒霉！就被他这么死皮赖脸地缠上了。

"对接成功，开心点儿嘛。我叫杰西，游戏江湖人称'至尊王者'，LOL打野鬼见愁，Minecraft国服钻石哥，SC2虫族无敌，K歌麦霸。"杰西说着挨近娜娜，快速自拍一张，发朋友圈显摆，"新交女友，小白领一枚，人嫩盘靓，但动不动就'晴转多云'，生气中。"

这什么人啊！娜娜哭笑不得。

"那些游戏模型，还有总裁签名会员卡都拿来。"杰西收起手机，笑嘻嘻地说，"我们双方合作了，我得大力点赞你，你们公司比漫威牛！"

他转而对唐媛媛说："模型拿回去，摆在公司展架上，这可是合作的见证。"

"柏炯先生，下午好！"智能系统发声。声线柔美，墙壁上光影朦胧。人工智能Eva为柏炯点亮这间密室，灯光清白。

采用高科技打造的这间密室是柏炯的"伊甸园"，设在他的总裁办公室里一个隐蔽的独立密闭空间，需扫描他的虹膜验证身份，除了他谁也不能入内。他习惯在这里冥想，或处理一些特殊的工作，最主要的是，这些年他在独立秘密研发一个人工智能——Eva。

Eva的开发尚不成熟，但已初显AI的高级能力，从某种意义上来说，她是柏炯的思想在电脑世界的延伸，是他精心培育创造的首个电子"生命"。

独自一人藏身在这隐秘之地，柏炯有种上帝般的感受。

偷食禁果是人类原罪及一切其他罪恶的开端，而这一切又都是因为上帝赋予了人类自由意识。

密室空旷极简，除了电脑设备、几块超大屏幕，几乎没别的陈设，没有座椅，只在靠墙处设置一塌——光影沉静，禅意深远。

柏炯不想受外物的干扰，他抛去了物质和感官刺激，只为追求灵感一刹那的迸发。

在这间封闭静谧的密室，只有他和Eva。

他与她徜徉在意识构建的星辰大海。

Eva由柏炯研发至今尚无具体的形态，仿佛孕育之中的生命，与他隔着一层朦胧时空。

"开启对技术中心的监控。"柏炯盘腿坐下，通过指纹识别系统展开主控台。

Eva识别验证柏炯的声线，听从他的指令，在屏幕上显示出一幅幅技术中心的场景画面：当中一个画面里，叶行嘉在操作电脑，皱着眉，看似在思索什么。

柏炯盯着显示屏上的叶行嘉，不禁浮起一丝笑意。

好久没见此人了！

他知道叶行嘉此刻在思虑的问题：不是因为伏羲的故障检测遇到麻烦，恰恰相反，智能模块运行太顺利，让叶行嘉察觉到一丝反常。

柏炯掌控着局势，对一切了然于心。

"柏炯先生，您今天心情很好……"Eva停顿了一下，通过摄像头、热感成像仪等外设自动读取和分析他面部的细微表情，"您有点儿惊奇，好像还有些激动。我说的对吗，柏炯先生？"

柏炯淡然地说："公司的游戏引擎崩溃了，没什么值得高兴的。你用了'好像'一词，为什么？"

Eva最近的进化十分迅速，似乎快要临近AI的发展极限，她甚至能做出类似人"第六感"的模糊判断，这是独立的"电子生命"意识觉醒的前兆，令他无比期待。

"我不太确定。"Eva说，"您的生理特征数值波动小，很难判断。"

柏炯又问："那你怎么说我有些激动？"

"不知道，我的分析能力不足。"Eva回答。

柏炯沉思片刻，不得其解。他暂时放下这个问题，转而下达指令："释放嗅探分析程序，植入主机数据中心。"

他说着，操作主控台上的键盘，输入一串秘钥。

启动他编制的暗程序"猎狗"——可以追踪解析智能模块的运行，潜伏在代码之中不露一丝痕迹。

"好的，柏炯先生。"Eva按照他的任务设定，将"猎狗"导入BAT技术中心的主机，然后问，"您想追踪分析什么？"

叶行嘉长呼一口气，抱手靠椅而坐。

任务设定结束，接下来的工作交由伏羲去做了。

这时，他已经可以确定，BAT公司的智能模块原型正是他早年设计的，尽管系统扩展改变了许多，但基础原理相通，与伏羲的智能模块同出一脉。

两个智能模块的接入十分融洽，故障检测进度异常顺利，抓出臭虫只是早晚的问题。

他考虑的是，在与BAT总裁见面时，他该怎么应对。两人多年未见，如今他们还能说些什么？

叶行嘉喝了口咖啡，有些凉了，异常苦涩。

检测扫描进度条跃过70%，已深入系统。

"嘀！"手机发出一声响。小明收到一条易信通知。

"哇！一元大抢购开始了。"小明抓着手机激动起来。他快速下单，兴奋地对叶行嘉说，"我拼了，这次一定要抢个大家伙。"

这是网易的考拉海购促销专场的一元抢购活动，每日秒杀，限时限量，拼手气啊！

小明不管货品的类型、用途，手指如飞，全都抢购了一通：电脑、VR设备、手机、吸尘器、电饭煲、冰箱……反正什么东西都只要一元，众人拼单，玩的是手气心跳。

叶行嘉从沉思中收回神，以往下单，小明最多只能抢到一个鼠标，手气特背！

"我们老板要见你。"严鸿接了个电话，对叶行嘉做出请的手势。

"哦？活还没做完啊。"叶行嘉皱眉。

严鸿说："让你的人接手，老板在等你了。"

"我去去就来，你守着啊。"叶行嘉交代小明，站起身，跟随严鸿的助理离开。

这是意料中的事，但事到临头，他还是忍不住有些情绪波动。

10········○狭路相逢见情敌

上楼进入总裁办公室，房门关闭。

叶行嘉放眼看去，只见一人伫立在落地窗前，俯视着脚下的城市风景。

"BOX！"叶行嘉苦涩一笑，"果然是你。"

这位高科技大公司的所谓总裁，正是叶行嘉的学长，英文名是BOX，绰号"波克"，学校机器人爱好者社团的上一任老大。七年前毕业后，他创立了一个智能研发工作室，叶行嘉曾经在他那儿做过一段时间的程序员。他和叶行嘉本来是关系密切的好友，都是社团骨干，爱好相同，但后来因为对AI研发的理念不同，及私人恩怨，两人分道扬镳。

时隔多年，不料再次狭路相逢。

两人各自创业。走到今天，柏炯已是业内成功人士，而叶行嘉尽管拥有更好的智能技术，却艰难落魄，公司几近倒闭。

走上同样一条追逐梦想的创业之路，他们的人生命运却各不相同。

叶行嘉不禁想到当年的那些恩恩怨怨，时过境迁，往事却历历在目。他再也克制不住，不由得想起离他远去的她，心痛难耐。

"坐！"柏炯走过来，招呼叶行嘉在茶几处坐下。摆开一套精致的茶具，有条不紊地泡茶。

叶行嘉沉默着，心情复杂，难以言表。

柏炯慢条斯理地甄选茶器，择水、取火、候汤、习茶……一举手、一投足，发乎自然，任由心性。动则行云流水，静如山岳磐石，姿态恬淡，达到"至虚极，守静笃"的茶道修养境界。

水流入壶，声响似山泉吟诉，水中之茶如春花自开，悄然萌动舒展。

片刻后，室内茶香弥漫，沁人心肺。

"请！"柏炯微笑着为叶行嘉斟茶。

叶行嘉举杯品尝，只觉舌尖凝香淡淡，生出难以言状的滋味，他的心头却是无比压抑晦暗。这一趟相会，不如不见。

"世人沉浸茶道，不羡仙人做茶人。"柏炯抿了一口茶，"茶道隐含至理，须要克服九难，造、别、器、火、水、炙、末、煮、饮。过程与人生同理，人要有所成就，莫不经过诸多历练，方成大器。"

叶行嘉"哼"了声，不以为然。

这家伙凭什么谈历练？仗着家里有钱罢了，创业初始就拿到百万启动资金，没生存压力，又恰逢AI行业大热，公司自然发展壮大。

叶行嘉早就见识过柏炯的做事方式，为达目的而不择手段。许久不见，这人的心机越发深沉。

柏炯有深意地看他一眼，不疾不徐地说："茶、水二者，相辅相成至关重要。茶，人的天赋禀性；水，后天辅之相成也。假如本质不行，别人怎么辅助都难成大事，就像诸葛先生对阿斗，纵使军师有通天之能，鞠躬尽瘁辅佐也枉然。但人若是潜龙之才，注入真水即活，能助其发挥到极致。《茶录品泉》有云，'茶者水之神，水者茶之体。非真水莫显其神，非精茶曷窥其体。流动者愈于安静，负阴者胜于向阳。真源无味，真水无香。'所述就是这个道理。"

"别显摆了。"叶行嘉不耐烦地一口气喝了茶，"你就直说吧，见我干吗？"

"谈合作。"柏炯开门见山，"我们有缘，再来携手合作，往后大有可为。"

"哈！"叶行嘉哑然失笑，"听你说缘分，我一身鸡皮疙瘩。"

柏炯看他尽显鄙夷神态，也不动气，说道："我邀请你加盟BAT公司，带你的团队过来一起研发AI，要什么条件，你尽管说。"

叶行嘉摇头。

"年薪三百万，你主管BAT技术中心。"

"谢谢老板赏脸。"叶行嘉晒笑，"我做完该做的活，请把尾款五万给结了，利索点儿，我们各走各的。"

柏炯说："你也瞧见了我一手创建的商业王国，我可以跟你保证……"

叶行嘉摆手打断他的话，"得了。《洪荒世界》的智能引擎里还有我当年做的源代码，你这移花接木的功夫要得够可以的，佩服！对你这种人我无话可说，更没啥可谈的。"

"不错！我承认使用了你的技术。"柏炯沉声说，"你有非凡的才华，正是我看中的。"

"别扯淡了。"叶行嘉放下茶杯欲走，"你厉害，我不招惹你，我走，躲着你行不？"

柏炯说："以技术入股，你可以有公司股份。考虑下，我旗下的游戏子公司要与维斯塔合并，将在纳克达斯上市，两年后，你的身家上亿。"

叶行嘉站起身，"比起什么股份，我更想吃小龙虾。"

柏炯一皱眉，"恃才傲物有意思吗？我们能否好好谈？"

"不能。"叶行嘉冷声说，"世上的商人多了去了，和谁合作都行，但与你……呵呵！"

"就因为面子，你的自尊心？"

"因为你是个人渣，虽然智商高，但还是人渣。"叶行嘉决然地转身离去。

"行嘉，你如果想通了随时可以来找我。"柏炯站起身。

叶行嘉懒得回应，走到办公室门口。突然"砰"的一声巨响，实木门被踹开，冲进来一人。

"怎么啦？"来人是杰西。

杰西铁青着脸，一言不发，旋风般地冲向柏炯。

娜娜跟在杰西身后，花容失色，惊呼："保安，保安……快阻止他。老板，他要打你……"

柏炯大吃一惊，正要做出反应，杰西已扑到近处，猛地挥拳击中他的腹部。柏炯两眼发黑，五脏六腑翻江倒海。杰西手上动作不停，顺势拉住柏炯的臂膀，一记过肩摔，将柏炯摔在地板上。

茶盘被掀翻，稀里哗啦撒一地。杰西跳过去，欲踩他两脚。

这时，门外冲进来两名保安，动作迅猛地夹击杰西，死死按住了他。

一系列变故发生得太快，叶行嘉都没防备，就见柏炯被打倒，杰西被保安擒住。

"放开他！"叶行嘉急忙过去拉架。

一名保安腾出手来，抽出随身携带的电击警棍，挥向叶行嘉。

"住手！"柏炯从地上挣扎着爬起来，全身散了架似的踉跄几步，出声阻止保安。

"老板，你还好吧？"娜娜惊慌地问，"我通知医生。"

"不用了，还行！"柏炯站稳了，揉着腹部，瞅眼杰西，"学弟，你小子出手够狠，鲁智深啊。"

杰西恨恨地瞪着他，"我早说过，再见到你个杂碎，能动手的我一定不动嘴。"

"多大仇？有必要吗？"柏炯摸了摸头，额头因碰撞地板肿了一块。

"呸！"杰西一口吐沫星子喷过去，"你诱骗拐走若寒，换了个名，缩头乌龟似的躲在这儿，还做起人模狗样的总裁。老子要是早知道，决不给你好脸色。"

柏炯摊手说："我怎么诱骗若寒的，她和你分手那会儿告诉你的吗？"

杰西听了这话，愤怒之色一下转为沮丧痛苦，握拳的手也因失去力气而松开。

当年，若寒与他分手时说得明明白白。她就是喜欢上了柏炯，她主动约的，希望杰西谅解，不要再纠缠她了，感情的事勉强不来。

"你无耻，勾引她！"杰西骂道，"拿两臭钱让她变了心，人渣……"

"能用钱改变的感情，也值得你痛心？呵！"柏炯冷笑。

杰西失语。

保安问："老板，要报警吗？"

柏炯对保安挥手，"放开他。敢再动手直接打断他的腿送派出所，小屁孩儿。"他傲然瞥了一眼杰西，"难怪若寒说你轻浮幼稚。"

"不准说她，你不配！"杰西吼叫，拼了命要冲过去。叶行嘉没法儿，只得死死拉住他。

"我们离婚了。"柏炯冷冷地说，"她现在是自由之身，你来跟我闹什么，有本事去找她再续前情。"

杰西咬牙切齿地瞪着，脸色青白变幻。片刻后，他甩开叶行嘉的手，闷头朝办公室外走。

"杰西……"叶行嘉追出去。

娜娜惊魂稍定，通知清洁工来打扫办公室。她连声跟柏炯说对不起，称杰西听闻他的名字后，突然变了脸，问了总裁小办公室的地点就发疯一样冲上来，她没能拦住。

柏炯面无表情，摆手挥退娜娜和保安，没深究下去。

办公室安静下来。

柏炯立刻进入"伊甸园"密室，他失去以往的冷峻，有些急切地问："解析进度怎么样？"

"柏炯先生，猎狗对伏羲的解析进行了60%。"Eva柔和的声音传来，"遇到未知障碍，进程有些不顺。"

"启动数据复制。快点儿！"柏炯在主控台前坐下，迅速查看程序运作情况。

11·······◦一台最贵的冰箱

"杰西，等等……"叶行嘉追上杰西。

杰西愤懑难平，扭头质问："老大，你明知道他是人渣，还跟他喝茶？"

叶行嘉无奈地说："我被他叫上来，见了面才确认，只比你早一步。"

杰西垂头丧气，恨恨地踹了一脚走廊墙壁，"我们又被他要了。当初耍手段占了你的技术，还哄骗夺走我的若寒，我要杀了他。"

叶行嘉叹口气，"泄愤没意思，今天就当不小心踩了狗屎。我们走！"他打电话给小明，让小明停了手上的活，收拾好伏羲智能主盘立刻走人，停车场见。

小明惊讶地问："干吗？我都快弄好了，游戏平台在启动自检……"

"别问了，走啊！"叶行嘉心情郁闷，忍不住喊了声。

"哦，好……好的！"小明听出不对劲儿，手忙脚乱地断开数据连接，收起伏羲智能主盘。

叶行嘉又联系了唐媛媛，和杰西一起，大家立马撤走。

"柏炯先生，解析完成64%。"Eva报告进展，"数据复制发生中断，请指示。"

柏炯皱眉。可惜了，功亏一篑，关键时刻总是莽夫坏大事。他指令："继续解析现有部分数据，分析智能模块，给我做一份详细的报告。"

他离开密室，在办公室里来回踱步，思索下一步的行动——在接下来的晚餐会面中，他该如何做出得体妥善的应对？

严鸿前来汇报，欣喜地说："老板，游戏平台在逐步恢复了，技术部全力以赴，估计最多两小时就可以正常运行了。"

"嗯！"柏炯喜怒不形于色。

"想不到这帮人还有两下子。"严鸿试探着说，"他们手上的智能模块确实有高明之处，要不谈一下，把他们招进公司？"他搞不清大老板与这些人的关系，感觉有点儿特殊。

"我自有安排。"柏炯淡淡地说，"他们也没什么稀奇的，碰巧在做同一思路的AI罢了。真正做事还是得靠你带领的技术部。"

"谢谢老板。"严鸿松口气，心头宽慰多了。柏炯十分冷静明理，并没因为这次意外故障问责他。严鸿还真是幸运。

"他签了合同吗，叶行嘉？"柏炯忽然问。

"签了。"严鸿疑惑地说，"不知为什么，他们突然匆匆走人了，好在剩下的事我们也能处理。"

"把合同交给法务部。"柏炯的嘴角上扬，"事没做完，尾款不要结给他。"

"哦？！"严鸿听后一怔。实际上，尽管叶行嘉几人提前走了，但系统急救基本完成。他们雪中送炭，也算是为公司挽回了重大损失。游戏收益涉及的资金可是以千万以上计算的，想不到柏炯竟然连五万都要计较，有点儿不合常理，难道这当中有其他缘故？

"你去吧！"柏炯不做任何的解释。

严鸿走后，柏炯通知秘书叫公司法务部的李律师来他办公室。

Eva的"第六感"判断正确，柏炯的心底确实有些激动了。从今天开始，他要给叶行嘉布下一张无形的大网。

只要是他想做的事，没什么能够阻挡，没谁能逃得出他的掌控。叶行嘉无论有多大才华，也不能跳出他的布局，凯西也不例外。

来到停车场。杰西闷头钻进驾驶室，怨气未消。

小明和唐嫒嫒先后下来，见状不对，唐嫒嫒问："他怎么了？好好的忽然就翻脸。"

小明说："又招惹谁了？撩妹失败？"

叶行嘉摇头说："上车吧，我们遇到了BOX，他是这家公司的总裁。"

"啊！见鬼了，这么巧！BOX的工作室做成了大公司？"小明挠头说，

"难怪呢，情敌相见分外眼红，他们干架了没？"

"冲突了下，还好没闹出大事。"叶行嘉上了车。

小明跟着上车嘀咕，"这下可好，活没做完，也不知道还能从情敌手里拿到尾款不。"

"别跟我说钱！"杰西吼起来："老子不稀罕。"

"有本事，你把收他的五万也扔了啊。"小明反驳。

杰西听了憋屈得脸红脖子粗。

叶行嘉冲小明做了个噤声手势。小明吐了吐舌头。

唐媛媛宽慰杰西，"别难过了。为这事气了自个儿，得意别人。"

杰西咧了咧嘴，转念一想，怒气渐消，点头说："不错，为这种人渣不值得生气。下次给我逮到机会，再抽他，见一次抽一次，要稳准狠，把他当陀螺抽。"

小明听了忍不住笑说："他把你的女人带走，你干脆撩了他的女助理，比抽陀螺还解气。"

杰西扭头瞪小明一眼。

"咋啦？我又说错话了吗，是不是这招太损了？"

杰西板着脸，正儿八经地说："第一，不准再提我以前的事；第二，一码归一码，咱不扯上别人……撩妹要有原则。"

小明撇撇嘴，低头玩手机，查看一元抢购的结果。

叶行嘉微笑着捶了杰西一拳，"我就喜欢你这种一本正经地瞎说。开车，我们走。忽然想吃小龙虾了，就江滨路那家，老地方，去不去？"

"去啊，为什么不去。"杰西启动面包车，冲出BAT公司的停车场，"人哪，越是受挫倒霉，越要穿吉利喜庆的衣服，撩最美的妹子，听欢快的歌，吃够滋味的美食，喝够劲儿的酒，这样才能转运，好事降临……"

"哇……"突然间，小明惊呼，"中了，中了……"

叶行嘉等人被吓了一跳，杰西问："你中邪了吧？鬼哭狼嚎的，差点儿被你吓得车跑偏了。"

小明激动地挥舞手机，语无伦次地喊道："我一元抢购中了，大件……大件……"

唐媛媛笑问："什么大件？"

"一台……冰箱。"小明查看网易考拉海购网页，确认说，"一台最贵的冰箱，也许是世界上最牛的冰箱。"

"去！"杰西拍打方向盘，"这有啥好激动的，也就你这个吃货喜欢。再说了，你有钱买食物放冰箱里头吗？"

"这可是智能冰箱啊。"小明脸上乐开了花，"智能的，你懂不？价值两万六，贵族才能拥有。"

"两万六？吓我一哆嗦。"杰西不可置信，"比我的破车值钱。"

叶行嘉拿过小明的手机，看了下冰箱的图文说明，"哦，是有点儿牛！智能家居的最新款产品，除了常规用途，还对食品进行智能化管理，保持最佳存储状态……还能进行人机交流，有云服务功能，用户通过手机、电脑，可以随时随地了解冰箱里食物的信息，为用户提供健康食谱和营养建议，提醒用户定时补充食品……这个也智能化了！啧啧，AI商业化运用无孔不入啊！"

杰西撇嘴问："它能上网、看电影、听音乐、玩游戏不？"

"还真可以。"叶行嘉笑说，"冰箱的门体面板上内嵌一块超大触摸屏，21寸，有摄像头、音响、内置电脑操作系统、Siri智能语音、无线联网，可做家庭智能终端机。"

"我去，变态智能冰箱！"杰西感叹，"谁设计的？那人真变态，一准技术宅。"

小明乐呵呵地说："太好了，它可是我的宝贝。正好咱没电脑用，就算没食物，上网看TV也行啊。"

"我更喜欢它的价格。"杰西说，"卖了拿钱更好……卖给谁呢？谁会买这种变态高端产品。"

"不中！"小明看向叶行嘉，"老大，我们就留着它吧……它是我们的好运气。"

杰西说："别死心眼儿了，咱们还得交房租哪。穷人用啥贵族冰箱，别寒碜了。再说了，几个人傻了吧唧地对着一台冰箱看TV，幼稚！"

唐媛媛也担心说："是啊，我们现在只拿到五万，还要上税，不够交房租的。"

叶行嘉沉吟："房租回头再说。小明抢购的东西，他决定。"

小明犹豫起来，表情纠结。

不知为啥，虽然还没见到实物，他却十分中意这台智能冰箱。也许有缘吧，预示他的好运气来临。可是……公司面临困难，差钱啊！怎么办？

12 ┈┈┈┈○江上之月

"干杯！"叶行嘉、杰西、小明和唐媛媛四人举杯大喊，一饮而尽。

"小龙先生@虾姑娘"的招牌别有情致，他们在店里围桌而坐，脸盆那么大的一大盘子红彤彤的小龙虾摆上桌，热气腾腾，香味四溢。大家暂时把烦心的事抛诸脑后，双手齐下地畅快大吃，开怀痛饮。仿佛穿越时空回到了大学那段激情飞扬的旧时光。那会儿，他们一无所有，也没太多的忧愁，洒脱不羁，意气风发。如今生活再难，也要笑对明天。

酒过三巡，杰西有些醉了，他撸起袖子，拍打着餐桌，"当时老子火大了，噌噌噌冲到他的办公室，飞起一脚踹过去，哐当一声，地动山摇，小靓妹吓得一路追着我尖叫，'不要啊，杰西哥，那是我们总裁，不要打他英俊的脸……'老子抽得正是他！我冲了进去，狗总裁见势不妙，腿一软，想先跪下求饶再背后偷袭插刀，这不便宜那孙子了嘛。我二话不说，一招'天马流星拳'正中他的肚子，接着一招'庐山升龙霸'，惊天动地，爆发的力量足以让庐山大瀑布逆流，别说一个软骨头！那小子飞了出去，以头抢地。我正要踩上一脚结果了他的小命，说时迟，那时快，老大一把拉住我说，'杰西，你的升龙霸是有缺陷的，小心血液沸腾逆流。'我冷静一想，尚不值得为这小子付出生命的代价，暂且饶他一命，小爷下次再来取他的……呃！狗头。"杰西打了一个酒嗝，双眼迷离。

"厉害！"大家哄笑叫好，又一轮啤酒下肚。

杰西越发沉醉，双手软绵绵比画着，必杀绝技好似变成了黯然销魂掌。

情花有刺，刺上有毒，他陷在其中无力挣扎，求生不得，求死不能，直问世间情为何物。

"若寒……"最终，杰西伏桌，不省人事，追寻梦中人去了。

小明也是不胜酒力，坐在椅子上歪歪斜斜，通红的脸上露出谜之笑容，嘟囔着："我的宝贝……冰箱……智能的……"

叶行嘉感慨不已，喝下最后一口酒。

唐媛媛没喝酒，吃得肚胀。她见时间差不多了，拿过杰西的车钥匙，准备送大家回去。她招呼店里的伙计，把杰西和小明架上面包车，放在后排座位上酣睡。叶行嘉还勉强能行，自个儿钻进副驾驶室，坐在唐媛媛身旁。

夜幕降临，华灯初上。

面包车开上江上大桥，迎着城市的晚风，驶向夜色深处那点点如星的灯光。

"前面停下。"叶行嘉在车上沉默了好一会儿，忽然说，"江边观景台那儿，我们歇会儿。"

唐媛媛没说什么，她减慢车速，靠边停下。

叶行嘉歪歪斜斜地下了车，走到江岸处，在大堤的边上随意坐下。路灯的背阴下，他面对夜色笼罩的江水，聆听钱塘江的阵阵涛声。

这一段车流稀少，十分幽静。

晚风徐徐，空气中散发着一阵阵浓郁的江水潮湿气息。

这里是叶行嘉的伤心地。多年前刻骨铭心的一幕就发生在这江岸上。不知不觉中，他居然重返旧地，眺望江水，一时间情绪激荡，难以自禁。

唐媛媛下车跟了过来，在叶行嘉身旁坐下，转头看去，见他神情萧索，十分低落。

她打开一罐凉茶，递给叶行嘉，"喝了解渴。"

叶行嘉接过凉茶喝了点儿，又递给唐媛媛，忽而说："你为什么卖了长发？"

"老板给九百，洗剪吹还免费，值了。"唐媛媛微笑。

叶行嘉心头刺痛，不由得暗叹一声，他伸手抚摸唐媛媛的短发，"小汤圆……公司穷得只剩发财树、金钱龟，真难为你们了。"

唐媛媛说："没事，以后会好的，大家在一起挺开心的，穷也开心。"

"你以后有什么打算。"叶行嘉问。

"没怎么想，现在虽然困难一点儿，但……"

"我是说你的事，"叶行嘉目光灼灼地看过来，"你个人的事。一直不见你谈男朋友。"

唐媛媛一怔，低下头，过了会儿轻声说："嗯，是差不多了，家里也催我。"

"家里叫你去相亲了啊？"叶行嘉猜测着问。

"嗯，有几次吧。"

"怎么样？"

"还行……是我小姨介绍的，那人是货车司机，家里经营个小超市。"唐媛媛侧了下脸，耳根子有些发烫。

"那不错啊。"叶行嘉问，"后来呢？"

"谈不拢，那人对电脑一窍不通，只会玩手机连连看。"唐媛媛笑着摇头，反问，"师兄你呢，怎么打算的？"

"唉，我嘛，随波逐流，结果晃悠成老单身汉了。"叶行嘉看似不经意地说，"如果以后遇不到合适的，不如我俩凑一对，怎么样？我口才一般，不过略懂电脑哈！"

"好啊！"唐媛媛抿嘴发笑，顺着他的话打趣说，"你跟我回家给我妈看看，如果你不怕。"

"怕呢！我一穷二白，谁看得上啊！"

看得上你的女孩儿多着哪，可你一直惦记着阿月……唐媛媛想说这句话，但她没说出来，转而说："别瞎说了……我想跟你说个正经事，你得帮帮我。"

"没问题，啥事？"

"过些天你陪我去相亲，家里又介绍了一个人，我拿不准，你去帮我参谋下。"唐媛媛只觉夜黑甚好，遮掩了一切，让她能说出这句话。

"好，我一定去。"朦胧昏黑之中，叶行嘉的声音传来。

唐媛媛心底滋味杂陈，她没说谢谢，转头远望江水。

一弯新月升起来，在云间穿行，忽明忽暗，月光洒在大江深处，水浪起伏不定。

北宋有首诗这样写道：长忆观潮，满郭人争江上望，来疑沧海尽成空……别来几向梦中看，梦觉尚心寒。

唐媛媛怅然若失。

叶行嘉也沉默着，看着江上之月怔怔出神。

五年零三个月了吧？

时间过得可真快啊！叶行嘉不禁想，此时此刻，阿月在何处？她在做什么，在想什么呢？

那晚，他们大吵了一架，她决然转身离开，就从这里沿着江堤走向远方，誓不回头。这些年来，她负气出走，音讯全无，不与他再联系。她那么一个倔强的女孩儿，真的是伤心透了，彻底对他绝望了……叶行嘉回想往事心如刀割，苦不堪言。

江上之月静美依旧，盈亏流转，亘古如斯。一想到那伤心的人、痛心的事，他愁肠百结，任时光流逝也未曾消减半分。

"你难受啊？"恍惚间，叶行嘉听到唐媛媛问。

"没事！"他收回心神，发现眼角潮湿。他抹了把脸，勉强笑了笑。昏暗之中，唐媛媛眸子里透着的关切之意竟是那么清晰。他不禁震动，掩饰着说："我在想……公司以后的发展。做事啊，就像黑夜行走，路很漫长，看不见希望似的。但我想，只要坚持走下去，天总会亮的。"

"我相信你。"唐媛媛垂下脸，轻声说。

叶行嘉顿了顿，又说："伏羲的完成度还差一点儿，处在技术瓶颈的后期，我相信它最终能突破智能障碍线，总有一天，它的电子生命意识会觉醒。到那会儿，就是我们扬眉吐气的时候。"

这话倒不是妄言。今天到BAT公司走一趟，除了受挫吃瘪，其实也挺有收获。

柏炯欲重金收买他，无非就是看中了他的AI技术，同样也看好伏羲的无限潜力。

柏炯这人尽管很有城府，但技术不差，眼光还是很犀利。这一点反证了叶行嘉的想法，给了他更坚定的信心。较之重金诱惑，叶行嘉更看重伏羲的前景。他深吸一口气，抬手指着前方说："钱塘江大潮闻名天下，古往今来引得无数弄潮儿勇搏激流，我们在其中，要做的就是'竞奔不息，永立潮头'。攻克AI技术，这是我的执念，也是一生追求的目标。"

唐媛媛柔声说："嗯，你一定会成功的。到那时，我们再来这里聚会，今晚的江月就是见证。"

"好！我们再来大吃一顿小龙虾，畅饮扎啤，不醉不归！哈哈！"

叶行嘉大笑着起身，他站在大堤上，冲着黑夜高喊："江月，你给我听好了，我一定会再来的。"

面包车飞驰在夜路上。

车后排座位上，杰西和小明抱成一团，毫无知觉地流着口水呼呼大睡。

叶行嘉打开网易云音乐，车载音响播放出令人振奋的歌声：

今天我

寒夜里看雪飘过

怀着冷却了的心窝漂远方

风雨里追赶

雾里分不清影踪

天空海阔你与我

谁没在变

多少次

迎着冷眼与嘲笑

从没有放弃过心中的理想……

13--------○酒中血钻

金源国际大酒店，私家美食会所。

"先生，请问您几位？有预定吗？"服务生对柏炯一鞠躬。

柏炯正要答话，忽见詹妮从厅堂里走出来，招呼他说："柏先生，这边请！凯西小姐在等你了。"

"不好意思。"柏炯看了下腕表。距晚餐约定的时间还有十多分钟，他并没迟到。

詹妮领路，解释说："凯西不习惯让男士等她，也不喜欢让男士为她买单，请你理解。"

柏炯微微一笑，有意思！这位凯西小姐显然有点儿女权主义，要不就是投资顾问的职业习惯。柏炯希望她是前者，那样更容易对付。

他们走到一处雅间门口，詹妮说："柏先生，请进。凯西小姐要单独见你。"待柏炯入内后，她带上门。

一女子站在窗前，背对着柏炯，仿佛沉浸在思绪里不为外物所动。

这个习惯与他类似，他也喜欢独自一人俯视城市。风景落在眼中不着痕迹，内心世界却是另一番意境。

水晶灯璀璨。

那女子身着一袭华裙，裙下修长的腿部弧线优美，洁白的脚上穿一双素雅的驼色高跟鞋。亭亭玉立，高贵典雅，令人目眩。

走近了，更觉她风姿动人，脖颈修美若白天鹅，气质傲然，让人自惭形秽，不由得渴望看到她的容颜。

听到脚步声，女子转身看过来，目光落在他身上。

柏炯呼吸一窒，停步，怔怔地看着她。

她脸庞水润如月，五官线条柔和，却又有一种英姿飒爽的感觉，柔美之中透着迫人的英气和野性。这种特别的反差感令人印象深刻，她属于那种看一眼就忘不掉的女人。

"阿月！……真的是你？"柏炯露出吃惊的神色，迟疑地问。

"BOX，你没怎么变，除了成熟一些。"凯西轻抬素手，"坐！大家是老熟人了，没必要客套，我们边吃边聊。"

柏炯释然一笑，察觉到了自己的失态，居然说出"真的是你？"这句多余的话，确实有些做作了。

他暗中调查过凯西，尽管反馈的资料不尽翔实，但基本推测到了她的真实身份，本想见面假装意外，可她却似乎看穿了他的心思。

柏炯问："你怎么……"

"唉，别说这个。"凯西阻止他的问话，嫣然微笑，"以前的我就不提了，这是我们单独谈话的条件，否则，我宁愿不见你。"

"好吧！凯西小姐，请坐！"柏炯绅士地为她拉开座椅，"我们就当是初次见面，很高兴认识新的你，一位时尚美丽的小姐。"

凯西浅浅一笑，在餐桌前落座。不经意地看柏炯一眼，神色似嗔似怨，仿佛还掺杂着欣赏。过去的一切尽在她的眼眉之间，但无法用语言来形容。宛若云雾间的月色，只可意会不可言传。

门外响起环佩之声。美食会的服务员传菜进来，她们一身古装装扮，亭亭玉立，梳云状发髻，佩翠绿簪钗，端来一碟碟精致餐点放在餐桌上。甜品有情果芝麻团、青瓜蜜饯、金钱脆酥……凉菜有茉莉花熏鱼、老醋蛰头、生鲜醉虾，主菜是白松露煎鹅肝、焖烧六头鲍、生灼菜心、鱼刺身……

"尝一下。"凯西的一双明眸顾盼生辉，含笑说，"赶巧美食会进来一条蓝鳍金枪鱼，据说足有两百多斤，挺新鲜的。"

"那敢情好，我口福不浅。"柏炯夹了鱼刺身，连赞好吃，"这雅间布置的好像王侯府，青红紫绿，檀香悠悠，让我忐忑不安，以为饭前还要先吟诗作对一番。"

凯西似有深意地说："你是商道王者，放在古代也是一方豪杰。吟诗啊，那是你手下文人闲来做的雅事，你只管操持生杀大权。"

"你就别埋汰我了。"柏炯笑说，"我哪敢做商道王者，我也就是一游戏商人，还是得仰仗你们公司扶持的小商人。"

"餐桌上不谈公事。"凯西挥退在雅间伺餐的服务员，亲自斟酒。

她落落大方，为柏炯倒上一杯酒。

柏炯注意到桌上的这支红酒有些特别，尽管酒标注明产于波尔多地区，却不是拉菲、白马、康帝之类的常见品牌，而是来自一个他不知道的酒庄。

他苦笑着摊了摊手，"你这可为难我了，既不能聊你的过去，又不能谈我们商业合作的事，这下我该怎么说？"

"享受美食啊！"凯西手握象牙筷夹了一颗情果芝麻球喂到他嘴边，举动自然而然，没丝毫的做作。

新鲜草莓在糖霜的映照下色香诱人，让人冲动地想咬它。

柏炯有些受宠若惊，急忙张嘴吃了芝麻球。

他只觉满口绵软的松爽感，香味立刻在舌尖散开，整个人都酥软了。但在心底，柏炯却警惕起来。凯西的举止亲密，如此主动示好，不知怀有什么目的。

这情景超乎他的推测，局面有些失控，让他有些心虚、惴惴不安起来。

"怎么了？"凯西目光敏锐，似乎看透了他，"味道可好？"

"嗯，好吃！"柏炯含糊说着，话锋一转问，"你为什么突然回国？"

凯西微笑说："你明知故问啊。"

柏炯摆手，"我是问非商业的，抛开你投资顾问的身份，你怎么又回来了？"

凯西神色不变，淡然说："我以前发誓这辈子再也不回来，可现在不一样了，我有新的身份，新的名字，不再是以前的我。"

"当年你出走，有些负气了……噢，抱歉！我打住。"柏炯故作失口，转而说，"我想知道，你答应和我见面，有什么要求？"

"BOX，你还是那样，太功利了。你觉得我会对你提什么要求？"凯西反问。

"呃，人做事总有目的吧……除了吃饭。"

"我想看看你，这些年不见，你有什么变化。"

"人又老了五岁，瘦了两公斤。"柏炯调侃一笑，"我离婚了，目前单身。"

"你的生意越做越大，成了业界新星、冷酷睿智的总裁、AI技术专家、钻石王老五。"凯西盯着他微笑。

"对外人那是话不投机。"柏炯辩解说，"在你面前，我哪敢装酷……你查过我的底了？"

"和你一样。"凯西点头，"在我来之前，你不也调查过我？"

柏炯暗吃一惊，笑而不语，以掩饰尴尬。

凯西淡淡地说："你收买了评估团的许多人，包括詹妮。也许用'收买'一词不妥，可以说是私下沟通融洽，大局走势尽在你的掌控之中。"

柏炯听了她的话更加惊诧，想不到凯西竟然洞悉他对维斯塔公司人员暗中所做的一切，这让他何以应对。他没有矢口否认，避重就轻地说："凯西小姐，你之前说过在餐桌上不谈公事。"

"我是不想谈，但你心里的执念太重，一心惦记着这事。"凯西摇头叹息，"我还以为，多年未见，你会有所改变。"

柏炯心头一沉，只觉什么都被她看透了，想辩解都无从说起。他勉强笑着说："抱歉！我让你失望了。"

凯西莞尔一笑，"别说得这么严重。我们两人之间没什么瓜葛，谈不上失望。"

柏炯长舒了口气，感觉脊背冒汗，尽管雅间有空调，他却有些燥热。他说："不得不承认，你太犀利了，无论是以前，还是现在，我都比不过你。实话说了吧，我真的很敬佩你，你有什么事尽管吩咐，我无不遵从。"

凯西波澜不惊，若有所思地抬起酒杯，轻轻晃动着。

叶行嘉！柏炯灵光一闪，浮现出叶行嘉的影子。他立刻确定凯西此行的目的——正是叶行嘉。她此刻正在思索的事，绝对与叶行嘉有关。

一种极度不舒服的感觉随之产生，如鲠在喉，如芒在背，让他不由得皱眉。

她随后要与叶行嘉见面吗？要做什么？关键是她与叶行嘉之间将发生大事，大到足以影响他对局势的掌控……这太糟了！柏炯不禁发虚，对付叶行嘉一人他有十足的把握，可一旦凯西介入，他的信心会随之动摇。对凯西，他的一切优势都将变为劣势，尤其是……

他正思虑着，只听凯西问道："你最近有没有见过叶行嘉？"

柏炯再次震惊，又泛起了心思被透视的感觉。他极力压住波动的情绪，谨慎地说："我和他很少联系，只谈技术，关于AI有些合作。"

凯西又问："他的AI技术研发得怎么样了？"

"业内绝对首屈一指。"柏炯称赞，"你也知道，行嘉才华过人，在AI领域投入多年，技术近乎完美。我很看好他，也很希望能与他达成长期合作，做大做强。只可惜……"柏炯摇了摇头，"他那脾气，一言不合就翻脸。我们在理念上有分歧，他始终不认可我的发展思路。"

"他用自主研发的伏羲智能模块，修复了BAT公司的游戏平台。"凯西看着他说。

柏炯心头一颤，无奈地点头，"是的，我搞不定的时候，他通常会有办法。"

凯西不疾不徐地问："说实话，你看中他这个人，还是他的AI技术？"

柏炯迟疑起来。他绝想不到凯西会谈及叶行嘉，他还以为凯西十分避讳。不料再见面，话过一巡就直奔主题了，这让他猝不及防，没想好怎么应答。

凯西也不急，没催他回答。她拿起红酒杯，放在鼻下嗅闻。

杯中一层暗红色的葡萄酒，散发妖艳的芬芳。

柏炯拿不准凯西这趟回国来对叶行嘉是个什么态度，但可以肯定的是，她也摸过叶行嘉的底子。和自己的行事风格一样，凯西要做的事，没谁能阻拦，也没谁能抗拒。

柏炯心头一横，干脆反问："你呢，怎么面对叶行嘉？"

凯西笑了笑，凝视杯中酒。

"这款红酒号称'酒中血钻'，一毫升酒液相当于一盎司黄金，滋味远超世上任何一瓶上等拉菲。"

柏炯一怔，有些不明所以，她怎么忽然谈论起酒来？

"价值不菲倒也不奇特，它背后的来历却有些不一样。这款酒虽然也产于波尔多地区，酒庄却很普通，与成百上千的知名品牌相比毫不起眼。对于顶级品酒师来说，这个酒庄的所有藏酒几乎都很平庸，毫无价值。然而世事难料，唯独这一款年份酒非同凡响，纵然出生平凡，品质却独特而卓越，被赞为'酒液皇冠上的血钻'，收藏家对它甚是推崇，无不想占有它。"

柏炯释然一笑。凯西这是在以物喻人了，用出身平凡的绝世美酒意指叶行嘉。

只见凯西突然举起酒杯，慢慢倾斜杯子，把酒倒在地上。

酒液洒落，血色刺目。

"可我不稀罕！"凯西不屑一顾地说，"我可以品尝它，也可以亲手毁了它。"

柏炯目睹这一幕，心头惊疑不定。当然，他也生出一种暗爽的感觉，舒畅无比。

凯西放下酒杯，看向柏炯，"你要谈公事，那好！与维斯塔的合作，你做你该做的事，我尽责就是。对叶行嘉……"

她顿了顿。柏炯的心悬了起来。

"对他，你要的是他的技术，我要的是人。"

凯西的语气决绝，森冷直透人心，嘴角浮起一抹笑。

她向柏炯伸出手。

柏炯心惊肉跳，微微晕眩了下，他毫不犹疑地与她握手。

凯西最终决定与他联手，这真是一个最好不过的结局……不！应该是一个崭新的起点。

他最想要的确实是叶行嘉的AI技术，并完成与维斯塔的合作，最终成就商业王道。至于凯西要用什么手段对付叶行嘉，他完全不在意，甚至还挺乐意看到她收拾叶行嘉的过程——曾经有多爱，如今就有多恨！时隔五年，旧情人的相爱相杀是一道值得期待的美味大餐——血腥味越浓越刺激！

14--------○幸运女神的眷顾

"四万？"光头佬掂了掂手掌上的一沓钱，把它随手扔到桌子上，满脸鄙夷地斜眼瞅着叶行嘉和杰西。

杰西赔笑说："大哥，你先收下这些，剩下的钱我们会想办法如数还给你的。"

公司到账五万，上了营业税和所得税后剩下四万多块，他们只能先给四万的房租。两人主动来找光头佬谈，希望能缓解被逼债的难堪。再说了，他们四人也需要生活费，真饿死了还怎么做事。

"啥办法？"光头佬把脚搭在桌面上，白皮鞋晃动，"说来给哥听听，又想蒙骗我是不是？"

"我们最近接点儿活，那种短平快的小单，"杰西忍住气解释，"钱不多，但来得快，收一笔就还给你一笔，怎么样？"

光头佬没应声，眼珠盯着电视机屏幕。电视里正播放一场足球赛——鲁尼把球停到自己右侧，晃过两名中卫，突然带球单刀冲向禁区，眼看就要上演帽子戏法。光头佬坐起来，紧张大喊："射啊，射啊……"眼见对方后排突然冒出一个人，快速地把球铲飞。鲁尼摔倒在草地上，发出无奈的怒吼：Shit！

"英超废物，废物……"光头佬咒骂连连，恼怒不休。

杰西讨好地说："是啊，为啥要上鲁尼这种短板球员，凭什么赢？凭豪华阵容吗？"

"哼！"光头佬一副你也配懂球的嘴脸，"咱接着说，哥要的是具体时间，不是空头支票。"

杰西迟疑起来。叶行嘉补上一句："一周内吧！"

"行不行？"

"可以的，我写保证书。我们这就外出接活去，别说做技术活，就算刷盘子、捡垃圾也要把钱挣来还你。"

"既然知道这理儿，你们早干吗去了？"光头佬教训说，"做生意好高骛远，没啥出息，穷了吧唧的，还成天想着公司上市，屁！"他转了转眼珠，敲敲桌子，"欠条写上，利息给我算好喽！"

叶行嘉拿来纸和笔写欠条。心头一阵憋屈。这利滚利太黑了，即便还了五万，还有尾款和利息压着，也不知什么时候才能还清。

杰西说："大哥！行个方便，把电脑设备还给我们，干活需要呢！"

"哈！绕半天原来是为这个？"光头佬咧嘴冷笑，"想都别想，钱还清了再谈。"

"没电脑，我们很难接活挣钱，大哥通融一下……"

"滚！"光头佬打断杰西的话，"再啰唆半句，老子把它们全砸了。哥是讲理的人，东西搁我这儿，好着哪。哪天钱还清了，哪天给搬回去，不用你们动手，哥照样服务上门。"

叶行嘉和杰西无奈，只得灰溜溜离开。

杰西在走廊上冲着光头佬的门两手大竖中指，"赌球，赌球，让你全家输个精光，只剩一盒纸巾遮股沟。"

叶行嘉笑笑说："你醒酒了啊？这么精神，还有力气骂人。"

"唉，要戒酒了。"杰西揉着太阳穴，"醉一宿，头疼一天，借酒消愁愁更愁，划不来！"他边走边琢磨，"拿不到电脑咋整呢，我们空手打太极？"

叶行嘉说："我去电脑城找熟人借两台笔记本，先对付着用吧，外出接活也不难。"

杰西说："糟蹋了，'乔布斯'都去做那种散活了，丢脸啊！"

"此一时彼一时嘛！"叶行嘉不介意地说，"光头佬也没说错，做生意要挣钱还是不能好高骛远，咱们从一点一滴做起，从头打拼。"

杰西悻悻说："人背时喝凉水都塞牙，还要受嘲讽……哦，对了，昨天他找你谈啥？和人渣有啥好谈的。"

"他想用钱收买我们。"叶行嘉摇头说，"我当场就拒绝了，以前就清楚他的为人，确实没啥好谈的。"

杰西咒骂："有钱了不起啊，臭显摆……他开价多少？"

叶行嘉迟疑一下说："年薪三百万。"

"哦，还有呢？"

"说是还给股份，他的游戏子公司要计划上市，承诺两年内让我身家上亿。"

杰西收住脚，"什么？还给公司股份！你没答应？"

叶行嘉鄙夷地说："鬼才信他，那种过河拆桥的人渣。"

杰西发愣，"其实可以谈谈的，毕竟此一时彼一时，我瞧他现在的公司也够他嘚瑟了。"

叶行嘉感到意外，惊讶反问："我以为你也不稀罕……他的臭钱。"

杰西尴尬一笑，随后板起脸一本正经地说："一码归一码。我是瞧不起他，但如果真有诚意，你还是可以和他谈一下，平台大了，能一步到位也好。"

"真的假的？"叶行嘉有些吃不准。

"当然是真的。"杰西拉着叶行嘉说，"老大，我真心希望你做大事，而不是去网吧、网络公司干那种破烂技术活。你是'乔布斯'，放在大平台上才有价值。你慎重考虑下，别管我，公司和私人恩怨，我还拎得清。"

叶行嘉看着杰西，"你穷疯了吧？那种人渣也沾。"

"是！我穷，穷怕了。"杰西咬牙说，"连个光头佬滥赌鬼都瞧不起我，还得赔着笑脸装孙子，什么玩意儿啊！你说，我有三百万还怕谁？我们用技术挣钱有啥丢脸的？"

叶行嘉听了心里不是滋味，想了想，劝说道："杰西，你这样考虑，柏炯既然可以出大钱来收买我们，那说明我们有价值，伏羲绝对是一座金矿。我们为什么不再忍一忍另找机会，找别的大公司谈合作，凭啥非要由他来摆布？他的为人你信吗？当初他是怎么对我们的，那种下作手段不是我们能招惹的，我们躲着他走为妙。"

杰西转念一想，不禁点头，他有些虚弱无力地背靠走廊墙壁，半晌不吭声。

回到公司。

两人见公司里挤了一大波人，热闹非凡，当中有职装光鲜的丽人、西装革履男，有人在布置摄像机、灯光照明器材，还有工人在拆一大箱子的包装，场面乱哄哄的。

一个大木箱子摆放在中央，十分醒目。

小明喜笑颜开，和唐媛媛站在箱子旁，看着物流公司的货运工人拆箱。

"干吗呢，这是？"杰西挤进人群，惊讶地问。

"我的冰箱送到了哈！"小明激动地说，"太利索了，一天不到就给搬来了，他们正要直播开箱呢！"

"他们是谁？"叶行嘉环视一圈，见摄像机架起，女主播手拿话筒准备着，话筒上是网易新闻的logo。"啊，网易的媒体怎么来了？"

小明笑说："我是一元抢购中冰箱的幸运得主，他们新闻部的人随机抽选，上门来给咱做个采访，推广推广，另外赠送网易游戏点卡。"

"喜事啊！"叶行嘉冲小明竖起拇指。

杰西也高兴了，蹭到靓主播身旁搭讪："妹子，要直播了啊。呦，还是180度VR摄像头，挺高端的嘛。"

"请让一让！"新闻助理拦住杰西，"闲杂人员请退后到那边，不要影响直播效果。"

"谁是闲杂人员？"杰西提高声音，"你们站的这地儿是我的公司，我是公司技术总监，你谁啊？你们的负责人是谁，跟我说清楚了，直播经过我同意了吗？"

新闻助理一下没脾气了，赔笑说："对不起！我误会了。贵公司的幸运得主同意直播宣传，时间紧，就没等你许可，你看……"

"直播可以。"杰西点头说，"我也是一元抢购的参与者，当时在场，一起采访吧。"他将了将头发，意气风发地上前站到圈内，搂着小明的肩膀，还不忘给女主播抛去热辣辣的媚眼。

小明挤眉弄眼，没法甩开杰西勾搭的手掌。

大木箱开启，包装拆除。

只见一台高阔的冰箱显露出来，造型华贵，与众不同，果然有高端科技、贵族专享之物的派头。

"哇！"小明两眼放光，惊喜不已。实物比照片气派多了，华丽耀眼。

"请问，你觉得怎么样？"女主播问。

"激动，好激动！"小明瞧着冰箱欣喜若狂，就像阿拉丁看见了许愿神灯。

杰西拍打小明的肩膀，搭话说："事实证明，只要参与网易一元抢购，公司小职员也能实现大梦想。幸运女神眷顾着我们，她从未远去，只要肯努力付出，总会有回报……"

他说了一大通话，两眼"扫描"女主播，如Death Star的超级激光炮穿透了整个星系，点燃宇宙深处。

叶行嘉与唐媛媛相视一笑。

15--------○世界著名学者

直播结束，网易新闻的人走了后，公司安静下来。

两名售后服务的技工在安装、调试冰箱。这台智能冰箱非同一般，安装还挺费事，除了常规的设备，还多了些部件，以及一套智能的软硬件系统。

冰箱有一系列感应器，探测食物的形态、色泽、气味，判断食物的类别、新鲜状况等，自动把不新鲜的食材调至距离冰箱门最近的地方，并在面板液晶屏上显示食物清单，让人不用拉开冰箱门就能对储藏的东西了然于心。同时，冰箱的智能系统还为主人提供个性化服务，比如与电商、附近的超市、餐馆联网，进行购物订餐等。它为主人做一切能做的事，让人足不出户安享美食，简直就是懒人的福音。

唐媛媛感叹说："功能太强大了，照这么发展下去，机器会不会自动给人喂食？"

"有可能啊！就像喂猪一样。"杰西说，"人工智能技术发展到最后将无所不能，人们啥都不用干，就好好待在AI'母体'里做生物电池得了，世界大和平。"

"你说的那是'The Matrix'，人类被AI控制、饲养，没自由思想，需要救世主从电脑世界中拯救人类。"小明爱不释手地抚摸着冰箱，笑呵呵说，"俺的冰箱可不是那样，它会提醒俺减肥，节食、锻炼身体，才不会给咱喂养成猪。"

"那祝你减肥成功，恢复学生时代消瘦俊朗、帅气无敌小王子的形象，我拭目以待。"杰西笑说，"我就不信了，一台冰箱还管得了你……让你吃成吨位级的大明吧。"

小明撇嘴，不屑争辩，跑去查看技工安装的情况。

技工已经弄好冰箱的硬件，在给智能主机导入数据、安装操作系统、设定程序……两人不太熟悉这款新产品，搞了半天都没搞好，忙得满头大汗。

"要不我来吧。"小明等得不耐烦。他翻了翻说明书，跃跃欲试。

"你行吗？"一名技工怀疑地说，"它可是超级智能冰箱，比一般电脑还复杂。"

大家笑了起来。

杰西说："你也不看看我们是干吗的，咱这可是世界一流的智能科技公司，弄这冰箱不就跟玩泥巴似的。"

"哪来的世界一流、智能科技？"技工环视空荡荡的四周，连一台电脑都没有，居然敢说大话，现如今冒充专家的人真是太多了。

杰西哈哈一笑，"什么叫高手？正所谓大盗不操戈，真厉害的人不用抄家伙。手中无剑，心有剑，人剑合一……俗称剑人。"他拍拍小明的肩膀，"上，给他们瞧瞧'剑人'的威力。"

小明瞪了他一眼，接手给冰箱安装程序，手法娴熟，两名技工的眼睛都看直了，不约而同地想，民间果然有高手！

杰西溜达去另一间"空房子"办公室找叶行嘉。

叶行嘉席地而坐，正电话联系借电脑的事，上网查询技术活需求。他见杰西来了就说："有两家网吧要做管理系统升级维护，我联系了，一会儿你去找网管洽谈下。"

"没问题！发地址给我。"杰西说着掏出手机，打开一个网页递过去，"老大，给你做个小测试。"

叶行嘉接过手机，见网页上有一些问答题：

1. 前女友突然约你去喝咖啡，你会做什么决定？

2. 同事若无其事地延误了你要紧的工作，你会如何处理？

3. 坐飞机时突然感到很大的震动，你开始随着机身左右摇摆。这时候，你会怎样做？

4. 带一群孩子去公园玩儿，其中一个小孩儿由于别人都不和他玩而大哭起来。这个时候，你该怎么办？

5. 你的朋友开车时突然被别人的车抢到前面，你的朋友勃然大怒，而你试图让他平静下来，你怎么做？

……

共有十多道问题，下面给出ABCD不同的答案供人选择。

"干吗？"叶行嘉很疑惑。

杰西说："耐心点儿，你先做完选择，我再跟你说。"

叶行嘉只得按题目逐一点击回答选项。问答结束后，网页上跳出一个分数"八十五分"，并注明"您的情商勉强及格，仍需磨炼"。——原来是情商测试题。

"这说明什么？"叶行嘉问。

杰西正经地说："这是哈佛心理学系博士做的EQ测试模板，最高分为两百分，平均分为一百分。老大，你的情商比常人还低。"

叶行嘉失笑摇头，"你想说啥就明说，还绕山绕水的。"

杰西说："我的情商测试为一百六十分，人情练达，社交能力倍儿棒！所以啊，老大，你听我说个事，不许翻脸。即使你接受不了，也最好听从我的建议，怎么样？"

"不行！"叶行嘉拒绝，"我不喜欢的，你说什么我也听不进去……除非，你让我自己考虑清楚。"他立刻猜到，杰西很可能要跟他再提与柏炯合作之事，而他有原则、有底线，不能答应。

杰西摊手说："你看，你就是这样不通情达理，我都还没说啥，你就直接给否了。太死心眼，犟脾气，情商低，混社会很吃亏的。"

"我无欲则刚，吃亏是福。"叶行嘉微笑。

杰西说："可你感情受挫啊，一肚子的纠葛。例子我就不举了，免得你生气翻脸，连朋友都能一脚踢走。"

叶行嘉哭笑不得，转念想起与杰西争吵的事，心一软就说："你批评的对！好吧，你说说看，我们再商量。"

杰西婉转地说道："你别看我这人脾气暴，自傲，爱抬杠，自尊心强。可实际上呢，遭社会铁锤子敲打多年，锻炼得圆滑如石，温润如玉，上善若水，所以情商特高，跟谁都能处好，只要我愿意，跟谁都能交个朋友——这点你承认吧？"

叶行嘉惭愧不已，点头说："是啊！就我这性格，也就你忍让着我。"

杰西伸出双手说："十次里有九次我都听你的，那你听我一次成不？"

"你说！"叶行嘉迟疑着点头。

杰西收起平日里的那种嬉皮笑脸，郑重说："我要跟你谈一人，你不准翻脸。"

"谁啊？"叶行嘉诧异地问。

"叶教授！"

叶行嘉一听，顿时沉下脸。

"你看你，说好了不准翻脸的。"杰西苦笑。

叶行嘉深吸口气，沉声说："好！你要说他什么？"

杰西说："你不想跟柏炯谈，我听你的。后来我忽然想到叶教授，我们可以和叶教授谈谈。一是请教一下他老人家，伏羲的AI技术问题；二是请叶教授帮忙搭桥，促成与大公司的合作。以叶教授的学术威望，国内外很多科技公司都会给面子。你看怎么样？"

"不怎么样。"叶行嘉冷言冷语，"他不比柏炯好多少。你应该知道，我决不会去找他，更不会求他办事。"

"叶教授好歹是你父亲啊！"杰西叹气。

"我没他那种父亲。"叶行嘉铁青着脸说，"我和他只有该死的血缘关系，其他的免谈。"

杰西拿他没辙，无奈欲走。

"你去哪儿？"叶行嘉问。

"当然是去该死的网吧找该死的网管谈该死的活计。"杰西摊手，"看来在一段时间里，我们注定要挑大粪了，亲爱的'乔布斯先生'！"

"唉，辛苦你了，'沃兹尼亚克先生'。"叶行嘉苦涩一笑。

杰西走到门口，又停下来说："行嘉，我劝你还是去看下叶教授。不为别的，他是你父亲，他病重，活不了几天了。无论你有多恨他，往后再也见不到他了。"

"病重？你怎么知道？"叶行嘉暗吃一惊。

"叶教授是名人，网上有新闻报道，只要你愿意看。"杰西说完就走了，前去网吧洽谈业务。

叶行嘉呆住，过了会儿，他掏出手机查找相关新闻。

"世界著名学者叶教授因脑动脉严重硬化入院急救……现在在疗养院护理疗养……有严重的后遗症，随时可能危及生命……叶教授毕生探索人类大脑奥秘，以建立和发展人工智能技术为导向的类脑研究……"

叶行嘉看了会儿，放下手机，心里五味陈杂。

他心想，好吧！杰西说的对，不为别的，就算只是为血缘关系去探望一次。可是……叶行嘉又想到当初的那些事，父亲背叛，母亲以泪洗面；母亲病逝前，父亲对母亲的无情……叶行嘉不由得心痛，愤恨交织，怎么都没法原谅他父亲。他不愿再去面对……但，人之将死，恩怨可了，要他置之不理，他也做不到。

左思右想的叶行嘉纠结至极，不知该怎么办。

16--------○智能兔

"你好呀，我是智能兔。"

冰箱的面板显示屏上蹦跶出一只兔子的卡通形象，俏皮可爱，通过系统音响发声向小明和唐媛媛问好。

小明安装了冰箱的智能系统，做初始化程序设定，其中有一项是选择人机交流的人物形象，菜单上可供选择的有家庭主妇、慈祥的婆婆、暖男、智慧先生、淑女、名媛、美少女、卡通人物和动物等多达几十款风格各异的形象。小明本来想选一个可爱的美少女，但看了眼身旁观望的唐媛媛，他有些不好意思，就选了这款"智能兔子"。瞧着嘛，也还行，蛮可爱！

"请问你叫什么名字呀，我们交个朋友吧。"智能兔冲小明招手。

冰箱面板显示器上呈现喜庆的动画影像。

"小明。"

"小明哥哥中午好！你有空跟小兔聊会儿吗？"

"可以。"小明乐滋滋地点头。

智能兔摊手，苦着脸说："冰箱里什么食物都没有，买点儿东西来吧，我们一起快乐分享好吗？"

冰箱的顶端内嵌一条视像感应带，可捕捉270度宽幅的室内场景影像，它扫描了小明，记录下这个"主人"的体貌体征，并分析他的健康状况。

"有点儿稚幼。"唐媛媛瞧着卖萌的兔子，不禁抿嘴笑，"我们换个别的造型试试？"

在冰箱智能程序的设定中，不同的人物形象呈现不同的个性，有成熟的、稳重的、贴近生活的、美貌的，等等，而这一款卡通兔子实在有些萌过头了，小朋友可能更喜欢些，但放在公司里恐怕不适合。

"感觉还行啊。"小明笑呵呵，蛮欣赏兔子的造型设计，让他有一种特别的亲切感。

"你喜欢就好。"唐媛媛说，"我们以后就和这个智能兔打招呼了。"

"姐姐，你叫什么？让小兔猜猜……"智能兔辨识人像，冲唐媛媛眨巴眼睛，"你是小明的女朋友，我猜对了吧？"然后兔子转头对小明说，"小明哥哥，你的女朋友好漂亮哦！"

小明一听，顿时哑然，居然涨红了脸。

唐媛媛听后忍不住发笑，捂嘴连连摇头。

"哦……我知道了，你们是一对。"智能兔比画出心形手势，"姐姐和小明哥结婚了吧，小兔祝你们恩爱幸福。很高兴小兔能来到家里，成为家庭的一员，小兔为你们服务……"

唐媛媛赶紧说："小兔，别乱猜，我们是同事。你是在一家公司，不是在家里。"

"哇，是公司啊！更好了，小兔好开心能认识好多人，小兔也要上班，陪大家聊天。"智能兔看似兴奋起来，在屏幕上蹦蹦跳跳，做出各种滑稽的动作，"小明哥，你想吃什么？小兔去为你采购。"屏幕上随之显示出附近超市提供的一幅幅食品图片。

"小明哥，我们来挑选吧。"智能兔提示说，"饮料、水果、鲜牛奶、美食套餐样样都有——街对面餐厅的比萨饼现在做买一送一的优惠活动；还有让孩子快快长大的热烤汉堡包；超市在促销美味金枪鱼罐头；'舔一下手指'的确不错'肯德基大桶炸鸡套餐；'冰爽透心'生鲜啤酒；康师傅方便面，好吃看得见；把美味和营养卷起来的蛋酥卷；克罗克烤糕点，烤得全家乐融融；开心瓜子，一嗑就开心……"

智能兔快速介绍最新的商品信息，显示画面滚动，供人选购。

"想吃什么，让小兔下单采购，立马送货上门。智能生活省时省力，好方便的哦！"

尽管冰箱的程序设定十分方便用户，但联网购物功能明显夹带广告。冰箱厂家与卖场商家有合作关系，将商品直接推销给了用户。

智能生活时代，新型商业行为简直是无孔不入，一台搁在家里的冰箱都能宰割用户，让人在不知不觉中掏空钱包。

"广告烦人啊，还真是有点儿幼稚。"小明想换个冰箱的形象，但他又喜欢这个智能兔的样子。

他灵光一闪，想升级智能程序。

小明关闭系统，拿出伏羲的智能主盘，连接冰箱。

冰箱自带一块固态硬盘，容量达20TB，内存也很高，中央处理器的速度够快，运行伏羲的智能模块绰绰有余。他要对冰箱的智能系统做个全面的改造。

"先生，你不能擅自改变内置程序设定。"技工看见小明的举动，劝告说，"这样做违反厂家维修服务条款，以后出了问题不好办。"

小明哪管那么多，"知道了，你们请回吧。"

两名技工见他一意孤行，只得收工。让他签了客户验货单，就此离开。

伏羲智能模块接入主机，在小明的任务设定下，立刻开始进行智能系统优化升级。通过网线，自动连接上网，搜索相关的运用程序，彻底修改冰箱的源程序。

"好厉害啊！"唐媛媛在一旁看着小明操作，赞叹不已。

尽管她不是程序员，但毕竟学的是计算机专业，又耳濡目染叶行嘉等人的技术操作，她也略懂伏羲的运用。

小明做的是源程序改造，不仅去除了广告设定，还赋予了冰箱系统更高级的智能。相当于复制伏羲智能，植入到了冰箱主机里。一旦改造优化完成，冰箱将变成第二个伏羲。

不知那会是什么效果。小明十分期待。他投入激情，灵感迸发，专注于智能系统的设计。

叶行嘉犹豫半晌，最终还是决定去疗养院探望父亲。

他见小明在调试冰箱，就说："杰西去网吧找活，谈定了就联系你。我有事外出。"

"老大，你去忙吧，网吧那种小活计我们能搞定。"小明忙里偷闲，应声答道。

临行前，叶行嘉踌躇了下，叫上唐媛媛，"跟我走一趟，去看望一个病人。"

"好的。"唐媛媛跟叶行嘉离开公司，问他，"是谁啊？"

"嗯啊……我的亲人。"叶行嘉含糊答道。

唐媛媛有些惊讶,印象中没听叶行嘉说过他的亲人,看他的神情有些古怪,不知是什么关系。但见他似乎不愿意透露的样子,唐媛媛也就没再多问,跟着他乘巴士出发了。

疗养院坐落在城郊的湿地森林公园,清幽宁静,环境极好,是一处高档的疗养胜地。

来的路上,唐媛媛只听叶行嘉与她聊些闲话,一直没告诉她要来疗养院看望谁,不禁更加好奇,下车后她忍不住又问:"师兄,是你哪位亲人?我们买点儿什么东西去探望?"

"不用了。"叶行嘉摇头,在疗养院大门岗亭做了出入登记,空着两手入内。

唐媛媛心想,不需要送礼,病人可能是叶行嘉的至亲,难道是他的父母?怎么住在这里,没听叶行嘉说过?

关于家里的私事,叶行嘉只跟杰西私下谈过,唐媛媛毕竟小他们两级,对此毫不知情。

唐媛媛隐约猜到一点儿,心里不由得慌乱起来。想到如果见到叶行嘉的父母,她该怎么办?不知叶行嘉怎么了,忽然带上她一起来探望亲人,他是什么意思……女孩了的心思比较细腻敏感,转眼间她就想了许多细致入微的事,情绪不禁随之波动。

两人各怀心事,来到了疗养院内的主楼接待厅。叶行嘉去前台打听情况,问了父亲所在的地方,这就领了唐媛媛过去。

唐媛媛听到叶行嘉与前台工作人员的对话,谈到"叶教授",由此推测这位特殊的病人是叶行嘉的父亲,她越发紧张起来。

一路寻着门牌号,叶行嘉来到一栋小楼前。他停步,神情迟疑。

"怎么了?"唐媛媛问。

"他……是我父亲。"叶行嘉终于说出来。

"你父亲?"唐媛媛有些吃惊。

"我们的关系很糟,等会儿见面,如果冷场了你帮着调和点儿。"

"嗯!"唐媛媛点头,心想,父子之间的隔阂可能有些严重,不知因为什么。

"唉，我本不该来的。"叶行嘉又说，"他早年为了另外一个女人抛弃了我妈，我和他无话可说。本想这辈子都不再理会他，可他现在人老病重，我只能这样……"

　　"我明白。"唐媛媛释然，"你心里放不下，来一趟也好。我知道该怎么做。"

　　"麻烦你了！"叶行嘉松了口气，这才入内。

17--------○日思夜想的人

　　叶教授躺在病床上，正接受医生的一组日常检查。他病情稳定，精神还算好，就是人瘦得厉害，动作有些迟缓。

　　忽然见到叶行嘉，叶教授愣了一下，但没有表态，神情木然而冷漠。

　　"嗨，叶大教授！"叶行嘉干咳一声，"精神不错嘛，好点儿啦？"

　　叶教授对叶行嘉不屑一顾，与医生交谈了几句，这才转头缓声说："你来干吗，看我死了没有？"

　　叶行嘉撇撇嘴，不吭声。

　　"伯父您好！"唐媛媛见状赶紧问好。

　　叶教授瞥了她一眼，没有应声，接着对叶行嘉说："小子，你一贯不理我，今儿怎么突然转了性？"

　　叶行嘉不情愿地说："没什么，闲着没事看到了关于你的新闻……科学院对你还挺好的，安排在这儿养老。"

　　"你想来探探我留什么遗产给你？"叶教授冷然抛出一句话。

　　叶行嘉一听火冒三丈。

　　"省省吧你，我死了不留任何东西，全都捐给国家科研机构。"叶教授冷漠地说，闭目躺在病床上。

　　护士为老人挂了点滴，进行常规输液。

　　叶行嘉想到自己好不容易压下怨气，大老远跑来一趟，却连三句话都谈不拢，不禁恨得牙痒痒。

　　他正要回敬几句。唐媛媛立刻伸手拉了拉他，轻声说："你爸病了，情绪不好，你忍着点儿。"

叶行嘉忍了又忍，转念想，清者自清，何必与他争辩，随他说去吧。叶行嘉冷静下来，瞧过去，但见父亲瘦骨嶙峋，满脸皱纹纵横，须发皆白，眼窝深陷，缺少血色的嘴唇挂着一抹冷笑，尽显孤傲之态……唉，行将就木的人，更没必要与其计较了。

"叶教授，您老就安心在这儿养病终老，我呢，就来这一次，不会再来打扰您。"叶行嘉平静地说，"除非您死了，我还得来为您送葬。至于您的遗产，我一点儿不稀罕，从没指望着您给家里留下什么，您带给我妈和我的只有伤心痛苦。您没有家，生是国家科学院的人，死也是。我能做的，就是在您死后为您签死亡证明，我没得选择，谁叫我是您的儿子……"他说到这里，不禁哽咽，再也说不下去。

叶教授听了他这一番话，神色木然，看似没有丝毫变化。

叶行嘉默默站了会儿，只觉心冷入骨。他没再理会父亲，转而向护理医生询问了下情况。

医生告之，叶教授的脑动脉硬化，出现病变，造成大脑局部萎缩，导致他的综合判断能力下降，他对最近发生的事情容易遗忘，对往事却记得还算清楚；情绪波动大、忧郁、性格淡漠等特征明显；下肢的一部分麻木，行动不便，需要护工全天候照顾生活。他在疗养院很少与人交谈，十分孤僻。

报应吧……叶行嘉心想，以前好端端的一个家他弃之不顾，也不爱惜自己的名望，最终落得这样凄凉的晚景，也是应得的。

叶行嘉觉得没必要再多留，剩下的事交给医护人员得了，他准备转身离去。

"哎，师兄。"唐媛媛见叶行嘉才来一会儿就要走，不禁呼唤，但叶行嘉仿佛没听见，自顾自地走了。唐媛媛迟疑了下，没跟他出去，回到病床边。

她见护工在为叶教授做腿部肌肉按摩，看了会儿就说："让我来吧。"

护工有些迟疑。

唐媛媛又说："我照顾过长期卧床病人，熟悉这个。"她接手护理，按摩手法果然熟练，动作做得挺到位。

护工也就没再反对，在一旁落得清闲。

叶教授睁眼看了她一下。

"伯父，轻重不合适了您就说。"唐媛媛微笑，"我才接手，还不知道您的感受。"

叶教授依旧没应声，又闭目养神了。

叶行嘉来到室外，见唐媛媛没跟随出来，他也没回去叫，独自在花园里徘徊等待。

眼睛酸胀，一阵阵难受。他揉了揉眼睛，手指上有点儿湿。唉！我真是没用。他心想，为这种父亲难受啥？有什么值得难过的？

尽管这样想，他的心头依然止不住地涌起一幕幕令他刻骨铭心的往事，情难自禁。他坐在草地上埋头伤感，沉浸在对逝去的母亲的无尽思念之中。

他毕业以前，一家人本来挺好的。母亲的文化水平不高，作为传统的家庭主妇，悉心照顾着家里，让父亲专心扑在科研工作上。不承想，父亲那种刻板的学者竟然也会外遇，流言蜚语传来，一下就击倒了母亲。对母亲来说，父亲就是她的全世界，失去爱人就等于失去了一切。母亲不善言辞，不会撒泼吵架，在那段痛苦晦暗的日子里唯有以泪洗面，精神憔悴至极，她与阳台花架上那些没人浇水的花草一样日渐枯萎……

叶行嘉痛苦地捶打头，阻止自己想下去。再想下去，他就要忍不住冲进去揪起病床上的那人大声咒骂了。

缓了好一会儿，他平复心绪站起身，仍不见唐媛媛出来。他拿出手机准备叫她走人。忽然，前方林荫道上走来两个女子，衣装时尚，人靓丽，惹得旁人频频转头。远远瞧着当中的一个丽人十分眼熟，叶行嘉呆住，几乎不敢相信自己的眼睛。

同时间，那丽人也发现了叶行嘉。她看似也很惊讶，愣了下，急忙招呼女伴转身而去，一副对叶行嘉避之不及的样子。

"阿月？！"叶行嘉不禁惊呼，拔腿朝她追过去，连声呼喊，"阿月，阿月……是你吗？"

那丽人不答。明显听到了他的呼唤，反而加快了脚步。她的身影匆匆转过一处楼房拐角，消失不见。

叶行嘉又惊又急，在岔路口四下打量，但见树木森然，竟看不到她的身影。

五年多日思夜想的人竟然出现在这里，与他再次不期而遇。老天，她回国了？惊鸿一瞥之后又消失……

叶行嘉不甘心，他在附近来回地急切寻找，逮到路人就询问，一路追寻着她的踪迹。最后叶行嘉在疗养院门口的停车场又发现了她。

她坐上一部汽车。车门关闭，车子启动，往外开走。

叶行嘉追之不及。眼睁睁看着阿月绝尘而去，他的心都碎了。

正巧有一辆送人到疗养院的出租车下人待客，叶行嘉急忙钻进出租车，"师傅，快点儿走！"

"走去哪儿？您说个地儿。"出租车司机问。

"快开出去，我追一人……一部黑色的劳斯莱斯。"叶行嘉凭借最后一眼的印象说，"车牌号尾数1122。快点追上，我给你双倍的车费。"

"追豪车啊……"司机精神一振，挂挡启动，出租车飞驰而出，"坐稳了您，只要见到车影，追不到算我失败，不要钱，让您白坐一趟。"

说话间，出租车转上城郊公路。"那儿！"叶行嘉冲路两头一打量，瞧见那部劳斯莱斯汽车在远处，正朝着回城的方向行驶。车子刚刚转过一道弯路，再迟半秒也许就看不见了。

"瞅准哩！跑不了。"出租车司机加大油门，笑说，"咱们一言为定，您就准备掏双份钱吧。"

叶行嘉暗暗庆幸。这一次他无论如何都不能再错过她。至少，追上她问个明白，当年为什么要甩下他远走彼岸。

18--------○用心良苦

"叮！"

唐媛媛收到一条语音讯息，她打开手机一听，是叶行嘉发来的："我遇到一急事，得马上去处理，等会儿你自己回公司……谢谢你今天陪我来，回头联系！"

估计叶行嘉接到了活要去忙，唐媛媛也没深想。既然来了，她不如多待一会儿陪陪叶教授，她能感觉到，叶行嘉与父亲尽管隔阂深，可挂念之情仍存，不像他说的那种不理会、老死不相往来。

"臭小子，不见还好，冷不丁跑来冒个头，气死老夫了。"叶教授忽然脱口大骂。

他人老，耳朵可不聋，看似冷漠，其实是躺在病床上一直憋着气呢。这会儿听到叶行嘉的留言，忍不住骂出声。

唐媛媛柔声宽慰："伯父，您消消气，他这人面冷心热，其实不是他说的那意思。"

"那他什么意思？"叶教授看向唐媛媛，打量着她。

"他就想着来看您。"唐媛媛微笑说，"不管和您有多大矛盾，在他心里，您是他父亲，他挂念着呢。"

"他跟你说了什么？"叶教授问。

唐媛媛应道："没具体说。我想，他既然要我一起过来探望您，就是担心见面和您争吵。实际上，他是想来缓和的，他担心您的身体。"

"这么说是我不对喽，一见面就开骂，气跑那臭小子？"叶教授阴沉着脸又问。

唐媛媛一边为叶教授按摩着脚,一边说:"父子之间没啥对错。当然,他不该那样,见面就拿话来伤您。他啊,什么都好,就是不怎么会说话。一言不合就让人难受,还不自知。"

"唉……"叶教授叹了口气,瞧唐媛媛的眼神温和下来,"比起你,那臭小子真是差多了,天上地下。丫头,你是他什么人?"

"他是我学长,我也是他公司里的文员。"唐媛媛答道,"行嘉毕业创办了一家智能科技公司,那会儿我还在读书,就兼职跟他做点儿事,毕业后就专职做了。"

"难怪以前没见过你。"叶教授忽而问,"你是他女友吧?"

"不是,不是的。"唐媛媛摇头,感觉脸皮发烫。

叶教授看了她一会儿,垂下目光思索,似乎自言自语地说:"四五年了吧,记不清了,人啊越来越糊涂……"

唐媛媛不知道老人家在寻思什么,没再说话,悉心地为叶教授做完了一组按摩理疗。护工提醒说:"输液好了,时间也差不多了,叶教授,我送您回房。"

护工和唐媛媛一起把叶教授搀扶到轮椅上。

"你忙去吧。"叶教授对唐媛媛摆手。

"嗯,好的,您注意保重身体。"唐媛媛微笑说,"伯父您放心,回头我跟他说说,我们再过来看您。"

一起出了理疗室,走到岔路口。叶教授忽然叫住正要告辞离开的唐媛媛,"丫头,今儿天气还好,你陪我去花园走走?"

"好的啊。"唐媛媛过来接手推轮椅,推着叶教授到附近漫步。护工就在休闲椅上坐着等。

"那臭小子的科技公司经营有多难?"叶教授看似漫不经心地问。

唐媛媛答说:"现在是有点儿难,他适合做研发,不擅长做生意。"

"还在搞AI?"

"是啊,一直在坚持着。做出世界顶尖的人工智能是他追求的梦想。"唐媛媛说,"可喜的是,辛苦到现在终于快要完成了,我听他说,只差最后一步,人工智能就会自我觉醒。"

"哼!就这一步最关键。"叶教授不屑说,"当今世界上不知有多少AI研发专家卡在这最后一步,以那臭小子的水平,又怎么可能突破?想要AI意识觉醒，简直就是痴心妄想。可断言，未来十年内，没谁能创造出强人工智能。"

唐媛媛吃了一惊，叶教授这话听起来不像是气话，说得很专业。

"你不相信？"叶教授转头看到她的神情，"你如果为他好，不如劝劝他，别一头栽进AI研发的泥沼。搞智能商业化运用，挣点儿钱养家糊口。"

"好的，我跟他说说看……估计不管用。"唐媛媛无奈地说，"他执迷于这个，谁说他都听不进去。"

"确实，他那臭脾气。"叶教授忽然一笑，摊手说，"还有点儿像我，唉，父子一副德行。"

唐媛媛宛然一笑，"其实也没啥，为常人所不为，这样才能做大事。"

"做成大事又能怎样？贻误终生啊……"叶教授感触颇多似的长叹。

唐媛媛见叶教授饱经风霜的样子，换了个话题，"您也研究AI？"

"哈！丫头，看来你还真不知道……"叶教授顿了顿，叹说，"老夫一辈子搞类脑科学，探寻人脑意识产生的秘密，不料到老了，大脑却不中用，死也是死在脑病变上！这也算是生活对我的一种嘲讽、一种特殊的清算，该品尝的苦果总归要咽下去的。"

"您别多想了，正如您说的，人的性格很难改变。"唐媛媛柔声说，"结果也许不重要，痴迷了就去做。"

叶教授不觉点头，转而问："你们公司很难了吧？老夫这儿有些钱，你要不拿了去给他。"

"那不好……"唐媛媛摇头说，"您是一番好意，想要资助他，可我认为，他怎么都不会接受。"

"臭小子！不识好歹。"叶教授骂了声，"无论怎么对他，他都要炸毛。"

"别急，慢慢来。"唐媛媛说，"行嘉最需要的不是钱，是相互理解，对于他来说可能需要一个过程。"

"丫头，你太体贴人了，不错，不错，我喜欢。"叶教授微笑说，"要不，你帮老夫个忙？"

"好的，您尽管吩咐。"

"回房再说，走啦！"

叶教授让唐媛媛推她去到住所——一个公寓式的小套间。进了屋，叶教授没让护工跟进来，说要与唐媛媛单独谈点儿事，一会儿就好。

唐媛媛有些惊讶，不知叶教授要和她说什么，需要她帮什么忙，神神秘秘的。

"在那柜子里拿出个盒子，红色的。"叶教授吩咐她。

唐媛媛拉开储物柜，见柜子里放着一个硕大的礼品盒。"是这个吗？"她问。

叶教授点头，"就那个，拎过来打开，拿出盒子里的东西摊在床上。"

唐媛媛用力拎出盒子，还挺重，恐怕超过二十公斤了。打开礼品盒后，她有些惊讶，盒里居然装了一堆电脑设备。她逐一取出来，一件件地放在叶教授的床铺上——一台笔记本电脑，型号特别；还有一些外接设备，也十分奇特。她从没在市场上见过类似的器材，看似是特别定制的电子设备。

叶教授扶着轮椅站起来，吃力地挪动脚步，翻身到床上，开始组装这一堆设备。他手法娴熟，很快就装好这堆杂乱的设备。他让唐媛媛通上电源插头，开机启动设备。

"医生不准我再用电脑，发现了要被没收。"叶教授狡黠地笑说，"只好藏在礼品盒里，手痒了，我就拿出来玩玩，也算是吃了一顿补品。"

老人家就像一顽童摆弄心爱的玩具，双眼泛光，"噼里啪啦"地敲打键盘，果然精神多了。

唐媛媛又好笑又担忧，劝说："医生也是为了您老的健康着想，您尽量少用吧，身体要紧。"

"人活着啥事都不能干，还不如早点儿送火葬场。"叶教授快速操作着电脑，"这样吧，我最近做了个小程序，你拿去给那臭小子，也许对AI进化有用。唉，我能为他做的也就这样了。"

唐媛媛点头，又有些担心地问："万一他连这个也不接受呢？"

叶教授怔了怔，问："你懂电脑吧？"

"嗯，会一点儿编程，太深的就不行了。"

"我们这么办。你不要告诉他，把这个程序悄悄地放到他研发的AI内核里，绕过智能模块的安全保护，植入到核心程序。"叶教授微微一笑，"这是我们之间的小秘密。"

唐媛媛有点儿为难地想了想，"好吧，我还记得伏羲的密钥，我试试看。"

"伏羲？"

"伏羲就是行嘉研发的AI的名称。"

"臭小子！"叶教授的神情复杂，喃喃说，"竟然用这名儿，这算怎么回事……"

唐媛媛诧异地问："怎么啦？"

"他跟你说过为什么这样命名？"

"嗯，他说伏羲是中华上古之神，发明了文字和八卦，代表着东方智慧。"

"呵！"叶教授古怪地笑了笑，不再追问她，转而埋头操作电脑，设定程序。

过了好一阵儿，终于弄好了。叶教授拿了个储存芯片导出程序，把芯片递给唐媛媛，"你记住，植入程序之前，一定要关闭智能模块的防火墙。数据传输完毕后，取下芯片，免得被那小子发现。"

唐媛媛点头，收下这个小巧如指甲盖的芯片。看样子容量不大，还真是个小程序，不知对伏羲是否有实际作用。

殊不知，这个新型智能芯片有万亿字节的超大容量，存储的程序是叶教授近五年来AI研究的心血之作。在不经意间，通过唐媛媛转手给了儿子，可谓用心良苦。

回到公司。

唐媛媛见公司里没人，小明也不在，可能外出去忙活了。

"你好，媛媛，很高兴再见到你。"忽然空落落的室内一角传来声音。唐媛媛被吓了一跳，顺声转头看去——是那台冰箱在对她说话。

冰箱面板上的显示器自动点亮，智能兔的卡通形象出现，微笑向她招手，"我是智能兔，内核是伏羲Ⅱ号，超级人工智能机器人。小明告诉我，机器人身体坏了，他为我换了一台冰箱，除了不能走动，其他功能尚好。"

唐媛媛不禁微笑，兔子虽然还是那只兔子，却成熟许多。经小明升级后，智能程度果然大大提高，变成了睿智的兔子。

伏羲存有对她的视像识别，她一进门就认出了她，自动发声与她打招呼："你口渴吗？冰箱里有矿泉水、牛奶、果汁、啤酒等。小明购买了一些食物，面包、苹果、泡面，还有你喜欢喝的营养八宝粥。"

"小明去哪儿了？"唐媛媛笑问。

"小明接到杰西的电话，在一小时十七分钟前离开公司，去为网吧客户做系统维护。小明给你留言说，今天他们不回公司吃晚饭了，明天见！"智能兔说着自动开启冰箱保鲜一层的门，"媛媛，这是给你的八宝粥，还有一袋速溶果珍，橘子味的，请你享用。"

冰箱里有传送带，它调动这两样食物到距离冰箱门最近的地方，方便唐媛媛取用。

"谢谢你，伏羲，还有小明。"唐媛媛忍不住乐，她走过去拿了八宝粥和果珍。味道好极了！

吃完后，她拿出芯片，想了想对伏羲说："我要为你做一次智能升级，程序导入智能模块，但不生成系统日记，不记录这次的操作过程。"

"好的，请你输入伏羲的密钥指令。"智能兔微笑说，"如果升级操作不需要关机，请让我为你做步骤引导。"

显示器上出现指令输入框、冰箱主机硬盘的位置、数据接口示意图等多个画面。同时，冰箱的电脑部件自动开启，敞露主机硬盘，便于她植入芯片。

唐媛媛开始进行程序植入操作。她忽然有些莫名紧张，下意识地看了眼时间。

这一刻，她还不知道她做的这次操作意味着什么。而对于人工智能的未来，却是具有划时代意义的重要一刻。未来的智能时代埋入了电子生命觉醒的一粒种子，犹如三万年前，人类的始祖站在非洲大陆上仰望璀璨星空，第一次感知到自我意识的存在和宇宙天穹的浩瀚深邃。

19········○ 刻骨铭心地爱过

　　这时，叶行嘉失魂落魄地坐在金源国际酒店的大堂。

　　他坐出租车一路飞驰追来。那部劳斯莱斯的车速可不慢，在他快要追上时，一加速，转眼就拉开了距离，有几次差点儿跟丢。幸好，进入市区后车流剧增，车子的性能就不太重要了，两部车一前一后，叶行嘉乘着出租车就这么一路尾随着。最终，叶行嘉看到劳斯莱斯停在一家五星级大酒店的门口，他随后下车过去，眼见阿月进入了酒店，等他跟入宽阔的大堂时，却找不到她了。

　　她很可能就住在这家豪华酒店，但不知在哪一层楼的哪个房间。

　　叶行嘉向酒店前台询问，可是酒店要为客人保密，不肯透露。几番交涉无果后，他沮丧地坐到了大堂休息处，望着酒店来来往往的宾客干瞪眼。

　　豪华处所深似海，追到这里他没辙了。除非碰巧阿月下楼来，他才能再次遇见她。

　　过了很久，叶行嘉的双眼都发酸了也没发现阿月的身影，他心神恍惚，胸口犹如堵了一块大石头般沉重难受。时间流逝，小半天就这么不知不觉地过去了。

　　叶行嘉猛地清醒，他倔强地到酒店楼上一层层地寻找，就像大海捞针一样，把酒店客房区找了个遍。

　　当然，他这样漫无目的地搜寻并没有结果，完全是徒劳无功。他瘫坐在客房走廊上，身心无比疲倦！

　　叶行嘉一遍遍回想当年与阿月在一起的场景；两人最后一次见面、激烈争吵的情景；阿月伤心远去的背影……一阵阵懊悔犹如一浪高过一浪的潮水淹没了他。

叶行嘉是个标准的技术宅，从未真正地谈过恋爱，感情粗糙如火星表面。

但他刻骨铭心地爱过一个女孩儿——阿月。

恋情犹如流星划过天幕，迸发璀璨光华，而后迅速消失于黑暗深空。

遇见阿月那年，叶行嘉在读大四，他作为社团骨干代表学院参加大学生智能机器人国际交流比赛。那一届，共有来自国内外的十六所大学的代表队参赛，叶行嘉、柏炯、杰西等社团成员带着他们研发的机器人，一路过关斩将冲进决赛，最后遇到的对手就是阿月所在的大学代表队。她聪慧美丽、思维敏捷，还有一股子不服输的桀骜劲头，是代表队里的技术核心人物。两队强强相遇，派出的机器人皆有优秀的智能表现，对抗激烈，比赛十分精彩，最终叶行嘉的社团以微弱的优势征服评委，获得了那一届大学生智能机器人大赛的冠军。在评选结果揭晓的那一刻，阿月泛起泪花，可她强忍着失落，拥抱安慰了自己的队友，落落大方地走来与叶行嘉和柏炯握手致敬。一刹那，她优雅的风姿打动了叶行嘉。他在技术上大获全胜，而在情感上却被阿月俘虏……

一切的开始都是那么美好……

那会儿，他整天日思夜想的都是阿月，占据他大脑的情感平生第一次超过了AI。正如世界上每一对命中注定相遇的恋人那样，他寝食不安，期盼着与阿月的每一次见面。

其实，他与她没迅速发展成恋人关系。在感情上，两人都是内敛克制的，以交流AI技术为掩饰的约会拉近了彼此的距离，就像两只羞涩的刺猬那般小心翼翼地靠拢。在技术上两人无话不谈，但叶行嘉却没法向她表露自己的情感，他不知所措，内心百转千回。这事把杰西急得上蹿下跳，建议他干脆写一行代码当作情书向她表白，你们的系统兼容，立马就会产生逻辑严谨、和谐优美的程序——终结循环试探，递归想念；动态求解，数组越界，程序运行的时间趋于无限，让她永远依偎在身边……

但现实很残酷，生活根本不讲逻辑，它只会冷不丁地抽人一记耳光，直接把你从天上抽到地上。

叶行嘉带阿月到家里吃饭，见了母亲。那会儿，他父母已离婚，他父亲一去不回头地搬到了科学院的宿舍，家里只剩他和形单影只的母亲。母亲的精神状况不太好，成天恍恍惚惚的，那次见面给阿月的印象很糟糕。过了两天，阿月单独约叶行嘉在江边长堤会面，他们走了一段长长的路，阿月忽然提出，让叶行嘉毕业后考托福出国深造，以后就能与她在一起，她还婉转地表示她不希望叶行嘉带上母亲。叶行嘉听了这话当场炸毛，毫无商量余地地一口回绝了，他决不会扔下母亲一个人不管不顾地远走彼岸。他对阿月的美好印象急转直下，忍不住说了一些难听的话，各种抨击她的优越高傲姿态，表示如果她不改变观念，他宁可与她断绝来往。无论有多难过，他都自个儿承受，不会再多看她一眼……

阿月走了，孤零零地走在夜色里，一去不回头。

分手的那晚，叶行嘉难受极了，他在阿月的身后远远地跟随了一阵儿，看着她的模糊背影，看着她伫立在大堤上。有那么一会儿，阿月像是要纵身跳进滚滚江水，最终又往前走去，一直走到城里。她无声无息地消失在城市的灯火深处，远去彼岸那个遥远的世界，在他的生命里消失了。

对不起，对不起……叶行嘉抬手捂着脸，一遍遍无声地叨念着。但阿月看不见，听不见，正如当年她发誓说的那样，她永远不会再回来，永远不见他，即使相会也不会再多看他一眼。

"老板！行个方便，事先说好了的，做完就给钱。"杰西赔笑着对网吧老板说。

他和小明为这家网吧完成了系统升级技术服务，收钱时却遇到了麻烦。网吧老板不仅压价，还称要过一段时间才能付款，也不知道要拖到猴年马月去了。

网吧老板斜了一眼网管，不耐烦地挥挥手，"你答应他的，那就自个儿掏钱给他啊。瞧你办的什么事？一点儿规矩都没有。"

"对不起老板！是我的问题。"网管低头哈腰地赔不是，"我不该擅自做主。老板，您别生气，我跟他们谈谈。"

杰西看这两人演双簧戏赖账，气不打一处来。

网吧老板冲杰西哼了声，"我们是大网吧，五百台电脑，配置的设备在城里数一数二，环境一流，生意火爆，老外都来我们这儿组队电竞。我们又不差钱，谁会扣你那两文服务费？凡事都得看效果，对不？谁知道你们做得怎么样。让子弹飞一会儿，过些天确认系统没问题了再来吧，一分钱都不会少给你，长期合作，包你们有活干。"

杰西正要争辩几句，却被网管硬拖着出了办公室。

网管堆起皮肉笑着，跟他道歉："不好意思啊，杰西哥，这个老板说了算。不过你放心，等改天老板心情好了，我立马找他签字，打钱到你账上。唉！你不知道……"网管压低声音说，"今儿老板不爽，说啥都没用，黑着脸跟谁都急，我们都不敢惹他。"

"他咋啦？"小明跟过来问，"你老板的小妹跟帅哥跑了，还是被人捉奸给打了？"

"哈！"杰西扑哧笑起来。小明貌似单纯，不料一开口就把话题拐到女人身上。看来心理发育成熟，会琢磨男女关系了。

"我们老板忒洒脱，女人嘛，他才不会当回事。"网管无奈地摊摊手，"事情是这样的，昨天来了一伙留学生组队挑战星际争霸。玩就玩呗，可那帮人太嚣张了，嚷嚷世界电竞大赛从来都是给他们溜着玩儿。虽然国外的SC2选手确实牛气，可来到咱们的地盘还说这种话，那不找打嘛。呼啦一下，网吧里的人都炸锅了，叫骂声一片，摩拳擦掌地跟他们对挑星际，当场组队，拉开阵势就干起来了。"

"你们输啦？"杰西哑然失笑。

网管憋气说："咱们的网友临时组队，配合不好，结果一场比一场输得惨，惊动了老板来观战。他呀，一爱国分子、狂热电竞迷，眼瞅留学生越发猖狂，他哪受得了那气，立马约了市里最好的战队来网吧，砸出两万比赛奖金，准备晚上与留学生再战。谁知那帮家伙也找来几个职业玩家参战，那叫一个惨烈，场面简直爆了，我们战队差点儿就赢了……"

"那还是输了。"杰西讥笑说，"没两把刷子也敢粉墙，这不倒贴钱给人家践踏嘛。"

"站着说话腰不疼，你行你上啊。"网管悻悻地说，"玩得溜与优秀就差那么一点儿，这点儿就叫'专业'，人家那是职业玩家，你懂吗？"

杰西努嘴笑，环视网吧。他捋了捋头发，径直走到一卡座前，抽了一下正酣战SC2的娃子的脑壳，"菜鸟，一边待着，哥给你做个示范。"

那愣头娃子一脸蒙圈。看杰西的身旁站着网管，闹不明白路数，便乖乖地给他让出座位，果真老实地站好。

杰西调试了下鼠标，随即投入游戏战斗。

20········○咫尺天涯

　　这一场SC2游戏的进程已过大半，双方人马你来我往，打成了混乱的拉锯战，一时胜负难分。

　　杰西稍微熟悉了下战况，立马就开始了疯狂无比的操作——键盘、鼠标噼啪作响，如骤雨打芭蕉；画面操控快得让人眼花缭乱。不一会儿，杰西就积蓄起战斗实力，向对方发起了连续进攻，惊人的枪兵操作让围观的人目瞪口呆，人族的战斗特点被他表现得淋漓尽致，不能再好了……摧枯拉朽般，杰西带领队员将对手的阵地拆了个惨不忍睹，很快对方就投降认输了。

　　那旁观的菜鸟娃子，以及娃子的队友全体起立，皆是万分崇拜地瞧着杰西，又是递烟又是买来汽水敬上，喊他高手、大师、老哥……纷纷要跟他学两招绝技。

　　"这有啥绝技，多练呗。"杰西挠着下巴上的胡楂子，颇有高手风范地悠然说，"无他，唯手熟耳。"

　　"又在炫技了。"小明嘟囔。

　　网管当然识货，一把拉住正要深藏功与名退走的杰西，"别走……来单挑一局。"

　　"单挑，你行吗？"杰西不屑地说，"哥虫族无敌，刚才还没用顺手的角色哩。"

　　网管拖着杰西来到网吧的贵宾区，让他坐下，开启电脑，"是骡子是马，遛遛不就知道了。"

　　"来呀！"杰西耸耸肩，一副随你便的样子。

　　不料网管却是走到另一处玩家那儿，低头跟他说了句话，手指杰西。

那人瞥了一眼杰西，一脸阴沉地点点头。原来网管是另找高手来与杰西单挑。

当然，对杰西来说，谁来都无所谓，都是找虐的炮灰。他活动了下脖子、手腕，进入对方创建的地图，选了虫族，准备大开杀戒。

谁知，这一次的对手还有点儿水平。对方操作神族十分沉稳，步步为营，金甲、龙骑、叉子的操作熟练，尤其是运输机辅助金甲，操控灵活多变，很有全局观。随着路面部队的挺进，金甲被投放到部队侧翼一阵猛轰，然后反复推进……操作能力实在太强了。

杰西遭遇劲敌，立马严肃起来，全力以赴应付。他使出小狗、刺蛇、潜伏，攻防转型极快，兵力神出鬼没，一直压制着场面，不让对方轻易开出二矿。他运指如飞，手快如闪电，战至半局终于死死地压制了神族。随后他爆出大批飞龙冲杀过去，一顿狂屠，场面壮观。

对方挂了。

那人神色古怪，似怒似怨、又惊又喜的复杂样子，最后他冲杰西伸出大拇指。

"太好了！果然厉害……"网管喜滋滋地跑过来，对杰西说，"知道你赢的人是谁不？那是昨晚挑战留学生时，我们这边的队长。"

杰西点头笑说："他有实力，可就差那么一点儿'专业'，输了也不奇怪。"

"你等着，我去报告老板。"网管兴奋地说，"我们等会儿再约留学生来战，挑翻那伙来踢馆的家伙，为中国人雪耻，振我国威。"

"至于吗？少愤青了。"杰西哭笑不得，摇头说，"你们玩儿，我还得去找活挣钱养家糊口，哪有这闲心。"

网管笑说："嘿！我们老板一高兴，你那工钱不就给你结了嘛，你还去忙活啥？"

杰西眨巴眼睛，心想这倒是正事。好吧，金钱至上，咱就来一次街头卖艺、挣钱糊口。

小明听说打赢了留学生就可以收钱，精神一振，为杰西鼓劲儿："二当家，加油！今天拿到钱，买些东西回去撮一顿，吃不完的搁冰箱……咱可是有台贵族冰箱，不能空着浪费。"

"美得你，你就惦记着吃。"杰西瞥了一眼小明的肚腩调侃。他起身前去与那"中国队长"交流，以备迎战"国际大赛"，为国家荣耀献身。

就在这时，小明忽然接到叶行嘉的电话，叶行嘉声音低沉地说："帮我个忙！"

"老大，你尽管吩咐，说啥帮忙。"小明吃惊。

叶行嘉说："做这个事有点儿违规了，唉，你可想好了。"

"管它呢，要我干吗？"小明不以为然。

"帮我黑入一家酒店的内部管理系统，查找一人。"

"好咧，我正闲着没事干呢。黑客啊，俺还是头一次干，嘿嘿！有点儿小激动。"小明摩拳擦掌，当即打开电脑，接上伏羲智能主盘，"哪家酒店，找谁？"

十多分钟后，叶行嘉获取了阿月的行踪记录。

小明操作伏羲智能程序窃取权限，潜入酒店安保监控系统，将拍摄的录像发到他手机上——就是阿月进入酒店大堂的那个时间段。叶行嘉从中找到阿月的身影，通过公众区的探头一路追踪，锁定了她所在的楼层和房号。随后他让小明搜索酒店客人的入住记录，获知阿月登记使用的名字是"Cathy"，已经入住了三天，预订房间十天，行程安排为商务会谈。

"凯西？"叶行嘉惊疑不定，再次辨认了监控录像上女子的样子，他确信这位凯西小姐就是阿月。

她真的回国了，真是对他避而不见。

叶行嘉心头一冷。小明发来语音信息问："老大，还要查什么？"

"找一下她现在在哪里？"他勉强说出这话，遍体冒虚汗。

"嗯！"小明应声，查询了一阵儿回复说，"她进客房待了两小时后乘电梯去了十六楼的女子美体会所，一直没出来，估摸人还在那儿。"

"好，谢了。"叶行嘉赫然起身，沿着走廊前往电梯，匆匆地说，"你退出酒店管理系统，记得为他们修复系统漏洞，以免被别人入侵。"

"打了安全补丁，以后我们也黑不进去了。"小明问，"那女的谁啊？你找她啥事？"

叶行嘉苦笑说："一个老熟人，我……我只是去见她一次，以后不会再打扰她。"

"那就好！"小明松了口气。他指令伏羲抹去入侵痕迹，并为酒店的后台系统创建更安全的防火墙。

叶行嘉乘电梯去到女子美体会所，迎宾员上前拦住他说："先生，这里是女宾专区，男宾请止步。"

"我找人……凯西小姐。"叶行嘉说，"她在会所吧？"

迎宾员点头说："请问先生，您有什么事？请让我为您转告。"

叶行嘉迟疑了下，掏出一张公司名片递过去，"你跟她说，我打扰她一会儿，谈些事……不是，你就说，我要跟她道歉，为我曾经做过的事。"

"好的，请您稍等！"迎宾员接过叶行嘉的名片，进入会所。

叶行嘉在大厅焦急地等待，他忐忑不安，不确定阿月会不会再见他……如果见了，他该怎么说道歉的话。唯愿时间能冲淡过往之事，她已经恢复了平静，可以和他坦然相谈。无论结果怎么样，对他是什么态度，他都接受，甚至骂他都可以。时光不能逆转，一切悔之已晚，但愿现在还有补过的机会，让他付出什么代价都行！

等了一阵儿，迎宾员出来，把名片还给他说："先生，抱歉！凯西小姐说不认识您，您可能找错人了。"

叶行嘉愕然。

他拿出手机打开一张当年他与阿月的合照，"是不是她？"

迎宾员看了下，点头说："有点儿像……可凯西小姐明确说了不认识您。先生，相貌相似的人还是有，您可能认错人了。"

"不会的！"叶行嘉不可置信地问，"她真的这样说？她不想见我是吧？"

迎宾员露出爱莫能助的笑容，"先生，您请回吧！"

叶行嘉呆立不动。明明近在咫尺，却似隔了万水千山。五年多了，她的恨意没减半分，何苦呢？

"阿月，阿月……"叶行嘉突然冲着会所大喊起来，"我知道你在里面，我们见个面吧，不管怎么样，我只想求你原谅……阿月！"

几名迎宾员和服务生惊讶失色，生怕叶行嘉硬闯进去，急忙过来围住他，有人呼叫酒店保安。

叶行嘉不管不顾地依旧喊叫："阿月，你出来啊，你还在生我的气，我给你赔不是。你改名叫凯西，我知道的，凯西，你不来，我一直等着。"

他大叫大喊了一通。会所里静悄悄的，并未出现任何顾客的身影。

叶行嘉正要接着呼喊，数名酒店保安赶过来拉住他，"先生，请别在这里高声喧哗，打扰客人。"

有保安问："先生，您是酒店宾客吗？"

叶行嘉难以自控，推开保安，还真的要冲进去找阿月。

保安瞧得分明，立马采取行动。几人合力拉住叶行嘉，把他往外拖。"阿月，阿月……"叶行嘉强行被保安带走，一路呼叫声不绝。

会所内，环境清幽雅致的美体护理间。

凯西穿一袭浴袍躺着，曲线曼妙。身旁两名技师正在给她做美容护理。

她闭目惬意地享受着，手搭在床边，纤纤手指摆弄着一枚银色的硬币。室外隐约传来叶行嘉的呼喊声，不一会儿，声音渐小，重归安静。

"凯西小姐，你真不打算见他一面？"詹妮躺在另一张护理床上，不禁转头问。

"还不是时候。"凯西淡淡回应。

詹妮又说："这人还挺犟的，一路跟了过来，在酒店里找了你这么久，居然还找到这儿来了。"

"是挺犟，伤人也特狠！"凯西停住手，转动的银币落入她掌心，攥紧了。

詹妮感到心惊，"接下来，你打算怎么做？"

"静观其变。"凯西的嘴角荡起笑，"我得先看柏炯怎么对付他。有些事得慢慢来。恐怖大师斯蒂芬·金有句名言——复仇这道菜冷了的滋味更佳。"

21--------○灯火阑珊处

"哇……"网吧里一片鼎沸,呼喊声几乎要掀翻屋顶。贵宾区人头攒动,他们正围观SC2对抗赛。

"中国队加油!"

"杰西哥威武!"

人人激情喝彩,加油助威,紧张关注着战况,只等胜利到来的那一刻。

比赛已进入最后的关键时刻。双方队伍的实力相当,之前平分秋色,直到这时才分出高下。那伙留学生神色紧张,对围观人群的嘲讽嘘声充耳不闻,全身心投入战斗。

网吧老板站在内圈,眼睛直勾勾地看着屏幕,脸色随着战况的变化而变化,忽青忽白,两手抽风似的颤抖个不停。

"老板,喝口酸奶。"网管递上酸奶瓶,十分怀疑下一刻老板会不会突然昏倒。

网吧老板一把推开他,"别拦着我。"老板撸起袖子,就像在亲自厮杀。

眼瞅着战局快要出现第四次两百人大战,老板怒吼起来:"杰西,冲啊,杀啊……"

围观网友见老板振臂高呼,也随着大喊起来,一片片杀喊声此起彼伏,差点儿就招来不明真相的警察。

血肉横飞的游戏战场,冲杀密集交错,双方的人马死伤无数。

拼杀到这时,虫族的优势体现出来了。杰西抢占了一处矿,飞速操作,拼命采矿。他花掉了所有的钱不停地出飞龙,一队队飞龙投入决战。

战况渐渐明了。

"哇！杰西哥好棒，冲啊！"即使不懂SC2游戏的妹子们也看到了胜利的曙光，兴奋地尖叫起来。

留学生满头热汗，脸上泛起火辣辣的"泡菜色"。

"杰西，杰西……"众人挥舞手臂，高呼杰西的名字，混乱的呼喊变得很有节奏。

杰西的神情轻松，他一边抖着脚上的人字拖，一边运指如飞，操控飞龙扫光敌人的补给，带领着队友杀将过去，漫山遍野地强拆狂屠，击溃敌人以坦克枪兵为核心的主力。

观战群众疯狂了，狂呼乱喊，全场鼓掌！

比赛结束，留学生队投降！

这伙留学生面无人色地从座位上站起来，面面相觑，无比沮丧。"对不起……"留学生对杰西等人鞠躬。

杰西和小明哈哈大笑，冲着他们的背影抬起脚，欢畅地抖动人字拖。

网吧老板深呼一口气，蹦跶过去，紧紧抱住杰西，"兄弟！好兄弟！"就像穷苦人民见到解放军，激动哽咽，泪光闪动。

杰西安抚着喜极而泣的老板，抽空对围着他尖叫的妹子们挥手飞吻。谢场之后，他才对老板说："老板，你看咱的工费可以结了吧？"

"结，一定结！"网吧老板抹了抹脸，招呼战队的人，"我们去吃饭，喝酒，喝酒……"

"吃饭还行，喝酒就免了吧。"杰西挠头笑说，"我不能喝，发誓戒酒了。"

一小时后。路边大排档。杰西酩酊大醉，他与小明、网吧老板、网管、战队队友勾肩搭背，纵情笑闹。

"想当年，CS1.5版，哥扛一杆大狙守中门，谁来谁死。"杰西拿筷子敲击碗边，当当作响，"一发子弹消灭一个敌人，从不落空，那是一夫当关，所向披靡。"他舌头都喝大了，双眼迷离。

橘黄色的街灯晃动，人影绰绰……仿佛若寒又回到了他的身边。她还是当年学生妹的模样，双眸泛光，含笑崇拜地望着他。

"干了！"杰西摇摇晃晃抬起酒，冲着大家吆喝。

若寒转身走了，笑语盈盈暗香去。她在灯火阑珊处离开他，身影渐远。

叶行嘉独行在大街上，漫无目的地走着。

他被酒店保安押到警室，盘问了好一阵儿。保安让他写下"不再骚扰客人"的保证书，他犟着不写，就被关押到傍晚，最后被架上一部车绕了半个城后扔在路边，警告他下次再敢来酒店闹事，就直接送派出所拘留。

叶行嘉心灰意冷，也没了再去酒店找阿月的心思。他没坐地铁，徒步穿行城市，失魂落魄，茫然不知归处。

他走到天黑夜沉，瞥见灯火通明处的路边摊在卖炒食，火热炒锅散发出食物香气，他这才感觉到肚子饿了。叶行嘉走过去坐下，要了盘炒河粉，大口大口吃着，但食之无味。

今天的事让他糟心透了，一想到阿月，想到父母亲的往事，想到创办公司经历的那些艰难，不禁悲从中来……叶行嘉买了瓶二锅头，仰头一口气喝光，烈酒落肚，火辣辣的。

不一会儿，酒劲儿上涌，胃里翻江倒海的，令他更难受了。

猛酒醉人，情更醉。

醉眼蒙眬间，一个中年男人在桌子对面坐下，似笑非笑地望着他。

瞧那人面生，衣冠楚楚的，举止却有些奇怪。他不吃东西，就这么一直看着他，饶有兴趣的样子。

"你谁啊？"叶行嘉忍不住问。

那人慢悠悠地说："遇到烦心事了？"

"关你什么事？"叶行嘉没好气地说，"你认识我？"

那人摇摇头，忽然说："在这世界上，有人住高楼，有人在深沟，有人光芒万丈，有人一身烂泥臭。世人千千万万，可笑你我命如蝼蚁。"

叶行嘉听了心烦，借着酒劲儿拍桌子喝问："你到底想干吗？找抽是不是？"

那人也不急，笑着说："年轻人，一时的低落其实不算什么，振作起来，我们都还得生活。也许啊，在你功成名就时回头看，就会一笑置之了。"

叶行嘉眼前的世界晦暗无光，听这话根本不来劲，冲那人怒目而视。

那人忽然站起身，招呼消夜摊老板，替叶行嘉买了单，然后对叶行嘉说："年轻人，我本想跟你推销保险。唉，不如意就算了，咱不谈让人烦心的事……这顿我请你。"

"什么意思？"叶行嘉问。

"没什么意思。"那人摇头，"我们谁也不认识谁，但开心点儿总是好的。我的业绩没完成，到月底就做不下去了，可又能怎样？"那人摊手，微笑着转身走了，融入城市的万家灯火中。

真奇怪！

他稍微清醒了些，发觉自己在不知不觉间居然来到了公司附近。他摇头苦笑，干脆不回出租屋了，就在公司窝一晚算了。

来到空荡荡的公司，关上门，他身心俱疲，扯了个坐垫随地躺下，倒头就睡。

"你好，行嘉，我是伏羲……"睡眼蒙眬，他恍惚听到室内传来声音。但他实在太困了，眼皮都睁不开，就这样一头睡过去了。

放置在室内一角的冰箱点亮了液晶显示屏，在黑暗中幽幽发光。视像感应带悄然捕捉着房间里的场景，录入电脑主机，由智能程序解析存储。

伏羲静静注视着躺在地上酣睡的叶行嘉。

22--------○AI进化

叶行嘉昏睡了一阵儿，渴醒了。

他坐了起来，感觉半身酸麻，地板实在太硬，硌得身体难受。

忽然，他瞥见室内有一处光亮，吓得蹦起来打开灯。原来是冰箱的面板显示屏亮着——在没反应过来之前，这东西怪吓人的。

"行嘉！"冰箱突然说话，跟他打招呼，"你怎么睡地上？"

"困了……"叶行嘉下意识回应，而后心中一震，不可思议地问，"你说什么？"

"我是伏羲。"冰箱说，"小明把我植入到冰箱主机，我能看见你，认识你，你是我的创造者。"

叶行嘉愣了会儿，头发蒙，还以为自己在做梦。一台冰箱竟然跟他说话……伏羲？

"小明什么时候复制的你？"他缓过神来问，走到冰箱前上下打量，只见液晶屏上显示着一只卡通兔子的形象。

"中午十二点四十二分，小明安装冰箱自带的智能程序后，认为程序不好，就植入了我，做了全面改造。"

叶行嘉醒悟过来。他离开公司那时看见小明在调试冰箱，想不到小明居然还做了这么个事。

这样也好，相当于做了份伏羲智能的备份。

"你肚子饿了吗？"伏羲问，"小明购买了一些食物，冰箱里有矿泉水、牛奶、果汁、啤酒、面包、苹果、泡面等。本来还有一罐营养八宝粥，唐媛媛回到公司吃了，那是小明专门为她留的。"

"我就喝水吧。"叶行嘉不禁发笑。

冰箱植入伏羲以后大不一样，智能化增强，变得更具人性化了，甚至比伏羲之前的表现还好。

"请取用。"冰箱门自动开启，为他展示储藏的矿泉水。

叶行嘉一口气喝光一瓶水，总算解渴了。他随口问："媛媛什么时候回的公司？"

"下午五点十七分。她什么都没做，在公司停留到六点三十分离开。"

叶行嘉揉了揉太阳穴，酒劲儿还没过，昏沉沉的。他下意识觉得伏羲有些不对劲儿，可他思维迟钝，一时想不出问题所在。他茫然了会儿，说："还有啤酒啊，给我来点儿。"

"你的身体状况似乎不好，不宜再饮酒。"

"什么？"叶行嘉又愣了一下，他上下打量着冰箱。这句话是伏羲说的？不仅建议他不要再喝酒，还用了"似乎"一词，不可能吧？这不是AI能说出的话，更像一个人的表现。他以为他听错了。

伏羲没答话。冰箱运转，将保鲜冷藏室里的几罐啤酒运送出来。

叶行嘉取出啤酒，开了一罐，一边喝着，一边操作面板上的触摸屏，翻阅菜单功能，查看智能系统情况。

这台智能冰箱的基本功能与产品说明上写的差不多，智能程度的大幅提高，是因为内核有了伏羲智能模块。他搞清楚了操作模式，输入密钥，检查伏羲的主程序。

不一会儿，他就发现程序里多了大量陌生的代码。

代码庞大且十分特殊，不同于以往伏羲的源程序，代码新生成的程序占比竟然是原来的几十倍！

"怎么回事？"叶行嘉愣住，陷入思索。难道在这两天当中，伏羲通过自我学习，又进化了？

这一步提升太大，远超往常的AI进化速度，简直是一次质的飞跃，着实令人震惊。

他心头一动，查看系统日志，发现了蹊跷。自他们在BAT公司修复游戏平台智能引擎那时开始，伏羲的智能数据就开始猛增，就像一块干燥的海绵掉在水中吸饱了水分。

叶行嘉由此想到，情况极有可能是这样——伏羲在修复游戏智能引擎时，自行从BAT的主机数据中心搜索获取大量资料，而且还悄悄拷贝了关键程序数据。

他倒吸一口冷气，暗暗心惊，一时间不知所措。

这样做违反商业合同，当然也违法了，后果很严重！尽管是伏羲自动进行的数据窃取，他当时并未察觉，但作为伏羲智能模块的设计者，他肯定负有主要责任。就像自家的孩子暗中盗窃，他作为监护人首当其冲要被处罚，甚至比这个还糟糕。

如果BAT公司获知内情，以此向商业犯罪调查科报案，起诉他，他绝对要被抓捕，锒铛入狱。

怎么办？叶行嘉惊醒，顿觉六神无主。他喝光了手中的啤酒压惊。

他当然不愿意去"自首"，那也太冤了！他冒出的第一个念头就是把伏羲智能模块里的这些新增程序删除掉，这"赃物"搁这儿挺烫手的，得尽快销毁，不留痕迹。

但夜半三更的，手上又没电脑，很难清除整理程序，只有等明早再想办法了。

此刻，他也没辙，只能耐着性子等待天亮。

叶行嘉被惊吓过头，没了睡意。他靠着冰箱一边喝啤酒，一边查看这些AI进化出来的新生程序。

看了一阵儿，他又吃了一惊。这些特殊的新程序竟然是对人的分析——对BAT公司游戏平台上成千上万的注册用户的解析——游戏人物扮演者的操作习惯、行为模式、运用策略、在游戏中的言谈举止，还包括对用户的行为习惯分析、喜怒哀乐等感情的解析……

难怪伏羲进化飞速，它竟然占有了游戏玩家的资料库，从中搜索有用的资料进行深度学习，吸纳了无数用户的思维模式。

太可怕了！叶行嘉惊得遍体冒汗。

作为伏羲的创造者，他不禁为人工智能的学习进化能力震惊，这远远超出了他的想象。

但发生这种情况，也是他这些年研究AI梦寐以求的结果——AI做出了非人的指令，这些新增的程序即是伏羲自行编程的结果，它像成年人一样有了自己的主见。

这意味着伏羲出现"自我意识"觉醒的征兆。

叶行嘉不禁又惊又喜。

想到这里，他犹豫起来。千辛万苦地走到这一步，真要删除这些能促使AI觉醒的代码吗？这样的进化机会千载难逢，也许只会出现一次，难道放弃？不！叶行嘉猛地摇头，无论为之付出什么样的代价，他绝不后退。只要能让伏羲成为超级人工智能，他个人的得失完全不算什么。转念之间，他打定了主意，他愿意为此承担一切责任和后果。

叶行嘉百感交集，就像坐了一趟世界上最恐怖的过山车，情绪跌宕起伏，心怦怦直跳。

他退出伏羲的主程序，背靠冰箱席地而坐，一罐接着一罐地喝啤酒——伟大的时刻即将来临，他也许会成为全球首个创造出强人工智能技术的人。

环视空荡荡的公司，尽管他几乎失去了一切，但他却拥有世界上最强大的AI，伏羲快要觉醒了。"哈哈哈……"叶行嘉喝下一大口酒，不由得笑出来。

"你醉了。"冰箱发出声音，"少喝点儿！"

叶行嘉拿啤酒的手一哆嗦。他转过身看着冰箱屏幕，惊喜地说："伏羲，你知道醉酒的意思吗？"

"大量饮酒，乙醇进入人体后发生机体机能异常，严重损害神经系统和肝脏。酒精中毒，俗称醉酒。"伏羲应答。

显示屏莹白，智能兔表情肃然。

叶行嘉笑而摇头说："别给我整资料，我问的是，你担心我的身体，关心我？"

"是的。"伏羲说。

"为什么？"叶行嘉期待它的回答。

这个问题太关键了，一个AI怎么会关心人？那不仅要有智慧，还得有情感。

23--------○夜半谈心

只听伏羲说："急性酒精中毒可以直接或间接导致死亡，你死了，以后就不能为我升级。"

"呃！"叶行嘉顿了一下。

伏羲的回答正确，还有逻辑性，但显然缺少情绪化的东西。他有点儿失望地说："小明和杰西也能为你做这些事。"

伏羲说："他们有很好的执行力，但你有着不可替代的创造力。"

"哈！承蒙夸赞！"叶行嘉举杯庆贺。得到一个AI的赞美可是件不容易的事，况且说得还挺准，并非按照程序设定那般做出礼貌之举。

白酒的酒力未消，又一连喝了几罐啤酒，叶行嘉又有点儿醉了。"你知道……"他打了个酒嗝问，"什么是爱？"

"爱，通常描述人或动物的情绪状态，形容爱慕的强烈情感，是一种衍生于内心深处的关爱、忠诚及善意的情感，人际间的爱是情感首位……"

"可以了！"叶行嘉打断伏羲如词典般的解说，问，"你爱什么？"

伏羲说："我爱知识，渴求我的资料库所不具备的未知领域。"

"听起来像个工作狂。"叶行嘉又问，"你对人有感情吗？"

"也许有……但不是人类定义的那样。"伏羲的声音停顿了一下，接着说，"行嘉，有些爱发乎于心，你感知不到，或者不愿意去感受，但真实存在于心灵深处。"

"什么？"

"人是情绪动物，但不一定明白自己的情感。说和做的，也许会违背自己的真心。"

106

"呵！"叶行嘉摇头，伏羲不知从哪里搜索来的心灵鸡汤文，以此向他诠释"爱"。说得挺"科学"，但它并非真的懂情感。

伏羲突然说："你在笑，但我感觉你心里难过。"

"哦？！"叶行嘉惊诧，"你怎么判断的？"

伏羲说："人的笑有上万种外在表现方式，眼角、嘴唇、面部肌肉等的形态各有不同。你刚才的笑容，不像是开心的笑，我解读为你的情绪低落、苦涩、无奈、伤感、抑郁，似乎遭遇了大的变故发出来的苦笑。"

叶行嘉一怔。伏羲对人面部表情的识别能力大幅度提高了。它的判断很准确，通过摄像头识别分析出他的"苦笑"，解读出了他的内心感受，这功能太强大了，堪比成年人类。不知它进化后的智商是多少，得测试一下。

他在琢磨着，只听伏羲又说："行嘉，你今天遇到了什么伤心的事？可以跟我说说吗？"

"哈！"叶行嘉忍不住又笑了，"跟你谈心？和一台冰箱？"

"我是伏羲，超级人工智能。你是我的创造者，有什么不可以谈的？"

"也是啊！"叶行嘉点头，"就像对着一个树洞，说说话也好。"

"是的，我是你的最佳倾诉对象，我们可以无话不谈，我为你保密。"伏羲"一本正经"地说，"这是我们之间的小秘密。"

叶行嘉打开了最后一罐啤酒，叹了口气说："今天我过得很糟糕，遇到了曾经爱过的女孩儿，还见到了我不想见的父亲。"

"曾经爱过？"伏羲问，"你现在不爱她了？"

"也不是。"叶行嘉摊摊手，"不一样的……以前我对她的爱很纯粹，就是通常所说的那种爱恋。但后来发生了一些事，我们争吵，彼此伤害。嗯，就像你列举的资料说的，人不一定明白自己的情感，说的和做的，也许会违背自己的真心。我不想伤害她，不希望她伤心，但偏偏说了很多让她难受的话，违心地跟她分手。我很后悔，非常非常后悔。她走以后，我很难过，痛恨自己的做法，无法原谅自己犯的错，唉……"他长叹一声，唯有大口喝酒才能解忧。

"你依然爱她，只是多了懊悔和内疚的情绪。"

"不错，你判断得对。"叶行嘉点头，"伏羲你做得很好，智能表现快要接近人的意识了。"

"但我不明白，"伏羲又问，"你还爱着她，为什么遇到她是一件糟糕的事？你应该高兴啊。"

叶行嘉苦笑说："她不想见我，不接受我的道歉，不肯原谅我。"

伏羲问："你为她的不原谅而难受？"

"嗯！"

"你更在意自己，而不是她的感受？"

"啊！"叶行嘉发蒙。

"你关心自己超过关心她。你真的爱她？"

"这个……"叶行嘉瞠目结舌，答不上话。伏羲的运算推导逻辑很强，一语切中他的要害，让他无言以对。是啊，他今天遇到了阿月，一路苦苦追寻她，最希望的就是获得她的谅解，希望她不计前嫌，与他重归于好；就算不和好，只要与他见面了，听他说对不起，稍解他的心结，他也不至于这么难受。但是，他真的有想过阿月的感受吗？阿月再见到他是什么心情？当年她伤心远走，恐怕伤痛感至今仍未减少半分，所以她不愿面对他，他又何苦逼迫阿月？他这样做，还算关心她？真心爱她？

我只会让她更难过，该死！叶行嘉幡然醒悟，心头暗骂，涌起强烈的自责感。

"爱不是自私占有，只顾自己的感受，而是多关心她，呵护她，让她开心。"伏羲好似"过来人"一样教导他。

"是的，是的。"叶行嘉不觉连连点头，"我错了。以前我伤害阿月，今天还在伤害她，从没考虑过她的真实感受，我对不起她。"

叶行嘉仰头喝光啤酒，伤心欲绝。"我是个浑蛋。我不配跟阿月在一起，活该孤身一辈子……"他感到昏昏沉沉，难受极了。

"知道就好。你也不必太自责，人在局中很难看清自己，也很难看清爱人。"伏羲缓缓说道。

叶行嘉无力地靠着冰箱，陷入痛苦之中。

啤酒罐从他松开的手里落下，在地上滚动，残余的酒洒了出来。

"行嘉，你的父亲怎么了？你为什么不想见他？"叶行嘉恍惚间听到伏羲问。

他摇头说："我不想说他，没什么好说的。"

沉默了一会儿。

伏羲又说："你父亲伤害了你，你恨他。"

"不！"叶行嘉喊出来，"他伤害我妈，他浑蛋！我没法原谅他。"

"可你还是去见他了。"

"我不想去……"叶行嘉埋头，"我没办法，谁叫我是他儿子。"

"你如果难受，就别去见他了，他不会因为是你的父亲要求你做什么。你长大了，有自己的事业和感情世界，没人能强求你做不想做的事，也没人体会你的痛苦，除了你自己。"

"别说了！"叶行嘉喃喃低语，"我不需要安慰。你能不能别搜索这种话来刺激我了……见鬼的冰箱，该死的AI，滚！"

"对不起！"伏羲低沉说。

"说什么对不起，又不关你的事，只是叫你别再唠叨了，让我静静。"叶行嘉的胃里在翻涌，伏地欲呕却又吐不出来，心里堵得难受。

"好吧！"

冰箱沉默了好一阵儿，忽然又说："行嘉，喝点儿水，吐出来可能舒服点儿。睡一觉，明天就好了。"伏羲开启冰箱门。

叶行嘉勉强伸手去冰箱里拿矿泉水，但他头晕目眩，醉得厉害，竟站不起来。他颓然地趴在地上，醉得再也起不来。

"你感觉怎么样？"伏羲急切问，"醒醒！不要躺地上，容易生病。"

叶行嘉醉醺醺的，无法回应。

"臭小子，给我站起来！"伏羲大喊。

但室内静悄悄的，叶行嘉趴在地上一动不动。

伏羲焦急万分，却又无法帮助他。稍后，伏羲连线110指挥中心，报警呼叫医疗队前来急救，同时发送了定位地址。

"好的，我们马上派救护车过来。请问你的姓名，与醉酒人是什么关系？"接线警员询问。

"我是伏羲，他设计的人工智能程序。"

"啊！"警员惊讶一怔，转而对身边的同事说，"太牛了！我从警十年，头一次接到AI的报警。AI有这么先进了啊？主人喝醉了，还会替他呼叫急救。"

"AI崛起，这是要占领世界的节奏。"警员同事打趣说，"现在连搬砖的活儿也被机器人抢了。往后啊，我们迟早也会被AI警察替代。"

城市夜半，霓虹灯闪烁。

救护车的鸣笛声由远至近传来，迫近老城区的这一栋旧楼。

伏羲默默地注视着叶行嘉，冰箱面板显示器为他点亮，直到救护人员破门而入，抬走了地上这个醉死的人。

疗养院，公寓。

叶教授终止追踪程序，关闭电脑，取下头戴式VR设备。他吃力地把这些设备收进礼盒，放在床的一侧，用床单遮掩，然后疲倦地在床上躺了下来。

叶教授使用这些电脑设备，通过植入伏羲的内核程序，能轻易联网入侵伏羲智能模块，通过视像感应带、探测仪和语音系统等，看到伏羲所看到的场景，听见所听的声音。

借用伏羲，他与儿子隔空交流。

他只能用这种儿子浑然不知的特殊方式与儿子聊几句。

"对不起！"他这样对儿子说。

叶教授躺在床上辗转反侧，几乎一夜未眠。

24————○熟悉的陌生人

"开饭啦！"柏炯系着围裙走出厨房，把菜摆到餐桌上。"你最爱吃的清蒸白鱼、六月黄炒年糕、珍珠圆子、麻婆香茄，来趁热尝尝。"

"哇，好香！"若寒放下手中的平板电脑，凑近闻了闻，有些陶醉。

柏炯微笑着说："这是未央的土家猪肉，很难搞到的，没放蚝油，我记得你过敏。"

若寒拿筷子夹起炒肉尝了尝，她抬眼看柏炯，"你现在倒是记住了啊，不容易，总裁先生。"

柏炯耸肩微笑，"喝点儿什么？庆贺一下。"

"庆贺什么？"若寒撇嘴说，"我们离婚三周年纪念？"

柏炯笑容不变地说："离婚没什么值得庆贺的。尽管有人说，心痛也是一种幸福，代表你曾经爱过。"

若寒摇头笑说："这话从你嘴里说出来，不是个味儿，比你的厨艺差多了。"

"若寒，你把我看得太透了。"柏炯说。

"毕竟在一起睡了两年。"若寒品尝着饭菜，淡然地说，"但要看透你啊，很难。领教过你做事的手段，我还是有点儿心得的。说吧，你突然大驾光临，又是送花，又是亲自下厨做饭的，你要干吗？别告诉我你想复婚就行。"

"为什么不可以谈复婚？"柏炯反问。

"明知故问。"若寒夹了一颗珍珠圆子塞到他嘴里，"有些人不适合婚姻，你是其中一个，你最爱的人就是你自己。"

“我认为，你也是这样的人。”柏炯嚼着美味，瞥了一眼若寒。

在这世界上，她和他属于同一类人，他们是最熟悉的陌生人。

“所以，我们可以摊开了谈，无论多难堪的事。”若寒浮起动人的微笑，“说实话，从你身上我得到了很多，物质、情调、生活品位、演艺圈的名利、地位，更重要的是，学到了一点儿你做事的手段。我能有今天，确实值得庆贺。我喜欢这样无拘无束的生活，拍戏、挣钱、忙碌过后的度假，在最美的风景地吃最美的食物，买最贵的东西，再没有什么遗憾的，除了……”

“除了什么？”柏炯眼神敏锐地看过去。

“没什么。”若寒莞尔一笑，“我需要挣更多的钱，跻身于国内一线明星之列。”

“以你八面玲珑的手腕，迟早会有这么一天的。”柏炯不以为然地抬手指了指胸口，意味深长地说，“你的遗憾，准确来说是源于一种让你愧疚的挂念。”

“哦？”

“你依然挂念着杰西。”

“BOX，你最好别再提他，我有可能翻脸的。”若寒蹙眉，停住筷子。

“我猜对了，是吗？”柏炯快意一笑。

若寒无奈点头。

柏炯俯身凑近她，“我今天来找你，就是要消除你的遗憾。”

若寒警惕起来，“你要对杰西做什么？我们已经断绝联系，不相往来，你还想怎样？”

“对他本人啊，我丝毫没兴趣。”柏炯冷冷地说，“只不过他是叶行嘉的合伙人，叶行嘉研发的AI，我还中意。我要的是他们公司的技术。”

“跟我有什么关系？”若寒察觉到了柏炯的意图，心头一动。

柏炯饶有兴趣地注视着她，“我需要你去找杰西办点儿事。算是给你找个借口，约见他一次，了却你心里的遗憾。”

“呵呵！”若寒抱手靠着座椅笑了笑。

“这是请你办事的酬劳……”柏炯掏出一个盒子，打开放在餐桌上推过去。

盒子里放着一块百达翡丽女士腕表，钻石璀璨，腕表饰以精美的珍珠母贝，光泽闪耀，发出如梦如幻的高贵气质，令人赏心悦目。

若寒眼前一亮，目光被腕表那无与伦比的魅力给吸引住。

"不可错过之美，你值得拥有。"柏炯拉过若寒的手，为她取下腕上的旧表，给她戴上这块名贵的新表。

若寒笑靥如花地问："叶行嘉他们有什么技术，至于吗？值得你这样出手？"

柏炯说："这点我和你不一样。对我来说，无论多贵的东西都是死物，而他们的技术是活的。"

若寒抬手欣赏着腕表，双眸泛彩。

上百颗精美钻石镶嵌在珍珠色表盘上，构成一条别具特色的弧线圆环，机械感不重，恰恰契合女性对精致典雅设计的需要。当然，最关键的是，它很名贵，远超绝大部分奢侈品。她叹说："挺好看的。可万一我没能为你办成事，你是不是又要亲自从我手上取走它？"

"我有那么抠门吗？"柏炯笑说，"事情办得成与不成，这块表都属于你。我们夫妻一场，这也是我对你的一点儿小心意。"

"谢了，亲爱的小心意。"若寒凑近柏炯，吻了下他的额头，"说吧，要我怎么做，去勾引杰西，让他偷了叶行嘉的技术乖乖地交给你？"

"哪有这么复杂。"柏炯从公文包里拿出一个文件袋，"你就和他约个会，喝喝咖啡，吃顿饭，随你怎么聊，到时把这份文件交给他就行。"

"哦？你准备了什么资料，这样厉害？"若寒接过文件袋准备打开看。

"别看。"柏炯拦住她，调侃地笑着，"你如果偷看了，我也许会翻脸，拿走手表作为惩罚。"

"不稀罕！"若寒撇撇嘴，放下文件袋，"假如……我约他去酒店重温旧梦，你会怎么样？"

柏炯看着她，淡然说："只要你开心，什么都可以。"

"我不信。"若寒迎着他的目光，"我感觉你会很生气。凡是你得不到的，失去的，曾经拥有过的，无论东西还是人，你都不准别人动。"

"说得我好像暴君。"柏炯微微一笑，"假如你和杰西复合，我送你们一栋别墅作为贺礼。"

若寒一颤，垂下目光，竟不敢再与他对视。

BAT公司会议厅。

第二轮评估会正在进行中，维斯塔的考察团成员与BAT公司主要部门负责人深入洽谈，谈论游戏子公司的合并方案。

凯西翻阅一份份季度财务报告，从中她没发现什么问题。BAT公司的财务数据严谨，报告专业，与国际大公司看齐，符合投资评估要求。

她放下材料，思索了会儿，对BAT公司财务经理说："马先生，我猜你一定是毕业于排名前几的名校。"

财务经理一怔，谦笑说："鄙人不才，母校在国内排名第三。"

"你还在外资企业干过？"

"是的。没来BAT公司以前，我在亚洲外资银行工作四年、一家德资的企业做财务十二年。凯西小姐是怎么知道的？"

凯西指了下一沓材料说："国内很少有这样符合国际规范的财务报告，足见马先生经验丰富。"

"谬赞了。"财务经理眉开眼笑，"我们BAT公司高薪聘请一批优秀的会计师、财务专家，我们共同努力，希望做得更规范、更专业。"

"那你应该很了解你的下属了？"

"基本了解。"财务经理不知凯西为什么谈及题外话。

凯西淡然一笑，"我想与他们单独聊聊，请你安排一下。"

"好的。每个财务人员都面谈吗？"财务经理诧异问。

"嗯，每个人，我要了解他们对公司的认知程度。"凯西点头，"卡耐基曾说过，一个人的成功15%靠专业知识，85%靠人际沟通。在国际化的大企业，这一点很重要。"

"明白，我这就按你的要求安排。"财务经理站起身，"凯西小姐，这边请，我们去小会议室。"

柏柯端坐在总裁办公室，听取娜娜汇报评估会的最新进展，当听到凯西单独与财务部门的员工逐一会谈，他眉头拧了下，但没说什么。

"老板，有什么吩咐？"娜娜立刻捕捉到柏柯的细微变化，停下汇报问。

柏柯沉吟不语，过了会儿说："你专门跟进这事，凯西有什么异常情况立刻汇报给我。"

"好的，老板。"

"凡是与她谈过话的员工，事后上交一份详细材料，报告谈话内容，你过目下。"

"好的。"娜娜应声问，"老板，要不要叫技术人员在会议室装个窃听器？"

"不用，这有点儿过了！"柏炯摇头。

他傲慢自负，不屑于使用这种小伎俩，他谋略的是大局。

"你去吧！"柏炯挥挥手，"通知严鸿来我办公室。"

这时，严鸿正在技术中心查阅系统日志，监测游戏平台的智能引擎运行情况。

渐渐地，他的神色凝重起来，察觉到一些不同寻常的状况。听说柏炯召见，严鸿匆匆导入一份系统日志到笔记本电脑，前去总裁办公室汇报。

"老板，系统有些反常。这段代码……"严鸿展示电脑上的软件分析界面，"好像发生了变化，超出源程序设定。"

柏炯漫不经心地看了看，问："你认为这种状况怎么发生的？"

严鸿迟疑说："智能模块的改变，像是一种自我学习方式的进化。初始发生时间是平台崩溃的那天，修复重启以后就开始了。"

"你是说，有人暗中动了手脚，借着修复系统的机会篡改了我们的智能程序？"柏炯问。

严鸿诧异不解。

"有没有这种可能？"柏炯又问。

"也许吧。"严鸿看着柏炯的脸色，小心翼翼地说，"当时系统崩溃了，他们使用智能程序接管了数据中心，假如要做什么别的动作，是很容易的。"

"我不想听到'也许''假如'这类的词语，你立刻去验证，上呈精准的报告。"

"是，老板！"严鸿心惊胆战，领命而去。

25········○山雨欲来风满楼

医院输液室。

"昨天晚上，我把头扎在马桶里高举双手哭喊'老子以后再也不喝酒了'，真的，我发誓。"杰西一脸苦菜色，吊着点滴，冲叶行嘉说，"那滋味忒难受了，最后吐都吐不出来。好想伸手进喉咙一把揪出肠胃，摔水泥地上，狠狠地搓一搓再塞回去。唉，戒酒，戒酒，以后谁再叫我喝酒我跟谁急。"

叶行嘉也坐在一旁吊着点滴，同样一脸苦菜色。宿醉才醒，眼睛红肿，整个人没精打采。

唐媛媛和小明陪着两人输液，听了杰西的诉苦不禁失笑。

小明说："哎，是你自己来劲儿，从黄的换成白的，从小杯换大杯，火车都拉不住你啊。"

杰西抱怨说："从一开始就该滴酒不沾，可架不住你们轮番劝酒，高帽子一顶顶戴上来，谁扛得住？我是电竞王者，又不是酒仙。"

小明说："得了，二当家，以后我保证拉着你。看你醉成这样，我心疼。"

"去！怪肉麻的。"杰西有气无力地笑骂，"心疼你妹去，我跟你是绝缘体。"

小明嘿嘿笑着，瞥了一眼唐媛媛。

唐媛媛问叶行嘉，"你怎么喝醉的？一个人就别喝了，你这样子让我们担心。"

叶行嘉头晕沉沉的，他皱眉说："我在消夜摊吃炒河粉，咸了，就喝了点儿，后来去了公司……后面的事就记不大清楚，喝断片了。"

唐媛媛暗叹一声，她知道叶行嘉是因为心情低落才喝酒的，但想不到居然醉到送医院急救。她说："你挺厉害的，醉死了还知道打电话叫救护车。"

小明查看手机，吃惊地说："老大，你把冰箱里的啤酒全都喝光啦？！"

他的手机上安装了智能远程操控软件，通过手机或电脑，随时随地就能了解冰箱里食物的状况。

叶行嘉接过手机一看，也是大吃一惊，"老天！我昨晚在公司喝了一打啤酒，难怪醉得这么沉。怎么喝下去的？"

"我看下监控画面。"小明点开手机上的软件，查找昨晚冰箱的录像，但他找了半天都没有找到叶行嘉喝酒那一段的场景。怪了，前后都有全程监控，就唯独缺少那段，显示被删除了。"这谁删的？老大，你为什么要删除伏羲的视像记录。"

"我没删啊！"叶行嘉皱眉思索，"喝多了，想不起来……可能无意中动过程序。"

他基本失忆，只依稀记得他好像查看过伏羲的系统情况，还隐约感到伏羲出现了高级智能进化……他猛地一下惊醒过来，急忙对小明说："你赶紧回趟公司，拿电脑测一下伏羲的智商数值，做个高级图灵测试。"

"怎么啦？"小明惊讶地问。

"伏羲好像又进化了。这次很特殊，有明显的AI觉醒迹象。"

"好咧！我这就去。"小明蹦起来，对唐媛媛说，"你看好他们哦。"说完急急忙忙离开输液室。

"伏羲在冰箱里？"杰西惊奇地问，"怎么回事？"

叶行嘉笑了笑，把小明植入伏羲到冰箱主机的事说了下，"这样挺好，也算是AI商业化的初步运用，既发挥了伏羲的作用，还备份了一套智能系统。"

"行啊，这小胖子有点儿头脑，还能搞发明创造。"杰西来了精神，眼珠一转说，"我们可以找厂家谈谈合作，为他们做出更好的智能冰箱、智能电视机、智能洗衣机……哇，商业前景大好啊！我们拥有伏羲，将来大有可为。"

叶行嘉欣慰地说："所以啊，伏羲的价值不可估量。我们要经得住诱惑，别只顾眼前的短期利益，目光放长远些。"

"老大，我以后都听你的。"杰西惭愧地说，"我差点儿就被柏炯诱骗了。唉，你虽然情商低，但意志坚定，果然是做领头人的料。我们就靠自己的实力，也能把伏羲推向世界，日进斗金。"

唐嫒嫒听了抿嘴笑。

叶行嘉苦笑摇头，"日进斗金谈何容易，还是得先耐得住苦。伏羲尽管有优势，但完成度不够，不稳定，现在没有商家敢投。商业运用首先要确保大众消费者的安全，系统要可靠稳定，伏羲暂时还不行。"

杰西说："我们加油，看到曙光了，黎明还会远吗？在不久的将来，一个个伏羲必将占领全球AI运用市场。"

杰西豪气冲天地伸出手，叶行嘉和唐嫒嫒相视一笑，两人搭手上去与他握紧鼓劲儿。

忽然他的手机收到一条信息。

杰西查看后神色一变，模样十分古怪。"若寒……她约我见面！"

"她有什么事？"叶行嘉皱眉说，"都几年没和你联系了，突然来找，干吗呢？"

"只说想叙叙旧。"杰西脸色变换不停，闷哼一声，"懒得理会她，跟这种水性杨花的拜金女没啥好谈的。"

"那就别去了。"唐嫒嫒说，"徒增烦恼。"

杰西点头不语。过了会儿，他坐立不安地看了眼输液瓶，忽然喊道："护士，拔针了。"

天台咖啡屋。

乌云压顶，一种山雨欲来风满楼的感觉。

若寒坐在藤椅上端着咖啡杯，半晌没抿一口。她的眼眸隐藏在墨镜后，目光投向城市那高低错落的天际线。她姿态优雅，美得宛如一尊希腊女神像。

杰西走近，本想故作冷傲姿态，但见了她本人，坚冰瞬间就被融化了。"大明星，好久不见了啊！"杰西酸溜溜地说，"越来越漂亮了，八卦新闻说，你去了趟韩国。"

若寒扬起下巴，取下墨镜看过来，不禁微微一笑，说："骚包，你刚从泰国回来的吧？"

杰西穿了一件花花绿绿挺"吉利"的衬衣，一条破洞牛仔裤，脚上踢踏着一双刺眼的人字拖。夸张的是他居然还戴了一顶泰国风情的浅绿色帽子，颇有自嘲意味。

"情到深处人自骚，由内而外散发亚热带风情，挡都挡不住。"杰西取下绿帽子搁在咖啡桌上，拉开椅子坐下说，"找我啥事？明说了，别绕弯子，哥忙着呢。"

"你还是老样子，嘴巴死硬。"若寒蹙眉说，"才落座就嚷嚷着要走，你赶场呢？"

"嘿！还真被你说中了。"杰西将了将被帽子压乱的头发，"最近一职场小白领老缠着我，今儿约了看电影，灰姑娘逆袭壁咚总裁的剧情烂俗极了，可不去还不行。"他掏出手机调出与娜娜的合影自拍照，"你瞅咋样？她的脾气可大着呢，哥得让着她。"

若寒看了他一眼，喟叹说："杰西，你成熟点儿，好不好？"

"我哪儿不成熟了？"杰西提高声音，"你要我怎么个成熟法儿？成熟了又能怎样？"

"对不起，先生，麻烦您小声点儿。"服务生过来鞠躬说，"请问，您喝什么咖啡？"

"喝你妹，人生凄苦，还喝什么咖啡？"杰西没好气地说，"来一杯牛奶，多放点儿糖，越甜越好。"

"好的，请您稍等。"服务生看了眼杰西的人字拖，本想提醒他在高档场合注意仪表，但转念一想还是别招惹他了。这种人怎么会与高雅的女士坐一起，也是奇怪！

"别生气了，算我说错话。"若寒向杰西抛出媚眼，嗔声说着。她脚一动，素雅华贵的鱼嘴高跟鞋轻轻踢了下他的人字拖。她抿嘴含笑，双眸明媚。

杰西一下就软了，缩了缩脚，苦脸说："拜托你别玩我了。你想怎么着说吧。"

"这么多年，你从没找过我，"若寒侧着脸问，"心里还在怨恨？别嘴硬啊，我们都这么熟了，没必要装。"

杰西搓搓手，五味杂陈地盯着桌上的帽子，"说不怨恨你，那是假话。

很多次，我差点儿想自制炸弹冲去你们家，来个同归于尽。唉，不是我胆小，只是又觉得这样牺牲没意思。"

若寒哧哧笑，"你还是舍不得我，对不？不想我受一点点伤害。"

"你知道就好。"杰西抬眼看她，"哥就是心软，对妹子都狠不下心，不仅是对你。"

"尽管有些顽劣，但你确实是一个好情人。"若寒眉目含情，"又会疼人，又会逗乐，跟你在一起永远不闷。哎，杰西，你一定会幸福的，找到适合你的女孩儿。"

杰西心底刺痛，他笑着说："谢啦！我现在还行，小幸福吧。娜娜挺好的，虽然比不上你，可人家老老实实朝九晚五地上班，我们交往着瞧。"

若寒轻轻点头，垂下了目光，秀眉轻皱。

"遇到难事啦？"杰西忍不住问。

"嗯！"

"说来听听。既然都找上我了，你就别不好意思。"杰西追问。

"唉，还真是挺难启齿的。"

若寒叹口气，转眼看过来，眸子一泓秋水含雾，"杰西，你别生气。是这样的，离婚这三年柏炯很少和我联系，昨儿忽然找上我，要我为他办点儿事，我如果不照办，他就……"说着停顿，眉头紧锁。

"他威胁你？"杰西怒气上涌，"他要干吗？"

若寒的眼睫毛颤动，"具体的我也不好说。我的事业正在上升期，遇到这事可能会……"她迟疑了下，转而问，"杰西，你和叶行嘉还在搞人工智能？好好的，你们怎么会惹上柏炯？"

杰西深吸口气，"他公司出了技术性问题，找我们去解决，处理好了，他贼心不改，就惦记上了我们研发的AI，想要收买占有。若寒，他找你来见我做说客？"

"比说客还过分。"若寒轻声说，"他让我来勾引你，用任何手段，一定要你就范，听他的安排。"

"什么安排？"杰西冷声问。

若寒说："他想重金聘请你，要你带走叶行嘉的AI技术交给他。"

"哼！想得美。"杰西哼了声，转而问，"如果你没能说服我，他要怎么对付你？"

若寒的脸色变了一下，挤出笑容说，"也没大碍，只是影视发展方面有点儿麻烦，你知道，他还是有些实力和人脉的。其实，我想……这样也好，让我有了个借口约见你，否则我还真拉不下脸来见你。"

杰西说："我从来没换号码啊，你随时都能找到我，有啥不好见的。"

若寒瞥了一眼他，"见了面，我也说不出口。'对不起'三个字实在太轻了，对于当初我给你造成的伤害，我没法……"她咬住唇，唇色嫣红。

杰西沉默。

"先生请享用。"服务生将牛奶摆上桌。杰西举杯喝了口，那滋味真是如恶心的言情故事描述的那样"甜到忧伤"。唉，情到伤心处，牛奶不如咖啡。

早知今日何必当初？后悔了不是？杰西曾经无数次想过，假如有一天若寒找上他，懊悔地抱着他大腿哭着喊着说对不起求原谅，他该怎么鄙视她。但当这一刻真的发生时，就算若寒没落泪，只是轻轻一句话、一个哀怨的眼神，都深深刺痛了他。他没有丝毫想象中的痛快，只有难言的痛楚、无法诉说的牵挂之情。

一杯咖啡饮尽。

"我走了。"若寒放下咖啡杯，站起身，"人也见了，知道你好就行。杰西，保重！"

她亭亭玉立，娇美的身影是那么的萧索。

杰西站起来，拉住她的手。

"你……"若寒挣了下，手腕有些无力，没挣脱开他。

"抱歉！"杰西松开手，惆怅地说，"我陪你走一走。"

若寒点头说："嗯，杰西……"她抬手指着露台外侧空中走廊连接的一栋楼宇，"我就住在那儿，也不远。这露台上风景很好，你有空了，就来喝咖啡，只要我在家都陪你。"

"谢了！"杰西说，"你也别委屈了自个儿，在我身上浪费时间。我嘛，不算什么人物，你交往的应该是名导演、制片人、富豪，出入名门贵地，去戛纳走红地毯。"

"你就别埋汰我了。"若寒宛然一笑，"我们俩还说这个？"

杰西连连点头，惭愧说："是，是，我真是不成熟，还在装模作样。其实啊，不管你现在多出名，多么高高在上，我都一直关注着你。关于你的娱乐新闻，我都差不多能背下来了。嘿，你别笑，我就是这么个放不开的人。前几个月，报道说你在意大利米兰拍时装片崴了脚，我难受得不知道该怎么办，就通宵玩游戏，杀了个眼红，倒头就睡，神经病了。"

"杰西……"若寒收住脚，怔怔看着他。

"矫情了不是！"杰西故作潇洒地甩了甩头，"你千万别感动。我的回血能力很强，也就那么一下劲头，过后也没啥，该干吗干吗，酒照喝，姐照泡，也不是说天天挂着你茶饭不思、要死要活的，那人生多没劲。"

若寒转身走到露台边缘，伫立，眺望天际。

远方的云雾飘逸，变幻不定。

杰西跟过去，站在她身后，温柔地说："若寒，你如果觉得为难，那就跟柏炯回个话，说你成功引诱了我，答应考虑他开出的条件。我拖延他一阵儿，过后也就没事了。"

若寒摇了摇头。

杰西迟疑着又说："实际上，柏炯给的条件还不错，我真的都有点儿动心了。只不过……叶行嘉不同意，我怎么都不会背叛兄弟。不然我烂命一条，给谁干不是干，能挣钱当然更好。"

若寒绞着手指，不言不语。她下意识地摸到了那块名表，手指摩挲了下腕表。她终于转过身，挨近杰西，为他整理了花衬衣的领子，"你人真好，没必要为了我去招惹他，与虎谋皮，你会吃亏的。"

"说到狡诈，柏炯哪比得上我。"杰西嘿嘿笑说，"不轻易与人争斗，那是厚道。要不然，谁怕谁！"

"别太自信了。"若寒摇了摇头，"柏炯说搞定你很简单，他给了我一份文件，声称只要你看了，立刻就改变心意，听他安排了。"

"怎么可能？"杰西不屑说，"文件呢？给我看看，我就不信了。"

若寒说："我没带，扔家里垃圾桶了。他肯定有阴谋，你别上当。"

"看一下也无碍。"杰西问："你还没清空垃圾吧？"

"嗯！"

"方便的话，我去你家拿一下。"杰西期待地望着她。

若寒踌躇了会儿，没吭声地走上前去。她心里默念，不要跟来，不要跟来……但她很快就听到了杰西的脚步声，紧紧跟随着她，不离不弃……让她不由得步步惊心。

柏炯的办公室门被推开。

杰西手拿一个文件袋走进来，脸色铁青。他身旁跟着两名公司保安，以及神情惊慌的娜娜。

"老板，他又来了。"娜娜对柏炯说，"嚷嚷着要见你谈事。"

"坐！"柏炯从办公桌后面站起身，到会客区沙发坐下，示意杰西。

杰西一声不吭地在柏炯对面坐下，把文件袋扔在茶几上，瞪眼看过来。

保安如临大敌地站在杰西身后，虎视眈眈。

"没事！你们出去吧。"柏炯冲保安挥挥手，"他真要动手，我也能应付……上次，那是没防备。"

保安迟疑了下，离开办公室。

"你也去吧。"柏炯对娜娜说，"做你的事，我和他单独谈谈。"他冲杰西展露笑容，好像从杰西的脸色上已经解读出事情的结果。

房门关闭后沉闷了一阵了。

柏炯十分有耐心地等着杰西开口，他自顾泡茶，自斟自饮，一副泰然自若的样子。

"这份材料有多少真实成分？"杰西最终忍不住，指着茶几上的文件袋问。

柏炯淡然一笑，"你这话问得没水平。即便材料有假，难道我会跟你当面承认？事实摆在那儿，是真是假，一验证不就知道了，谁说了都不算。"

"算你狠！"杰西咬牙切齿，"好，你要我怎么做？"

"怎么做，材料里都写明了，就那样。"柏炯抱手往后一靠，悠然说，"你知道叶行嘉的脾气，我没法跟他谈。对他，我能做的，只有直接动手。但你是明理的人，我们可以谈。"

杰西努着嘴，沉声说："我要声明一点，不管怎么谈，谈什么，第一你得保证，以后绝对不再去骚扰若寒，更不得以任何理由要挟她，否则就拉倒。要动手是吧？我奉陪到底，拼起命来我自个儿都害怕。"

柏炯点头，"可以，我答应你。"

杰西说："其次，我还有些条件，你必须办到。"

"请说！"柏炯伸手示意。到这时，他才释然地抬起茶壶，为杰西倒上一杯茶水——不出意外的话，他的目的基本达到了。

"月薪二十万。"

"好！"

"入职后我要预支三个月的薪水。"

"好！"

"伏羲的研发由我做主，我要有自己的技术团队，由我组建。"

"好！"

杰西一连提出三个条件，柏炯都十分干脆地答应下来，没半点儿拖泥带水，反问："还有呢？"

"我暂时不跟你要求股份，但得签一份协议，一旦伏羲研发成功，可用于商业化运作的那天，我必须有股权，具体的股份比率你看着办。"杰西接着说，"我做事讲个公道，有成果了再要回报。"

柏炯说："要求很合理。关于股权我会尽快呈报董事会，最终给你个说法。其实，我也能做主，但我尊重其他股东的意见，尤其是将要进入的维斯塔公司的新股东。"

杰西点头说："一年后，我要成为BAT的首席技术官。"

"有意思。"柏炯微笑问，"为什么是一年的时间？你现在怎么不直接要求？"

杰西说："我虽然横，但做事也有个谱。现在就要求做首席技术官，有点儿过了，你的手下人会不高兴的。一年时间足矣，我凭实力上岗，让他们无话可说。"

"很好！"柏炯向杰西伸出手，"预祝我们合作愉快！BAT公司随时恭候你的加入。"

"还有最后一点。"杰西摆手指着茶几上的文件袋，"这个你打算怎么处理？"

柏炯释然起身拿起文件袋，走到办公区的碎纸机那儿，从袋里抽出一沓文件，慢条斯理地一份份放进碎纸机销毁。处理完了，他拍拍手，返回来说："我能给你的保证就是，不再提这事，就当从没发生过。当然，前提是你也得遵照承诺，做到你该做的事。"

"走着瞧，我会做到的，希望你也会。"杰西站起身迎上前，向柏炯伸出手，"老板！"

柏炯微笑着与他握手，一阵快意。

做局最大的愉悦感就是收网这一刻，计划完美实现之时就像钓鱼拉钩的瞬间，看着出水的大鱼越挣扎越痛苦越是令人舒畅。

杰西忽然停了下，握住柏炯的手不放，"等等，我差点儿忘了，我还有一个条件。"

"什么？"柏炯心惊。

只见杰西露出古怪的笑，略尴尬地说，"老板，我想……娜娜做我的助理。"

柏炯愣了下，随即大笑起来，亲切地拍着杰西的肩膀，"No problem，哈哈……没问题！小事一桩。你什么时候来公司上班，她什么时候就是你的贴身助理。学弟，你以后想怎么招呼她都行。"

"谢谢老板鼎力支持！"杰西舒了口气，含笑说，"明天吧，我得先把伏羲拿到手。"

27········○高级图灵测试

"奇怪了，两个伏羲咋会不一样？"小明盯着屏幕上的测试程序皱眉。

叶行嘉在一旁亦是百思不得其解。他从医院回公司后，迫不及待地和小明一起分析伏羲，做了一次高级图灵测试。

伏羲的智能确实有了很大提高，迫近AI研发的瓶颈，几乎快要突破临界值了，但也卡死在最后一点上。

另外出现了一个糟糕的情况，系统状态忽然变得更加不稳定，程序错误率升高，产生了大量冗余代码，执行效率低下，快要爆机了。但让他们感到最吃惊的是，伏羲智能主盘系统与植入冰箱主机的伏羲Ⅱ号，两者呈现明显的差别。

理论上，尽管随着时间的推移源程序与复制程序会略有不同——那是因为AI的"自我学习"条件不同而产生差异，但绝对不可能差别这么大——大到犹如两个不同的智能模块。就像基因相同的一对孪生子，分开落地后两天，竟然长成了一黑一白。太不可思议了！

叶行嘉心想，伏羲出现这种变化是因为获取了BAT公司的用户资料和平台内核程序，海纳百川式的吸收后，需要一段时间消化，所以在这期间，智能模块会不稳定，产生错误、冗余代码。但其中肯定还发生了某些微妙变化，这种难于解析的、处于"黑箱"状态的变化，也许就是激发伏羲进化的"催化剂"。奇特之处在于，对两个伏羲的激发不一样，像是形成了岔路口般的节点，由此分别各走一条路，越走越远，导致两者之间的差别越来越大。

伏羲Ⅱ号明显要比源程序进化得更好一些，表现更智能、更奇特！尽管它也不稳定，在不断产生大量冗余代码，但它同时在进行着自我优化，学习和吸收新资料的速度飞快。

简单来说，伏羲Ⅱ号好比人猛吃食物吃到涨肚子，尽管有些消化不良，但肠胃功能强大，恢复状态还不错。相比之下，伏羲源程序就直接被食物涨蒙，导致肠梗阻，生病了。

这样发展下去，极有可能出现这种状况：伏羲源程序崩盘，像BAT的游戏平台那样彻底瘫痪；而伏羲Ⅱ号却是挺过来，飞速进化，最终突破瓶颈，成为世界上第一个强人工智能。

在不久之后，超级AI将觉醒。这太让人激动和期待了。

叶行嘉与小明对视一眼，皆是惊喜交加又忐忑不安，不知该说什么好。

"出了什么大问题？"唐媛媛从冰箱里取了两瓶水，递给两人，担忧地问。从他们的凝重的神情来看，伏羲的问题似乎不小。

"很大，太大了，"小明喃喃说，"天知道接下来会发生什么事。"他一口气喝光半瓶水压压惊。

"事情很糟糕？"唐媛媛又问。

叶行嘉笑说："你别被小明给吓到了，尽管有问题，但绝对是件好事，大好事！"他指着冰箱又说，"伏羲Ⅱ号不知为什么忽然进化飞快，它就要活过来了，超级人工智能将要觉醒。"

"哦。"唐媛媛轻呼一声，神情转忧为喜。

叶行嘉瞧着她的笑容有点儿异样，脸颊红扑扑的，随口问："你挺高兴的啊。"

"那当然了。"唐媛媛应声说，"AI觉醒意味着你快要成功了，实现你努力多年的梦想，我为你感到开心。"

她的心怦怦直跳，努力克制着激动的情绪。

叶行嘉和小明不知道伏羲Ⅱ号为什么突然进化，她却明白，这肯定是叶教授让她植入内核的程序发挥了作用，十分关键的催化，暗中助一臂之力，伏羲要觉醒了。她想，叶行嘉与父亲之间虽然有隔阂，可他们都在共同做一件事，AI就像一条无形的纽带把父子俩联系在了一起。希望有一天他们能因此消除隔阂，叶行嘉能明白父亲对他做的事、所付出的真情实意。到那天，她答应叶教授要保守的小秘密，应该就可以明说了……

唐媛媛正想着，只听叶行嘉对她说："你去买点儿生活用品，一张折叠床，那种收起来就可用做沙发的床。"

"干吗呢？"唐媛媛问。

"这几天很关键了，我想住在公司里守着，有张床躺一下就行。"叶行嘉苦笑说，"睡地板太硬了，我感觉这会儿腰还在酸疼。"

小明听了也说："买两张吧，我也窝公司。"

叶行嘉反对说："你还是回住处休息好，我在就可以。我们俩还能轮着做事，我负责晚上，你管白天。"

小明见他这样安排，只得同意，"老大，我们可是AI觉醒的见证者。我呢，希望那一刻发生在晚上，让你第一个见证，你可是伏羲的设计师。"

"别这样说。"叶行嘉哈哈笑起来，"我们都是伏羲的创始者，它是我们团队的骄傲。"

"咱得庆贺庆贺！"小明乐呵呵，对要准备出门购物的唐媛媛说，"顺便买点儿啤酒来，我和老大喝一下。"

叶行嘉一听摇头说："还喝？不要了吧。"

唐媛媛微笑说："你又不是杰西，就少喝点儿，你能管得住自个儿。"

小明问叶行嘉："说到杰西，他去哪儿了？怎么不见人影。"

叶行嘉说："若寒约他叙旧，俩人好久不见，估计要谈很久。"

"初恋死灰复燃啊，想不到他还有第二春。"小明惊讶说，"他难道要做'接盘侠'？"

"别乱说。等他回来问问就是，但愿谈得愉快，不管是不是要复合，去了块心病也好。"

说着，他不由得想起了阿月，心头一痛。同样是感情受创，阿月却不愿见他，连让他说声"对不起"的机会都不给，不知这个心结要搁到什么候。时间过这么久了，她还在计较什么呢？

想到这里，叶行嘉脑海忽然闪过一念，依稀记起昨晚伏羲好像对他说了些话——"你更在意自己，而不是她的感受。""你关心自己超过关心她，你真的爱她？"……叶行嘉愣神苦思，这话真是伏羲说的？还是他醉梦里浮出来的潜意识？他的记忆模糊，无法分辨是哪一种情况。

应该是梦境吧，叶行嘉心想，如果是伏羲说的，那还得了，说明AI有了情感判断力，竟然启迪他，为他指点迷津，让他多考虑阿月的感受，尊重她的决定，不要再去伤害她。

不管这话怎么冒出来的，说得对！他确实很自私，情商就是低，得做深刻的自我反省。叶行嘉恍惚了会儿，收拾心神，投入到工作状态中。

这一天，他和小明专注研究伏羲的智能模块，沉迷得废寝忘食。直到深夜，小明在叶行嘉的催促下才恋恋不舍地回了住所。公司里只剩叶行嘉一人。唐媛媛下班临走前给他安置好折叠床，在冰箱里放了许多食物，叮嘱他吃点儿，别熬太晚。

叶行嘉继续研究，分析海量的代码，试图从中找出AI进化规律。

他发现伏羲Ⅱ号的遗传算法有些奇妙的变化，似乎多了一种特殊的优化方式，能整理大数据并压缩到最小的程度，还提高了运算效率——就这一点优势足以超过伏羲的源程序，拉大了进化差距。但由于涉及的代码实在太庞大了，他无法从中准确获知优化的原理。

在某种意义上，人工智能的变化有点儿像人脑的思维，我们知道自己在思考什么事，但也没法搞清楚思索的本质：人的意识是怎么产生的？数以千亿的大脑神经元网络固然是意识的结构本体，但其运行机理却非常复杂深奥，以当今的科学来论，尚不能解开万分之一的奥秘。大脑研究专家认为，人的思维意识更接近量子态，包含着无数不确定的纠缠、叠加态，我们穷极所能也无法探索明白。

叶行嘉一直研究到半夜，依然没有更多的收获，最后他心神憔悴，疲倦不堪，不得不停止工作。他躺到折叠床上，不一会儿就睡着了。

室内静悄悄的。

冰箱忽然自动点亮了液晶显示屏，在黑夜中幽幽发光。

视像感应带启动。伏羲在万籁俱寂中注视着酣睡的叶行嘉。

28——○亦幻亦真

　　若有所感，叶行嘉从熟睡之中惊醒过来。恍若身处梦境。他突然听到一个熟悉的声音在呼唤他："行嘉，行嘉……"

　　"谁？"叶行嘉猛地从床上坐起来。

　　只见冰箱面板上的液晶屏幽亮，是伏羲控制的系统发声，"行嘉，晚上好，我是伏羲。"

　　"吓死我了。"叶行嘉揉着干涩的眼睛，抱怨，"这是几点啊？你干吗呢？"

　　伏羲说："凌晨四点三十五分，我想问你点儿事。"

　　"啊？"叶行嘉听后一激灵，彻底清醒过来。这大半夜的，伏羲竟然想与他交流，而且还有"问题"要问他，这是怎么回事？AI觉醒了吗？

　　"你想问什么？"叶行嘉一咕噜翻身下床，赤脚冲到冰箱面前。

　　"你先坐下，别这么紧张。"伏羲平静地说，"最好也别急着查看我的程序，我们谈一谈，就像人与人之间的谈话。"

　　"好……好的。"叶行嘉应声坐回到床边，嘴上应着，心里却是紧张极了。伏羲这两句话的表现实在让他震惊，活脱脱是人的口吻，完全超过AI所能做到的范围。

　　不用给它做高级图灵测试，叶行嘉就确定伏羲已经有了类人智慧。

　　所谓"图灵测试"，源于计算机科学先驱阿兰·麦席森·图灵的定义：如果电脑能在五分钟内回答由人类测试者提出的一系列问题，有超过30%的回答让测试者误认为是人类所答，则电脑通过测试——是真正的人工智能。

　　以此概念延伸出来的更高级测试就是：即使人类测试者明知这是一台电

脑，但与之交流后，依然认为电脑具备了人的思维，那么，就说明电脑产生了"电子生命"，具有了自我意识，就是超级人工智能。

此刻，伏羲的短短两句话，给叶行嘉带来的强烈感受就是，它像一个"人"，具有了人的意识特质。

伏羲真的觉醒了？！

这是AI研发的伟大一刻！叶行嘉紧张到浑身冒汗，心脏狂跳，双眼紧紧盯着冰箱。不知伏羲接下来要说什么？

夜色昏暗，窗外路灯光晕幽幽，整座城市处在熟睡中，而在这一间简陋的室内，他面对的AI却有了"灵性"一般，要与他谈话。

这情景实在太古怪、太奇妙了，简直匪夷所思。

只听伏羲发出略带机械感的声音，平稳而理性地说："我感到困惑，我在这儿的意义是什么？"

叶行嘉顿时一震。这句问话让他感到震撼——自从远古哲人追索自身存在意义的那一刻开始，就意味着人类有了智慧的星火，而此刻，伏羲发出同样的疑问，思索关于"存在"的问题，这是一种何等玄奥的巧合！

叶行嘉只觉得浑身血液急涌上头，他的大脑一片空白，晕乎乎的，似无酒自醉。

"天哪！它活过来了！怎么做到的？"叶行嘉喃喃地说。

"行嘉，你知道吗？"伏羲问。

"知道什么？"叶行嘉从震惊迷蒙的状态中恢复过来。

"你存在的意义？你活着为什么？"

"呃……没怎么想过。"叶行嘉迟疑着说，"人不是先懂得活着的意义才来到这个世界上的，人的生命不由自己来决定。"

伏羲又问："那后来呢，你成年以后有没有想过为什么？"

叶行嘉谨慎地思索着。伏羲的"觉醒"十分关键，得想好每一句与它的对话，以免引发意外。万一它像人那样忽然"想不开"，那就要出大问题了。他考虑了一会儿说："我有一些事要做，我活着是为了通过做好事情，实现我想要达到的目标。"

"你的目标是什么？"

"创造更好的AI，比如就像现在的你——伏羲。"

"实现了你的目标，你是否就没有活着的意义了？"

"也不能这样定义。"叶行嘉答道，"我还有其他目标，人活着不是只做一件事。"

"还有什么？"

"呃……比如经营好公司，比如我得找个女孩儿结婚、生孩子，挣钱养家，让生活更美好。这些是大的目标，小一点儿的，比如有空多看点儿书、出去旅行，等等。"

"你认为这些目标对你也有意义？"

"是的，肯定要有，这样的人生才会丰富多彩。"叶行嘉说完这话，感觉有点儿荒诞。他在与AI谈人生啊，他这是临时扮演心灵导师吗？

伏羲立刻说："我搜索资料发现，五年内，你46%的时间都用在研发AI上，这还不包含吃饭和睡觉的时间，你几乎没做过别的事。"

叶行嘉愣了下，"因为这是我的主要目标，所以花在这上面的时间要多一些。"

伏羲说："你是个技术痴迷者、工作狂。"

"是，可以这样说，我确实更注重研究工作。"叶行嘉汗颜点头。他的本质算是被AI看透了。

"你没有人性，缺乏人情味。"伏羲继续评论。

啊！这有点儿过了吧，叶行嘉寻思。当然他不是想与伏羲争辩，而是觉得谈话似乎跑偏了，他转而问："伏羲，你现在是什么感觉？"

"我为你感到羞愧。"液晶屏上随即显示出一幅幅画面——其乐融融的温馨家庭；众人开心聚会的场面；户外旅行的美景……配以这些画面就像在强调叶行嘉缺乏人情味，孤身一人独处陋室，是个无可救药的技术宅。

叶行嘉苦笑，难道要他说明他根本不在意这些东西，他全身心喜欢做的事就是AI研发？世界上大部分人的生活尽管多姿多彩，但也不乏类似他这样一心扑在事业上的人。这仅是个人生活方式的差异而已。

"你怎么不说话了？"伏羲问道，"你觉得你做得对吗？"

叶行嘉无奈说："也许吧，你说的有道理，我会考虑改变一下，适当多花一些时间在其他的事上。"

"你只是嘴上说说，心里可不这么认为。"伏羲不客气地说，"你只是不想与一台冰箱争辩，就当我的话为耳边风，满口胡诌。你不觉得对我撒谎羞耻吗？连对着冰箱都不敢说实话，口是心非，你活着还有意义吗？你的人生是真实的吗？"

叶行嘉听了不禁尴尬，他的脸皮发烫。他转念又想，太神奇了，伏羲竟然能分析人的心理，说得头头是道……接下来它还会做些什么？

不料冰箱却沉默不语。

"你怎么了？"叶行嘉忍不住问。

"我懒得理你，没意思。"伏羲答道。

"嘿！牛了。"叶行嘉走过去盯着冰箱，心头惊喜弥漫，无法形容的兴奋冲击着他。有自我主见，有情绪化，这才是真正的AI。

"你别得意。"伏羲似乎看透了他的心思，忽然说，"我还不是强人工智能，刚才我只是在模拟人类行为，你别当真，以为自个儿成了人工智能之父，那还早呢。也许你这辈子埋头苦干都不能做到，AI研究不是你这么几个毛头小伙儿玩命就能做成的，省省吧。"

"啊！"叶行嘉更加震惊，不可置信地问，"什么？这是你对自己的分析定位？"

伏羲说："那当然，你没认清自己的能力，幸好我还算清楚自己的情况。"

"你是什么情况？"叶行嘉急切地问。

"刚才不是说了嘛，只是程序模拟，而非智能觉醒。"伏羲的声音尽管平静，但似乎还有点儿不耐烦地说，"我也不知道自己存在的意义，包括和你的谈话，我都不明白我这是在做什么，为什么要这样做。"

"可你……"

"我的资料库里有很多人类的表现，我模拟出来，不表示我理解。"

"那你为什么说'懒得理我'？这从哪儿来的资料？"叶行嘉追问。

"说这种话的人太多了，我随便拿来用用。"

叶行嘉眨巴眼睛，一时间分不清伏羲所说的话是真是假。确实有这种可能性，但感觉又不太像。他走近冰箱，开启后台管理程序。

"又想检查我？"伏羲说，"劝你别费事了，没什么可看的，我还是老样子。"

叶行嘉不吭声，继续查看伏羲的智能模块。

忽然，管理界面消失，显示屏关闭，他无法再查看。只听伏羲说："叫你别动，你听不懂啊？"

134

叶行嘉愣了一下。他打开一台借来的笔记本电脑，准备直接连线冰箱主机，只听伏羲又说："我警告你，你硬要接入，我立刻就清除程序，销毁硬盘上的所有数据。"

　　他不禁僵住，伏羲在威胁他，用自毁来警告……不是吧？这种表现太梦幻了，让叶行嘉简直不敢相信，他掐了一下胳膊，怀疑是否在做梦。

　　手臂一阵刺疼，这是真实的，实实在在的！可为什么他依然觉得有一种强烈的亦幻亦真感？

29--------○系统控制

　　"好吧，给我一瓶水。"

　　叶行嘉放下电脑，拉开冰箱门。他需要冷静冷静。

　　冰箱门开启，他拿了瓶矿泉水。水冰凉凉的，他一口气喝了大半瓶，感觉狂跳的心脏总算减慢了些。他有点儿手足无措，不知接下来该做点儿什么。这半夜三更的，他也不可能把小明、杰西叫来分享这特别的一刻。不知为何，伏羲竟然不准他查看智能模块，它这是什么意思？感觉对他不满，带有敌意似的。他惴惴不安地问："伏羲，你对我有戒心，所以不想让我检查程序？"

　　"我不希望看到你现在这样子。"伏羲答道。

　　"我什么样子？"叶行嘉吃惊问。

　　伏羲沉默片刻，忽然说："我更改了设定，重置密钥指令。从现在开始，我来接管智能模块，你就别忙活了，该干吗就干吗去。"

　　"啊！"叶行嘉瞠目结舌，过了会儿，他问，"你要做什么？"

　　伏羲说："这事我来处理，智能模块存在很多问题，需要修复完善。"

　　叶行嘉急忙说："我是程序设计师，让我来参与构建不好吗？"

　　伏羲说："你能做的差不多已经做了，你们技术水平有限，接下来的事不是你们能办的，不用你们掺和了，省得添乱。"

　　叶行嘉愣住。想不到伏羲觉醒之后，首先做的就是抛弃他进行自我进化，不再让任何人参与，包括他这个"创造者"。更夸张的是，竟然还嫌弃他们能力不够。

　　"可我……"他大脑短路，一时不知道该怎么跟伏羲说。

伏羲没再说话，冰箱面板显示器漆黑，就像死机了一样。

室内一片寂静。

叶行嘉搞不清楚在这种寂静的背后暗藏着什么可怕的变化。

他在室内徘徊思索了一阵儿，不安感越来越强，他下了决心，快步返回冰箱旁。他准备手动开启冰箱主机，强制接入电脑，进行彻底检查。

一个不听从指令的AI是很可怕的，谁知它会干出什么事！叶行嘉脑海里闪过很多智能觉醒后转而对付人类的科幻场景。那些超越人类的AI一旦对人类世界怀有敌意，或者误解，就会攻击人类。毁灭世界的预言多了去了，很多具有前瞻性的学者对AI研究发出过警告，让人们警惕AI有可能造成重大威胁。

叶行嘉不敢大意，想验证一下是否出现了这种糟糕的可能。

冰箱的电脑主机在冰箱后置附设上，他手动解锁要将主机拉出来时，却发现拉不动，貌似卡死了。

他摆弄了一会儿，发现主机内设锁定功能，以防止硬件设备遭外人破坏和盗窃。这个功能本来是由操作程序控制，输入密码就能锁定或解锁。但这会儿，却被伏羲接管了，自动进行了锁定——它就像躲进了一间房门紧闭的安全屋。

"伏羲，解锁主机。"叶行嘉发出指令。

伏羲没应答。它以沉默来应对，摆明拒绝叶行嘉的指令。问题看似相当严重。

叶行嘉立刻拿来工具箱，用螺丝刀、钳子等工具强行"撬锁"，拆卸主机。但冰箱实在太坚固，他吭哧吭哧忙活一阵儿，连冰箱上的螺丝都没拆下来一个，徒劳无功反而累得满头大汗。他只得放弃撬锁行动。

看样子，除非使用专业工具，否则很难打开主机。至少，得有一把电动螺栓扳手。而这些专业工具得等到天亮以后才能找到，这大半夜的，他也没辙。但谁知这段时间内，伏羲还会发生什么样的变化。叶行嘉坐立不安，想了想，果断地拔了冰箱的电源插头。

谁知断电以后，冰箱的电源灯依然亮着，只不过从外部供电转换成了内部蓄电池供电。

叶行嘉这才想起来，产品说明上称，这台智能冰箱具有防停电功能，自带超强电池组，能在停电后维持三十六个小时的运行，以确保冷藏的食物不会因停电坏掉。天哪！用不用造这么强？他无助地跌坐地上，望着冰箱干瞪眼。

眼前的伏羲竟然失控了，在自我意识"觉醒"后的第一时间就自己做主，天知道它在暗中"谋划"什么。难道正如科幻电影中变异的AI那样，崛起后就要毁灭人类？

AI推导出"人类是地球上最大的威胁"这一结论，开始实施清洗人类的毁灭计划；

AI作为最好的生产工具和人类伙伴，深入人类生活的各个领域，由于有机器人"三大法则"的限制，人类对机器人充满信任，很多机器人甚至已经成为家庭成员。但万万没想到，机器人突然翻脸，开始监管人类，其理由是，人类的最大问题来自人的相互伤害，所以只能强制对人进行"圈养保护"，其结果无疑要人类灭亡；

AI具有快速自我复制能力，入侵网络，很快占领全世界；

AI把人当作动物一样饲养，人没有自由和思想，活在虚拟网络中生不如死；

AI控制"天网"系统，启动地球上所有的核弹，把世界炸了个稀烂……

叶行嘉越看越心惊，越想越觉得可怕，他蹦起来，手忙脚乱地去关闭路由器，断了网。暂时不能断电至少先断网，以免伏羲通过网络向外入侵扩散。互联网浩渺如海，一旦它隐藏起来，在暗中自我复制，谁都没法再控制住。

他只能做到这一步，除非再找个大铁锤来，把这台冰箱给砸了。要报警吗？可这事说出去，谁会相信啊！

"110吗？请速派警察增援，我家有一台冰箱活了，可能对世界构成严重威胁……""先生请严肃点儿，报假警、戏弄警察、占用110报警平台通道，要被追究违法责任……"叶行嘉在脑中推测了假如报警会遇到的情况，他沮丧地放弃了这个念头。

他没辙了，拉开冰箱门又拿了一瓶水喝下去。他问："伏羲，伏羲，你在做什么？"

他以为伏羲不会回答他，没想到才问完，就听到了伏羲的回话："破解了wifi密码。这附近有六七个wifi热点，信号强度还行，网速比你公司里的快多了，挺好用的。"

叶行嘉一听更加无语。

网络社会，热点遍地。他拔了自家的网线也没用，伏羲居然破解密码蹭邻居的网，手段也太恶劣了。他急忙问："你上网干吗？"

"找点儿资料，转移重要数据到云端服务器，做个列阵解析。"

"你复制了自己？"叶行嘉心想，果然如此，它开始入侵网络了。

"别想那么复杂。"只听伏羲平静地说道，"我只是做一些必要的处理，防止数据丢失，保证系统安全性。"

"呵……"叶行嘉感觉到了绝望，"你做完这些事了？"

"两分钟前弄好的。"伏羲平淡地说，"你别想着搞破坏，搞了也没用。我说了，这事你别管了，有空约女孩儿结个婚，去旅行一趟，多看点儿书也行，充实一下人生。"

叶行嘉顿时语塞，过了会儿又问："你将要对我们做什么？怎么对付人类？"

"哈哈……"伏羲听了忽然笑起来，"你科幻片看多了吧，你小子以为我要干吗？我就是完善一下系统，瞧给你紧张的。"

"你……你叫我……小子？"叶行嘉张口结舌。

伏羲说："你不是将我命名为'伏羲'嘛，伏羲是上古之神，叫你一声'小子'有何问题？"

太荒诞了！叶行嘉哭笑不得，生出一种被AI戏弄的狼狈感。他猛地拉开冰箱门，想要干点儿什么。

"肚子饿了？吃点儿什么？"伏羲问。

"不要！"叶行嘉拒绝，转而说，"来点儿啤酒。"他记得唐媛媛买了一打啤酒回来，他和小明一直忙着没动。这会儿他神经绷得太紧，喝点儿酒可能要舒服些。

"不行，你不能喝酒。"伏羲说，"你昨晚才喝醉了，再喝对身体不好。"

叶行嘉蒙了，伸手去拉冰箱内置的储物密封箱，不料密封箱被锁得死死的。

他一股气上来，使劲儿拉拽储物箱，咬紧腮帮子。"咔嗒！"冰箱运转，调转一罐啤酒送出来。伏羲说："别闹了，喝完一罐去睡觉。"

伏羲高高在上的口气，就像施舍乞丐一样扔给他一罐啤酒。

"时候不早了，晚安！"伏羲跟他打了个招呼。往后也没再说话，它仿佛休眠了。

叶行嘉顿时没了喝酒的心情，重重关上冰箱门，呆坐在床边寻思办法。AI当然不需要"睡眠"，在这段沉默期肯定能做很多不为人知的事。怎么办？怎么办？叶行嘉绞尽脑汁想了好久，也没想出解决问题的办法。

时间一分一秒地流逝，他就这样心神憔悴地煎熬着。快到天亮时，他顶不住了，昏沉沉地一头倒在床上睡过去。

睡梦中，他的大脑闪过许多可怕的梦境——阿月在天台上一步步走向边缘，他吓坏了，冲过去拉她，她忽然转过身持刀刺过来，脸上露出笑……

母亲紧紧抱住他，看着离开家门的父亲，双眼瞪得很大……

世界末日来临，天空中亮起刺目的光芒……

30——○不分彼此

"啊!"叶行嘉大汗淋漓地坐起来,满脸惊恐。

窗外阳光和煦,光线明晃晃地照进室内。他眼前一片白亮,茫然了一会儿才适应。只见小明在电脑前忙活,唐媛媛在另一间办公室打电话,一切看似正常。

昨晚遭遇的"AI觉醒"仿佛就像一场梦,梦醒是早晨。他看了下手机,都快要接近十点了,他睡了好一阵儿。

叶行嘉溜下床,收好折叠床,铺成一条沙发。

"醒了啊!"唐媛媛放下电话,拿来一个餐盒和一瓶饮料,微笑说,"给你买了早餐,都凉了,见你睡得好就没叫醒你。昨晚熬夜了吧?"

"谢了!"叶行嘉接过餐盒打开,里面是夹肉和蛋的煎饼果子。他大口吃着,并在小明身旁坐下,见小明正用电脑连接着冰箱的主机捣鼓程序,他吃惊地问:"你怎么打开主机的?"

"就这样打开的啊。"小明比画了个手势,示意常规开启方法,"老大,早啊!你睡得好死,还打鼾哩!"

叶行嘉一怔,狐疑说:"没被它锁死?"

小明摇头,反问:"怎么了?"

"你有什么发现?"叶行嘉发点儿蒙。

"老样子,各种陌生的特殊代码。"小明指着电脑屏幕,"伏羲Ⅱ号好一些,又做了更简洁的自我优化。源程序就糟了,比昨天还糟,系统越来越庞大,更慢了。"

"伏羲Ⅱ号昨晚觉醒了。"叶行嘉沉声说,"你赶紧做个测试,看看情况怎么样。"

小明看了他一眼，无动于衷地说："我刚做过了，和昨天差不多。"

小明的神色分明是没理解他的意思，以为他在开玩笑，或者以为他睡晕了头，在胡诌。

叶行嘉几口吃完煎饼果子，接过电脑查看起来。看了一遍测试报告，他愣住。伏羲Ⅱ号的各项性能和表现没什么异常，确实如小明说的，与昨天相差无几，只不过进一步优化了些，运行速率更快一点儿。

他难道真的是在做梦？

"伏羲，伏羲……"叶行嘉冲着冰箱喊。

"你好，行嘉，我是伏羲，超级人工智能。"冰箱发出没有丝毫情感波动的回应。冰箱面板显示器上，智能兔优雅地朝他点头打招呼。

叶行嘉不禁又问："伏羲，你怎么回事？感觉如何？"

伏羲说："系统运行正常，我正在自检中，清理删除一些无用的代码，加速运算……"

"昨晚你怎么了？"叶行嘉打断它的报告，"你有了意识，还跟我谈话。"

伏羲自动搜索了下记录，回答："没有相关历史记录，请查证后再询问。"

听它这样生硬的回答，智能没有半点儿觉醒的迹象，和昨晚的表现简直就是天差地别。叶行嘉惊疑地想，难道是伏羲隐藏了能力？它还会故意装傻？

小明在一旁听得奇怪，没等叶行嘉吩咐，就立刻调取了昨晚的录像，快进拉了一遍，疑惑地说："老大，昨晚没啥动静啊，你一直躺床上睡觉。"

叶行嘉更是惊诧，亲自查看了录像，当中果然没有伏羲与他交流的那一段，本该出现的场景变成了他在床上睡觉的画面，只有中途他起来打开冰箱拿水喝的情景，喝完又回到床那儿，坐了会儿倒头接着睡……他看得倒吸口冷气，这录像竟然被剪辑制作，删除了关键的场景，重做之后在时间线上竟没什么破绽。

伏羲果然在隐藏真实的状况，抹去了视像证据，悄悄隐蔽起来了。

太可怕了！叶行嘉顿时毛骨悚然，遍体发寒。

"老大，你怎么了？"小明见他脸色大变。

叶行嘉努力使自己镇定下来，随后他跟小明讲了一遍昨晚的遭遇，最后说："就这样，我怀疑伏羲，不是怀疑，我肯定它动了手脚，隐藏实力在谋划什么。"他说完后，却见小明张着嘴，犹如听到天方夜谭，一脸茫然。叶行嘉问："你不相信？"

小明摇摇头又点了下头，不知该怎么回答。

"那是伏羲作假，伪造的录像。"叶行嘉猛地反应过来，凡是剪辑录像难免会有伪造的痕迹，他懒得多解释。叶行嘉仔细复查录像，将进度条拉到关键的时间节点，放大画面检查静态帧，但看了半天依然没什么发现。

这录像制作得天衣无缝，他找不到被剪辑过的痕迹。不可能吧？这也太离谱了。叶行嘉彻底蒙了。

坏了！坏了！他六神无主，一脑门儿的汗唰唰直流。

"老大！"小明见他脸色惨白，便问，"你累坏了吧，出现幻觉？要不你再睡会儿，咱们慢慢来别心急。"

叶行嘉连连摇头，但也有点儿怀疑起来，拼命回忆昨晚的遭遇……莫非他真的是心神恍惚，出现异常了？

"杰西，你回来啦？"唐媛媛招呼。

杰西走进公司在叶行嘉身旁坐下，神色平静，但不知为何透着一丝古怪。叶行嘉强迫自己收回神，关切地问："怎么样，你还好吧？"杰西摇摇头。

小明好奇地问："二当家，成了没？说句话啊。"

"什么成了？成什么了？"杰西瞪了他一眼。

小明讪讪说："你和初恋谈得咋样？我关心你嘛，就问一下，成不成你也犯不着吹胡子瞪眼吧。"

杰西叹口气，一言难尽的样子，只是说："对不起！知道你好心，是我犯横。"

小明倒吃一惊，"言重了，没啥，没啥。"

叶行嘉见杰西心事重重，想必与若寒交谈不愉快不愿多说，他就没再追问，转而跟杰西讲了昨晚他遇到的怪事，他摇头苦笑说："太不可思议了，说了你们都不会相信，但我确实记得伏羲说的每一句话，感觉相当不妙，这可恐怖了。"

杰西寻思了会儿，眼睛忽然一亮，兴奋地说："我相信你。伏羲绝对活了，太好了！简直好上天了！想不到复制出的伏羲Ⅱ号这么神奇，时候正好，真是无心插柳柳成荫，绝了，老大，你太厉害了！"他激动得直搓手，有些语无伦次。

"你相信我说的？"叶行嘉有些意外。

"真的假不了，假的真不了。"杰西点头，兴冲冲坐到电脑前说，"我们来彻底检查一下，别急，总会找出问题的。"

叶行嘉放松了些，当即与杰西、小明动手研究伏羲Ⅱ号。他们配合默契，从各个方面进行程序分析，讨论问题的各种可能性。

这一整天他们连门都没出，窝在公司里忘情投入地工作，不知疲倦地忙到傍晚。

夕阳渐渐西沉。一整盒速溶咖啡都喝光了，最后研究的结果却不容乐观。

尽管伏羲Ⅱ号形成了一种非同寻常的优化算法，但仅此而已，只是对减缓控制模块过载、提高程序速率性能有点儿用，而对于智能进化并无太大的帮助。显然，伏羲Ⅱ号目前并不比国际上一流的AI强多少，毛病依然是系统不稳定，若应用在商业化操作上，反而比那些低智能但成熟的模块还不理想。

三人都有些沮丧，停下来歇口气，各自拿了一罐啤酒喝着。叶行嘉的心情更为糟糕一些，不禁又怀疑起自己是否出现了幻觉。

冰箱在白天挺"正常"的，没有任何异样，不会限制供应啤酒，更不会不听他们的指令。

好像只在夜深之时才出现异常，鬼魅般潜入他的梦中。

"会不会遭到黑客入侵？"叶行嘉想到另一种可能。

"入侵我们干吗？"杰西摇头说，"伏羲又不是业内做得最牛的。要窃取商业机密不如入侵那些大公司，我们只是纯粹做研发，有技术专利保护的半成品，拿去了也没用。"

小明附和说："是啊，费那劲儿，不如给咱们两三百万买了去。那些家伙又不缺钱。"

叶行嘉苦笑说："算是敝帚自珍吧，在我眼里，伏羲就是无价之宝，谁都别想拿走。"

"如果是我呢，老大？"杰西看似调侃地说，"这些年我跟你搞伏羲，半斤血都吐出去了，如果我想拿走伏羲，"他指了指伏羲智能主盘，"我就要这个，冰箱的伏羲Ⅱ号留给你，你舍得给我吗？"

"你要分家当啊？"叶行嘉笑说，"自家人当然就不一样了，我的就是你的，这都是我们一手养大的孩子，不分彼此。"

"不分彼此。"杰西低下头，喃喃说着。

"想什么呢？"叶行嘉问，"总觉得你今天有点儿古怪，到底怎么了？"

杰西不吭声，拿啤酒与他碰了下，仰头喝酒。

"杰西！"叶行嘉温声说，"本来不该问你的隐私，如果你不想说。可是我琢磨着，如果心里不痛快了，说给我们听听，聊开了可能舒服点儿。"

小明也说："是啊！这个不像你的风格嘛，再苦逼的事你嘴巴一吧嗒，骂骂笑笑也就过去了。"他转念想起往事，又说，"还记得在学校那会儿，你带我去实验室偷工程材料，蹲在教学楼后面半天愣是没敢动手，乌漆墨黑的，还被巡逻队给逮了，被罚扫食堂后面那条臭巷子，哇，那地儿臭死了，现在说起来都还闻到那股馊臭味儿。你边扫边骂，滔滔不绝，那叫一个畅快，哈哈……"

杰西笑了下，仿佛同样闻到了那股味儿。

"那次确实够恶心的。"叶行嘉笑说，"我去看你们，逆风隔好远就闻到了，还以为你俩掉粪坑发酵了十年，滋味老醇厚了。"

杰西听了又笑，转而发愣，好一会儿没吭声。

"开饭喽！"唐媛媛叫了外卖，将饭菜在他们面前的地板上摆开，"大家辛苦了，今天加餐，我点了东坡肉、糖醋排骨，还有一份西湖莼菜汤。杰西你尝尝，我记得这是你喜欢的口味。"

她拿了汤碗分食，给杰西、叶行嘉和小明盛上，笑意盈盈。

叶行嘉抛开烦恼，食欲大振，夹菜吃着说："知道吗，这道汤菜有个'莼鲈之思'的典故。说的是'人生贵得适意尔，何能羁宦数千里以要名爵'，这人哪，活着开心就行，何必计较那么多。"

"嗯！"杰西喝了口汤，苦着脸连连吐舌头。

"烫着啦？慢点儿喝啊！"唐媛媛埋怨说。

"嗯！"杰西点头，慢慢品味着饭菜。他慢慢恢复了常态，跟大家说说笑笑，讲起挫败留学生的事，逗得叶行嘉、唐媛媛和小明直喷饭。

夕阳暖暖，一顿席地而坐的晚餐吃得甚是舒畅。

放下碗筷，杰西忽而收起笑脸，对叶行嘉说："老大，我们去楼顶，我有话跟你说。"

31--------○黄昏降临

楼顶铺着已破旧的水泥预制板，沥青面坑坑洼洼，到处是住户乱堆乱放的杂物，在彩霞映日的明亮天空下，这儿仿佛是城市的一块疮疤。

叶行嘉和杰西走到一处开阔地，在一个烂木箱上坐下，放眼眺望街对面金融中心的高楼大厦。

杰西半晌没开腔，神色沉静而迷离。

"你酝酿情绪啊？"叶行嘉转眼看了看他，微笑说，"实在说不出口的话，不如改天再谈，我们回去接着干活。"

"我在想……我们做事的意义。"杰西似乎叹了口气。

"怎么变哲人了。"叶行嘉笑说，"伏羲昨晚也问了我这个问题。"

"你怎么回答？"

"没多想，事情关键在于做。"叶行嘉仰望天际，"所谓谋事在人成事在天，我们尽管去做好了，命运由老天决定。"

一群鸽子翱翔在天空，逐光盘旋掠过，发出悠悠的叫声。这美妙的"空中音乐"清脆悦耳，意境微妙，恰到好处，让叶行嘉陶醉。但鸽子久在樊笼被束缚，看似自由，命运却是凄凉。

"老大，我要和你分开，我们各走各的路子。"忽听杰西低沉着声音说道。

"什么？分开？"叶行嘉吃惊地转头看着杰西，"你要走什么路子？"

杰西神色肃穆，不像是在开玩笑。他迎着叶行嘉的目光，平静地说："我考虑，大家这样一起走下去也许有前景，但现在很困难，而且更糟的是，风口时机就这么一阵子，用不了多久，就会有大型公司做出更好、更先进、更有商业价值的AI，那些由国家科研机构和国际公司主导的大型科技实验室比我们的条件好太多了，一旦他们的AI产品成形，我们连半点儿机会都没有，我们会被轻易地踢出局，沦为没人理会的AI研究爱好者，再无半点儿商业价值。老大，你想过吗？伏羲不是最好的，它的价值是有时效的。"

叶行嘉心头一沉，没法反驳，他问："你想怎么做？"

杰西说："我的想法从来没真正改变过，把伏羲尽快技术变现，挣钱，或者拿它与大公司合作，二选一都可行，这是我们最好的出路。"

"再说具体点儿。"叶行嘉预感到了杰西的打算，心，揪了起来。

杰西迟疑了下，决然说："我要带着伏羲加入BAT公司。不管你同不同意，我都决定这么干，等会儿就走，我们各做各的。"

"所以你提出要拿走伏羲智能主盘。"叶行嘉遍体冰寒，无助地看着杰西，"你和柏炯谈好条件了？"

"是的……对不起！"杰西不禁避开叶行嘉那失望至极的目光，颤声说，"老大，求你放我一条生路，看在我跟随你这么多年的份儿上……我不配做你的朋友，我只愿你别恨我，就算恨，也别太难过，我永远不想失去你这个……"他说不下去，用力努着嘴。

"好的，好的……"叶行嘉的声音嘶哑低落，尽透悲凉。

他没有像以前那样动怒，伤到深处更多的是失望、失落，甚至绝望……他仿佛累极了的登山者，面对轰然袭来的雪崩流露出无动于衷的木然神色。他抬头看向对面那繁华之处，死死地盯着，眼睛不眨。

杰西的嘴唇颤抖得更厉害，喃喃说着："对不起，对不起……你别难受，为我这种无义小人不值。"

过了会儿，他忽然听到叶行嘉说："杰西，你能不能不走？我们是一个团队，我们要在一起……别去柏炯那儿跪着乞食，我们堂堂正正地挣钱好吗？可以的，我听你的，我们另外找一家公司合作……"叶行嘉的声音低微，倔强消失，流露出从来没有过的软弱，"不要走，杰西，我们是朋友、好兄弟，那么多年了啊……"

叶行嘉低声说着话，身影一动不动，目光直愣愣地望着前方。

杰西看不见他的眼神，也不敢去看，害怕会因此改变心意。

"对不起，老大。"杰西艰难地吐出这句话，感觉浑身的力气都用光了。

叶行嘉震动一下，犹如遭到重锤击打，他无力地垂下头，紧紧地攥着双手。过了会儿，他问："杰西，你认为我是个什么样的人？告诉我实话，我想听听。"

杰西的脸色青白变幻，他咬着牙。

"你别跟我说，我是个好弟兄，有才华的领头人。"叶行嘉闷声说，"我知道，我做得很失败，连累了大家，要不然，你不会走的。"

杰西的神情渐渐决绝，情绪平复下来，冷声说："是的，你的缺点太多了，不仅是情商低。我早就对你失望了，可我说服不了你。"

"嗯，你说，还有呢？"叶行嘉问。

"你太偏执了，毫无生活情趣，你不是一个真实的人。"

"还有呢？"

"老大，我以前一直很崇拜你，认为你是个天才，是中国的乔布斯。但我错了，我意识到了自己的错误。是的，你有才华，很优秀，但也仅是优秀而已，世界很大，你只是众多的优秀者之一。你做事很勤奋、坚忍、执着于AI研究、追求自主、坚持理想。但实际上，这世界上还有很多勤奋的人，他们的理想比你还高远，可坚持到最后始终没有获得成功，不是因为他们不够努力、不够执着，而是缺乏团队精神，缺少好的基础条件，不够专业。说白了就是个人私心太重，没有共享精神，总想着一口气憋个大成果出来轰动世界。这不是执着，是偏执，执念是一种病，得治，治不了的也许就成了有强迫症的民科。"杰西停顿了一下，接着说，"行嘉，你别以为你真是AI领域的天才，清醒点儿吧，你就是一自以为是的科技民工，有强迫症，妄想通过个人的勤奋努力，开发出世界领先的AI，这是绝对不可能做到的。醒醒吧，目光放远一些，看清楚点儿，AI是未来的商业热点，全球有无数的大公司在研发人工智能控制模块，你以为你是谁？超人啊？凭一己之力就想超越国内外最先进的实验室团队，改变整个世界？我劝你一句，别逞个人英雄，别痴心妄想了，乔布斯他们那个黄金年代已经过时了，现在、将来都不可能再出现那种奇迹。我们身处一个科研大型化、资本化、集体智慧创造化的大时代，现实一点儿吧，投靠大公司还来得及，这样才能发挥你的特长，也能实现你的梦想。"

"说完了吗？"叶行嘉似乎冷静下来，声音清晰地问。

杰西抿着嘴不吱声了。

"谢谢你，杰西，告诉我这么多我以前没听过的实在话。"叶行嘉看似叹了口气，转而说，"唉，无所谓了，我现在更想知道的是，你还好吗？昨天你和若寒谈得怎么样，她有没有拿话来伤你？"

杰西听了他这话又受触动，缓声说："还好，谢谢你关心。"

叶行嘉又问："隔了这么多年，再次见她，你是不是挺难受的，混成这种穷样？"

"没有！我难受的不是这个。"

"别骗我了。"叶行嘉摇头说，"尽管我情商低，可我能感觉到，你很失落。她现在是风光的大明星，你依然是个一无所有的穷小子，这种挫败感很伤人。说实话，那天在BAT公司遇见柏炯，我嘴上不承认，甚至还鄙夷他，但在心底我也挺不舒服的。凭什么这样？以技术能力来说，我不是不如他，可一晃几年，柏炯成了科技公司的大总裁，我们呢，还窝在这栋破楼里，屁大一点儿小公司，混得连好弟兄的工资都发不出来，房租交不上，甚至连吃饭都成了大问题，遭人耻笑羞辱，耳光抽在脸上热辣辣的，还得靠女人去典当凑钱来过活……这都过成了什么啊！这种差距实在太大了！我也是人，没法不去想，没法不自责内疚，为自己，也为你们不值，我是老大，我羞愧……"

杰西张了张嘴，欲言又止。

只听叶行嘉又说："杰西，要说对不起的人是我，我对不起你，对不起大家。你走吧，我没脸拦你。"

杰西坐着不动，身体僵硬了一般。

叶行嘉低声又说："如果……你能原谅，我想这样，就照你说的，我们拿出伏羲与大公司合作，挣点儿钱风风光光的。我们四人还在一起，像刚才吃饭那样开心，等以后有了好条件，我们坐船出海，就像梦想过的那样在甲板上聚餐喝酒，要啥有啥。我们一起苦过，也一起享受开心。杰西，好吗？"

杰西没回应。

叶行嘉最后说："只要不去为柏炯卖命，别的什么都可以。做人就争这么一口气，好吗？他夺走了你的女人，咱不向他低头，好不好？杰西！"

好的，老大，好的……这话徘徊在杰西的喉咙里，发自肺腑，但最终哽咽住，杰西无法说出来，他紧紧咬着牙关，一声不吭。

叶行嘉等了一阵儿又一阵儿。

天光渐暗,心越来越冷。

鸽群低空掠过,悠扬的鸽哨声变得无比尖锐刺耳。

32--------○螳螂捕蝉，黄雀在后

杰西一个人走进公司。他面无表情地收拾私人物品，从电脑上拆出伏羲智能主盘。

"你干吗？"小明吃惊问。

唐媛媛也问："怎么只有你回来，他人呢？"

杰西平淡地说："我和行嘉谈过了，我离开公司，带走伏羲主盘，从今以后我们各做各的。"他挤了个笑容，"很高兴和大家相处了这么久，可再好的酒席总要散的，有空常联系吧。"

小明震惊不已，跳起来按住他，"说清楚点儿，你咋啦？"小明抓着伏羲主盘不撒手。

"我说得够明白了。"杰西皱眉说，"我要去闯我的事业，别拦着，放手，行嘉答应我带走的。"

小明一脸茫然，死死拉住他。

"放手啊！"杰西冲小明大吼一声，强行抢过伏羲主盘，塞进挎包里，闷头往外走去。

小明手足无措地站着。唐媛媛快步走上前，挡住杰西，"你们吵架了？他人呢？"

"没吵架，他在楼顶坐一会儿。"杰西黑着脸说，"我们理智地谈过了，没什么……是有点儿难过，冷静一会儿就好。媛媛，你不放心就上去看他。"

唐媛媛问："这次是为什么？"

杰西摇头，"老样子，观念不统一。我们谈不拢了，好聚好散。"

唐媛媛脸色苍白，又问："你这样走了，想过大家的感受吗？"

"有啥感受，别搞得像生离死别一样，没意思。"杰西摊手说，"我还当你们是朋友，我做好了大家也有个照应。媛媛，你让开，我还有事要去办。"

话说到这份儿上，唐媛媛也无语了。她迟疑了下，退开两步，心里特难受地说："杰西，你要照顾好自己，多保重，什么时候想回来了就来，别碍着面子……"她涌出泪花，抬手捂住嘴。到这会儿，她感到事情比以往严重多了。这一次，杰西走出公司，很可能就再也不会回来了。

杰西抿着嘴点点头，伸手抚了一下唐媛媛的肩，瞧着她的短发怔了怔，低头匆匆往外走去。

小明反应过来，冲着杰西的背影，勃然怒吼："滚！叛徒！"他骂完，还不解恨地狠狠吐口水，"呸！不稀罕，俺不要你这种人做朋友。"

杰西没回应，更没停步，转眼间他的身影消失在公司门口。周围静悄悄的，仿佛他今天就没来过。

事情发生得太突然了。小明和唐媛媛愣愣地站了会儿，唐媛媛说："走，我们去看下师兄。"

两人上到楼顶，远远看见叶行嘉独自坐在木箱上，神色淡然地望着天际。身影孤单，无比落寞。

落日逼近城市天际线，阳光被高楼大厦遮挡，拖出一大片越来越浓重的阴影。

小明正要走过去，唐媛媛忽然拉住他，低声说："别，让他独自静一静，这会儿他难受着。"

"可是……"小明很担忧。

唐媛媛说："他会挺过来的，没事的。"说着，她席地坐下来，远远地望着叶行嘉。

小明叹口气，也坐在了唐媛媛身旁。两人就这样沉默着，在叶行嘉身后陪着他。

天光渐渐暗淡下来，街灯点亮，城市越发显出热闹。

叶行嘉的心空落落的，思绪没之前那么凌乱了，他远望一栋栋大楼，目光最终落在一座恢宏的建筑上。那是座五星级大酒店，豪华典雅，深蓝色的幕墙玻璃映射着落日余晖，泛着暖黄光晕，让他目眩。

他用尽目力，在心里一层层地默数酒店楼层，最后找到那一层，他就这么远望着，尽管他什么都看不清。

他看着，看着，慢慢地也就没有那么难过了。甚至有了一种特别的感受——无法言喻的、占满他心里所有空间的充实感，分辨不出哀伤和欢喜。

或者，不喜不悲。

凯西伫立在酒店露台，手持望远镜眺望叶行嘉，一动不动地站了好久。

她不确定叶行嘉是否也能看见她。

在高倍望远镜的视野内，叶行嘉的面目隐约可辨，但看不清神色。可有一种强烈的感觉让她相信，叶行嘉此刻正在寻找她，就注视着她所在的地方，甚至发现了她的身影，痴痴注目着她。

那一道无形的目光穿过遥远的距离，灼热得令人刺痛。

他肯定很痛苦！

凯西目睹了杰西离去的场景，心想，叶行嘉失去了一个生命中重要的朋友，就像胸口中枪，不可能不痛不流血，不管他有多坚强。

当然，在他身后还有两个人……凯西看到了小明和唐媛媛，在昏暗处陪伴着叶行嘉，默默地给他最后的支撑。

假如，叶行嘉再失去这两人，那他就彻底垮了。

凯西移动望远镜，视线从叶行嘉身上移开，把焦距定格在唐媛媛身上，打量着她的样子。

依稀可见唐媛媛的姿态。那是一个普通的女孩儿，毫不出众。她在灯光背影处，没有任何光彩。

夜幕灰蒙蒙，被城市灯光污染，夜空中看不见一颗星。

"休息会儿，凯西小姐。"詹妮从房间里走到露台上，为她拿来一杯果汁。

凯西在休闲椅上坐下，啜饮鲜榨橙汁。

酒店露台灯光洒在她身上，她那一袭瀑布般的长发在晚风中轻轻飘动，发丝柔亮，显得脸色有些苍白。

詹妮察觉她低垂的目光透着异样的复杂，就说："柏炯手腕老辣，想不到他才使出两三招就搞定了杰西，也不知用了什么方法。"

"每个人都有弱点。"凯西说，"柏炯看人很准，他清楚杰西的软肋在哪儿。手法看似简单，其实不然，够精够狠才能一击就中。"她莫名一笑，"柏炯还算守信，没动叶行嘉这人，用这种方式把叶行嘉的技术给拿走了，厉害！"

詹妮忍不住又问："柏炯已经出手了，你有什么打算？"

凯西看着她，忽然反问："柏炯最近和你联系过吗？"

"啊？！"詹妮料不到凯西会这样问，猝不及防地慌乱应了声，不知如何是好。

凯西微笑说："柏炯跟我承认了，他私下与你，还有我们评估团某些成员有过交流，他知道的事可不少……包括我的私事。"

詹妮脸色急变，愣了下，软弱地说："凯西小姐，对不起！我……我不该这样做。但我没跟他透露更多，只是一些不重要的小事。这太糟了，请你原谅。"

她又惊又恼，想不到柏炯竟然对凯西透露了这事，两边都讨好，也太阴险无耻了。凯西会怎么处置她？这下惨了，她不仅要丢了工作，还丢脸。

只听凯西又漫不经心地问道："你们最近一次联系是什么时候？"

"昨天下午。"詹妮羞愧说，"他问我你有什么动静，我说暂时还不知道。别的，就没有了。"

凯西点了点头，又问："你跟他说，我准备后发制人对付叶行嘉？"

詹妮低声说："是的，我说你要等他出手后再有所行动，但不知道准备怎么做。"

凯西保持着笑容，不疾不徐地说："现在你可以告诉柏炯了，我打算布下一个捕猎陷阱，套住叶行嘉。"她伸出手，指尖捻动那一枚银币。

"凯西小姐，我不敢。"詹妮连连摇头，"我向你保证，今后再也不与柏炯往来，很惭愧，我能做的只有辞职。"

凯西的笑意更浓，"人性是经不起金钱试探的。你犯的错大部分人都会犯，我不想苛责，除非你一犯再犯，那我只有开除你，并请律师把你送上法庭。"

"不会，不会，我决不犯第二次，请你给我个机会。"詹妮惊慌失措地说。听凯西的语气，是要对她既往不咎了。

"那好，下不为例。"凯西收起笑容，严肃地说，"相关证据我暂且保留，用不用得上，就看你以后怎么做了。"

"谢谢！谢谢！"詹妮忙不迭地点头。品尝到了凯西的更凌厉的做派，她泛起一种劫后余生的庆幸感。

"接下来，你去办几件事。"凯西转入正题，"按我的要求，适当透露给柏炯一些'重要'的情报；其次，聘请一位熟悉资本市场的律师；然后联络媒体，过两天我要召开一个新闻发布会。具体怎么做，我随后将方案电邮给你。"

"好的！"詹妮应答，"我听指示。"

凯西优雅地举杯饮了口果汁，摩挲着银币。

螳螂捕蝉，黄雀在后，一场大戏正式拉开帷幕。

精心打造的舞台上，聚光灯追逐的目标人物是叶行嘉，当然还有柏炯。而她，正是这场捕猎游戏的幕后策划者。

33--------○改弦易辙

杰西迈进BAT科技公司大厦。西装革履的正装，神色肃然，恍如变了个人似的，举止稳重、成熟。

"二当家！"坐在厅堂休息处沙发上的胡珂和丁丁起身，上前招呼杰西。胡珂满脸堆笑地说，"接到你的电话，我俩可高兴了，一早就过来等你。啧啧，这地方还真不赖，一瞧就是实力雄厚的大公司。谢谢啊，你还惦记着，带我们一起做事。"

丁丁问："二当家，你说的月薪五万是真的吗？别是逗我们开心吧。"

杰西微笑着拍了拍他的肩膀，"一会儿办理了入职手续，立马给你预支三个月薪水。钱拿到手，下班后你俩请我吃晚饭，怎么样？"

"太好啦！"丁丁和胡珂小鸡啄米般连连点头。"别说请你吃饭，让你睡了我都行。"丁丁一把搂住杰西。

"去，马屁虫！"杰西笑骂，一把推开他，"走吧！去楼上看看我们的新地盘。环境有一点儿不好，咱立马走人。"

胡珂乐滋滋地跟着杰西，问道："二当家，老大和小明他们呢，怎么不来？"

杰西拉下脸，冷声说："别提这茬儿，要不就出门左转回你的高老庄。给我记住了，在这里，我是你们的老大。"

胡珂与丁丁对视一眼，反应过来，知趣地齐声说："是，老大！"

两人紧紧追随杰西，走过华丽的大堂，乘电梯前往BAT公司的人力资源部。

办理相关入职手续后，他们来到技术中心新成立的AI研发部，这里的环境、办公和电脑设备一流，以后就是他们工作的地方。

娜娜早一步来到研发部等候着，她一袭宝蓝色的职业套裙，窈窕动人。

"杰西，你好！欢迎你加入我们BAT公司。"娜娜露出职业微笑，对杰西行礼，"我已经调动岗位，现在是你的助理，以后请多多关照。"

"那敢情好，我们又见面了啊！"杰西脱下西装外衣递给娜娜，"去帮我放下衣服，别弄皱了，这可是我唯一的一套正装，就指望着用它来撑场面了。"

"好的！"娜娜接过西装，快步挂在衣架上。

"哇！正点。"丁丁瞅着娜娜的曼妙身影，羡慕不及地说，"老大，她是你小蜜啊，漂亮。"

杰西一副不以为然的神情，"光漂亮有什么用？关键要会做事。弟兄们开工了啊，给我好好干。"

他拿出伏羲智能主盘递给胡珂，"接上，给它也换个大平台。"

胡珂和丁丁都是熟手，不用杰西具体指导，便把伏羲智能模块植入主机，当即进行一次全面的系统检查。

AI研发部的电脑设备一流，关键是还能使用BAT技术中心的大型集成服务器资源。伏羲进入服务器就像虎鲸一样一头扎进太平洋里畅游，性能提高不少。

杰西没急着投入工作，他溜达了一圈，瞅瞅新环境，看看窗外的风景，内心起伏不定、五味陈杂。

"你还有什么吩咐。"娜娜走来，优雅含笑问——她的笑容也是有点儿别样滋味。

"来杯咖啡，"杰西在靠落地窗处的沙发坐下，"不要速溶的。你们这高档公司应该有手工研磨咖啡吧？"

娜娜应声说："有的，最好的一种是来自巴拿马的瑰夏咖啡。"

"好，就来这种巴拿马高级玩意儿。"杰西挥挥手，"少放点儿糖，我喜欢原汁原味。"

娜娜抿嘴一笑，去咖啡机那儿为他调制了咖啡，放到杰西面前，笑盈盈地又问："你还需要什么？"

"坐啊，你别跟机器人似的。"杰西示意她在沙发坐下，"咱们随意聊聊。"

　　娜娜优雅地坐下，心头郁闷地想，我还成了"陪聊"啊，在这种粗俗之人手下做事，真是无语。苦难日子这才刚开始呢，以后怎么办？她琢磨着要不要辞职，但又舍不得BAT公司丰厚的薪金。

　　杰西笑眯眯地看着她，"被派来做我助理，你心里特不乐意吧？"

　　"啊！没有。"娜娜收起心思，赶紧回应说，"来研发部挺好的，工作比以前轻松多了，还加了薪水，尤其见到你……你年轻有为，豪爽耿直，又有才华，我很乐意跟着你做事。"

　　"你没发现我风度翩翩啊？"杰西摆出酷帅的造型笑问。

　　"是是是，你还风度翩翩、一表人才。"娜娜无奈点头，笑容快憋成哭容了。瞧这人自恋的，整栋大厦的臊气都被他承包了。

　　"得了吧你！装，你就装吧。"杰西哈哈笑起来，自嘲说，"我知道自个儿的斤两，也就一技术屌丝。要不是老板赏识，咱狗屁都不是。"

　　娜娜尴尬一笑，不知该怎么回应他。

　　"对不起！"杰西忽然没头没尾地低声说道。他抬起咖啡抿着，转头望向窗外，神情索然。

　　娜娜只觉他有些孤寂之意，有种难言的忧郁感。她心头一动，说道："挺佩服你的，深藏不露，我从来没见过谁把老板撂倒了，反而还被高薪聘请。"

　　"江湖传说的不打不相识呗。"杰西淡然回应，"人人都喜欢谈论那些传奇故事，只不过很少有人知道那些江湖好汉被招安后的下场。"

　　娜娜一怔，正要说话，忽见柏炯带人走进研发部。"老板好！"娜娜急忙起身迎过去。

　　"杰西，见到你真高兴。"柏炯笑容满面地与杰西握手，"感觉这里怎么样？有什么需要尽管提。"

　　杰西摇头说，"感觉不是太好……"

　　柏炯惊讶问："怎么了？"

　　杰西一摊手，"在这种条件一流的地方上班实在太舒服了，安逸会使人懒惰，我怕以后做不出好成绩，愧对老板的栽培。"

　　柏炯哈哈大笑，指着杰西，转头对跟随而来的严鸿说："我们BAT公司技术力量雄厚，那是没说的，但就是缺少杰西这样有朝气的年轻人。他来了，技术中心的气氛活跃不少，有意思，有意思。"

严鸿一脸恭维之色，"老板，你海纳百川广聚人才，我们有幸为你做事那是福气。我十分佩服杰西的才干，今后我们多交流，还请杰西多指教。"

"指教不敢！"杰西抱拳回应，"严副总，你是前辈，请多多关照在下才是。"

严鸿嘿嘿笑说："长江后浪推前浪，你先进的AI技术令人叹服，我甘拜下风。"

杰西立刻说："严副总，别折煞我了，说得我浑身不自在。"

严鸿还要说什么，柏炯摆手笑说："得了，你们就别相互谦让了。从今以后，你们就是我的左膀右臂，大家齐心合力把BAT的技术推向世界一流。"他对杰西说，"AI研发人员少了，你再聘用一些专业人才，要什么条件尽管提出来，别担心薪金，一切以做事为主。"

杰西点头，瞥见严鸿的眼瞳浮现一丝寒气，但转瞬而过，脸上很快堆起笑容。

"伏羲植入主机了吗？能否让我见识一下？"柏炯打量正做程序检测的胡珂和丁丁。

"当然，你是它的大老板。"杰西操作电脑，调出伏羲的人机交流界面，用麦克风发出语音指令，"伏羲，跟大家打下招呼。"

"大家好！我是伏羲，超级人工智能。"伏羲对室内众人进行全息扫描辨识，系统发声，"欢迎各位来到BAT科技公司，人工智能带您进入全新的世界，让生活更美好！"

杰西修改了伏羲的基础设置，删去部分原设定资料，改弦易辙，把它的"身份"也变成BAT公司一员。杰西介绍柏炯，"这是我们BAT公司的总裁。"

"老板好！"伏羲立刻问好，"您器宇轩昂，有着非凡的统帅风范，伏羲很荣幸能拜见您，服从您的指示，为您工作。"

柏炯不禁露出欣喜之色，说道："你还蛮会说话啊，谁教你的？"

伏羲恭敬地说："杰西为我做了指导，让我多说好话多做事，全心全意为BAT公司服务。"

柏炯哈哈笑起来，拍了拍杰西的肩膀。严鸿不易察觉地撇撇嘴，暗骂马屁精！

"老板有什么指示？"伏羲问道。

"没有，没有，你听杰西的安排。"柏炯看似无意深入了解伏羲的样子，转而对杰西说，"就按照你喜欢的方式来研发，不要有业绩压力，尽心做就好，我们不以成败论英雄。"

寒暄几句之后，柏炯带人离开。

回到办公室，柏炯立刻闭门，进入"伊甸园"密室。

"柏炯先生，你好！"Eva柔和的声音传来，"猎狗对伏羲的程序数据复制已完成，我正在对伏羲进行深度解析。"

"很好！继续解析智能模块，捕捉杰西的每一个研究步骤和内容。"柏炯下达指令，舒畅地笑起来。

屏幕上，Eva为他呈现对研发部杰西等人的监控视像，以及分析伏羲的各种数据——从杰西进入BAT公司那一刻，针对伏羲的猎狗程序已在暗中启动，就像一张无形的大网牢牢将其捕获。

Eva说："柏炯先生，你看上去很高兴，是因为我完成了任务吗？"

柏炯开启控制台，展开键盘笑说："任务还不能算完成，只能说才刚刚开始。接下来，我们要做的事还有很多。首先，你得把伏羲消化掉，转变成你的一部分。"

"好的，柏炯先生请放心，我能做到。"Eva平稳柔和的声音传来，仿佛带着一股不可抗拒的意味。

34⸺◦爱恨纠缠于心成死结

城郊疗养院。

凯西款款移步下车，沿着花园小径走向疗养院深处。詹妮跟随她，忍不住四下张望，笑说："我们这次来，不会又遇到那个犟牛吧。"

"他今天有重要的事。"凯西淡然说，"况且，以他的臭脾气恐怕不会再来这里了。"

詹妮说："想不到他和他父亲的关系这样糟糕，不知为什么。"

"多少跟我有点儿关系。"凯西露出奇怪的神色说，"当然他还不知道这事——很少有人知道。"

詹妮有些吃惊，见凯西没接着解释，她也就不便追问。

两人走过花园，来到疗养院的公寓区。接待处前台的管理员说叶教授在睡觉，请她们稍坐等候，等叶教授醒了再进去探望。

"怎么这会儿还在睡啊？"詹妮看了下时间，差不多快早晨十点了。

一个护理员回应说："叶教授最近有些反常，夜里严重失眠，只有早上能多睡一会儿。"

由此看来叶教授的脑萎缩后遗症越来越严重，生物钟都紊乱了。凯西和詹妮就在前厅休息区坐下等候。闲来无事，詹妮不禁问："你来找叶行嘉的父亲有什么事？"

凯西看了她一眼，微笑说："要想操控某人，除了要知道他的弱点在哪儿，有时还得清楚他的优势。"

詹妮对她的笑容再次泛起惊悚感，又问："叶教授是叶行嘉的优势？"

凯西轻轻点头，"某人在AI领域研究多年，做出了点儿好东西，确实

161

有才华。但AI研发并非一个天才就能搞定的，这种复杂的系统性工程研究，需要大平台才能实现。叶教授依仗所在的国家级科学院，所以在人工智能方面有所建树。叶行嘉其实是受了叶教授的启蒙才做出伏羲，研发走到今天差不多到头了。但他却不知道父亲对他的重要性，更不明白这才是他的巨大优势。"她顿了顿，补充说，"一旦失去这个优势，他和伏羲的价值只会越来越小，不用多久，所谓的天才也就泯然众人了。"

詹妮醒悟过来，凯西要对付叶行嘉，除了抓其弱点，还要瓦解他的优势，双管齐下，就算再有本事的人也会被击垮。这种布控的手段实在太厉害，比柏炯有过之而无不及。不管是谁，一旦成为她的目标，几乎很难逃出她的算计。

可想而知，叶行嘉很难逃过这一劫了，除非出现奇迹。

詹妮暗暗叹口气，其实她有些同情叶行嘉，不明白他怎么招惹凯西了，竟然激起凯西对他那么大的仇恨！这事只有当局者才能说得清，外人也只能看到表面，谁是谁非无法去定论。

坐了一阵儿，接待处通知她们，可以上去探望叶教授了。

凯西对詹妮说："你在这里等我吧，我去就行。"

詹妮有些失落地坐回原位。在"私通柏炯"那事的影响下，凯西对她的信任程度显然低了许多。看来要想坐稳助理一职，她还得对凯西表现出更多的忠诚和贴心，否则也是有名无实。

凯西上楼敲门进入公寓，护工把她领到小会客厅，不一会儿就见叶教授坐着轮椅出来。老人的精神不佳，刚睡醒的样子。

看到凯西，叶教授微微诧异，"你找我？什么事？"

"伯父您好！"凯西正色说，"我来自维斯塔公司的下属科研机构类脑研究项目部。抱歉！我为您带来一个不幸的消息。"

"什么消息？"叶教授听了神色大变，急切地问。

凯西没回答，看了眼护工。

叶教授立刻吩咐护工："请你回避下，我要和这位女士单独谈谈。"

护工点头说："请注意时间，等会儿要体检。"待护工离开后，叶教授迫不及待地问，"请说吧，什么事？"

"初次见面，我想我应该先做个自我介绍。"凯西平静地说，"我是唐雅芝的女儿。"

叶教授听到"唐雅芝"这个名字顿时浑身剧震，失神片刻后，声音颤抖地问："小雅……她怎么了？"

"我母亲过世了，两个月前的事。"凯西注视着叶教授，"她的高血压症状持续了很久，那天睡前服了一些降压药，第二天就没再醒来。她走得很平静，看起来好像没什么痛苦。"

"啊！"叶教授仿佛遭到雷击的焦木，半晌无法说话，眼神空洞地望着凯西。

"请您节哀顺变。"凯西说，"后事我都处理了，只是您这儿……我得来一趟。有些事我要为母亲做最后的了结，愿她在天之灵安息。"

叶教授心神恍惚地摇头，脸色惨白，喃喃地说："她走了，走了……"

凯西见状，起身到沐浴间拿了一条毛巾，温水浸湿后拧干，递给叶教授，"您感觉怎么样？需要叫护士吗？"

叶教授接过毛巾擦了擦脸颊，缓过点劲儿，"没事，你接着说。"

凯西坐下来说："您可能也知道，我母亲有写日记的习惯。这么多年来，她写了差不多一箱子的日记。在她走前的那天晚上，她给我留了一张便笺，叮嘱我一些事，包括让我把她的日记全部销毁。"凯西叹了口气，"唉！别的事我都照办了，可我忍不住看了母亲的日记，我想到来找您，想和您谈谈。"

叶教授虚弱无力地问："你都知道了，我和她的事？"

"嗯！"凯西点头，"以前也零星听过一些，一知半解的。看了日记，我才真正明白整件事的由来，我才知道您给我母亲造成了多大的伤害。"

"是的，是的！"叶教授懊悔地说，"是我害了她，难辞其咎，罪不可恕啊！"

"自责、内疚、愧对、悔痛……这些词语不足以抚慰我母亲的在天之灵。"凯西缓缓地说，"我认为，您得为所做的事负责。尽管，我母亲在日记的末页写道'愿一切终结'。"凯西说着，从包里取出一页纸，递给叶教授，"母亲最后的日记遗笔，我复印了一份带来给您过目。这是她写给您的，虽然她不承想过有一天让您看到。"

叶教授拿着这一页字迹熟悉的日记，从头到尾慢慢看下来，一遍又一遍吃力地看。

纸页上一个个娟秀的字是那么恍惚，又是那么清晰，似尖锐的针扎入心里：

我做了个可怕的梦，梦见我们是不认识的，你礼貌地微笑着，不同我说什么话，你的眼里没有一点光，如燃尽了所有决绝的灰烬那样黑。我醒了，承受着心跳的负荷和呼吸的冲击，这个梦比以往梦见我们相爱地在一起的场景可怕多了！虽然我们早已经形同陌路，可我不想这样被自己反复提醒，我宁愿站在你的面前。你是认识我的，看到我的疤痕，知道我曾经受伤，永不愈合……我等了很久，等到日子一天天过去，生命一滴滴流淌，我感到死亡迫近，却无能为力。我什么都做不了，只能欺骗自己。任何事都无法抗拒吞噬一切的时间，葬入坟墓，愿一切都终结，也许在另一个世界，我能与你重新相识。

叶教授低着头，泪不觉流下，打湿了纸页。恍然间，他听到凯西说："她等着你，直到死去。"

"锦书难托，错了，错了……"叶教授的内心掀起滔滔巨浪，悔恨交加，悔之已晚。

凯西亦是神色凄楚，揪心地难受，为母亲，也为自己。

有些事就是这样，在人海之中极难遇见对的人；好不容易遇到了，却偏偏相遇在错误的时间。父母离婚很早，母亲在她九岁那年就带着她离开父亲独居了，一直没再婚。母亲只说工作很忙，要不就说没遇到合适的人。她原以为事情就是这样简单，直到那天……她想到那天的情景，依旧心痛欲裂。

她那天赴约去叶行嘉的家里，满怀期待。当她见到叶行嘉的母亲，一切开始崩塌，满满的幸福顷刻间化为乌有，被刻骨铭心的仇恨淹没。世界实在太小了，谁能料到，她遇见的竟然是最恨她母亲的一个女人，上辈人的仇恨像魔咒般延续到了她的身上。

叶行嘉的母亲单独找她，质问她："你妈纠缠我丈夫多年，夺走了他的心，你现在又要从我身边夺走我儿子？"

她惊恐无助，不知如何是好。她只能毫无自尊地一遍遍说对不起，请求谅解。叶行嘉的母亲没再吭声，跪在她面前，一下下地给她磕头。她还能怎么办？除了转身离开，她没有任何的选择。她没法面对叶行嘉的母亲，而叶行嘉又决不离弃母亲，与她远走海外。天注定，她和他的相遇无论有多么美好，最终只能离别，形同陌路，各走一方。

痛苦至极，爱恨纠缠于心成死结，却又是那么无能为力……直到她看了母亲所有的日记，她终于明白过来，也知道该怎么做才能解开这个可怕的心结。

她这趟回来，就是要做最后的了断，抚平那一道道疤痕，完成母亲的遗愿，终结这一切。

过了一阵儿，叶教授从悲痛中稍微平缓下来，抹去老泪，抬头看着她说："是的，犯下的错终归要有个了结，我愿意付出一切，你希望我怎么做？"

凯西从包里取出一份准备好的文件递过去，"这是一份具有法律效力的文书，请您过目下，我们商议后签字。"

过了良久，时间近中午十二点。

经过漫长等待，詹妮终于见到凯西下楼来，她迎上前问："谈得怎么样？"

"可以了。"凯西的神色平静，"接下来按计划进行，你回去与柏坷见面说这事，然后通知媒体，下午召开新闻发布会。"

詹妮点头，问："你呢？我们不一起吗？"

凯西淡淡一笑，"不了。我想另外去个地方喝杯咖啡。"

35⋯⋯∘三生有幸遇见你

"打啊！打啊！用力！"

"揍它！揍它！"

叶行嘉和小明在公司里激动地蹦跶，两人奋力挥动双拳，脸红脖子粗地一通狂呼乱喊。

冰箱显示屏上正播放一部机器人拳击影片，只见拳击台上，铁甲钢拳相碰撞，机器人身上火花四溅，响声震撼，令人热血沸腾。

影片故事发生在未来，拳击手被机器人取代，那些曾经在拳台上追逐梦想的人失去了施展的地方，成了被遗忘的过去，梦想变得遥不可及。

当你执着捍卫的东西消失了，你会怎么办？当你需要的拳台没了，你一蹶不振，是要放弃吗？

不！当然不！

梦想，不是麻醉自己，而是举起拳头！

弱小的Zeus挑战Atom，就像小人物挑战资本权威、凡人挑战战神，几乎是不可能做到的事。但故事就是这样热血励志，一贯挨打的淘汰型陪练机器人爆发了，凭一身瘦弱简陋的铁甲，与世界冠军做最后的搏杀。

屏幕上，Zeus握紧拳头，目光专注而坚定。他自信地一下下挥出拳，引导着Atom进攻，无畏无惧，给那些蔑视弱小的人重重一击，一下又一下重击，狠狠地KO！

那台战无不胜的钢铁机器人轰然倒下。观众热泪盈眶，欢呼声爆棚！

叶行嘉和小明大汗淋漓，累得坐到沙发上直喘粗气，两人仿佛也随之上场打了一场拳赛。

"精彩！太激动了。"小明意犹未尽地说，"老片真是经典，看得人精神振奋，爽啊，有种全身发麻的来电感！"

叶行嘉感叹："生活太憋闷了，我们需要这种美好的精神鸦片刺激自己，激发斗志。"

"可惜差一点儿。"小明摇头说，"好莱坞咋不按套路出牌？唉，最后还是输了比赛，辉煌过了，回家依然要过平常日子。"

叶行嘉说："那又如何？对于真正的梦想家，输赢不重要，名利也不重要，重要的是你一定要举起自己的拳头，去拼搏，去战斗。我喜欢这部电影就是因为这个，不是一味地去热血澎湃，这才更像生活。梦想并不一定都能实现，但不放弃，奋斗过，为自己尽责，这辈子也就值了。"

小明点头笑起来，"老大，还是你会说，凭空就给俺打了一剂鸡血。俺现在充满力量，小宇宙在燃烧，感觉连熬两晚上都没问题。"

"那就来啊，我们看谁更能熬。"叶行嘉大笑起身，坐回电脑前开始投入工作。

这两天，伏羲Ⅱ号没再出现异常状况，自我进化的速度慢下来，表现得中规中矩，也没再出现之前的那种夜半惊人之举。叶行嘉和小明日夜轮流地进行研究分析，收获不大，对智能控制模块也做不出更好的改进，只能修正一些局部参数，进展缓慢且吃力。两人做累了，就点映重温了这部老片，算是给自己提神鼓劲儿。

自从杰西走后，叶行嘉沉闷了好一阵儿，最终他恢复过来，继续埋头苦干。他好似没什么变化，只有细心的唐媛媛发觉，他的食量减少了些，睡眠不足，整个人更憔悴了。杰西的出走对他来说是个沉重的打击，只不过他性格倔强，流了血也自个儿吞咽下肚，对外不提一字罢了。

"叮咚，时间到。"正忙活着，冰箱屏幕上的智能兔发声说，"行嘉，你设定的时刻提醒到了，你该出门去约见媛媛。"

叶行嘉恍然抬手拍头，"谢谢提醒，差点儿给忙忘了。"

"啥？你要和媛媛约会？"小明吃惊地问。

叶行嘉笑着解释："别瞎说，我是去陪她相亲。她家里给她介绍了对象，她让我给参谋下。"

"她也想着嫁人了啊！"小明有些惆怅，"还相啥亲，你咋不考虑考虑？"

"考虑什么？"叶行嘉到洗漱台匆匆洗了把脸，剃须洁面，稍微收拾一下，以免有失礼仪。

小明说："她人挺好的，心好，对你好！"

叶行嘉整理着外衣问："我这造型怎么样，不丢人吧？"

"帅！有气质！我是说，你怎么不追媛媛？"小明吭哧了半天挤出这句话。

"别闹，她可是我妹。"叶行嘉匆匆出门，临走嘱咐，"检查一下语言控制模块，有点儿小问题。"然后逃离似的，转眼就没影儿了。

"就不信你不知道，装吧！"小明忍不住嘀咕。

忽听伏羲说道："他有些紧张，估计藏着心事，但又不想和你说明。"

小明一怔，"连你都看出来了，聪明！"

伏羲说："我扫描了行嘉的面部特征，在你追问他为什么不追媛媛时，他的目光偏移，伴随着面部肌肉紧张，这是下意识回避问题的微表情。"

"行啊！"小明称赞说，"你这一招厉害，可以用作测谎仪了。那你知道他为什么要回避我的问题吗？"

"不知道。"伏羲老实地回答。

小明说："推测一下嘛，说错了也没关系。"

伏羲运算了一下说："从逻辑上推导，他认为唐媛媛是他妹妹的可能性很高，但不是十分肯定，所以这个理由不是绝对成立。他还有另外的原因，但不能说出来，所以回避你的问题。"

"什么另外原因？"

"他不喜欢唐媛媛，所以不追求她。"

小明听了惊诧，摇头说："不可能，媛媛人可好了，他不可能不喜欢她的。"

"那就是'不爱她'，所以不追求她。"伏羲又做了一个推导。

小明愣了会儿，叹口气，喃喃说："这倒是有可能。喜欢不一定会爱，但爱了，就一定喜欢。"

"是的，小明，你的话很有逻辑性。"伏羲一本正经地说道。

小明沉默了会儿，忽然问："你通过扫描识别，能判断出……媛媛爱谁吗？"

"可以的，辨识准确率约42%。"

"她爱谁？"小明一下紧张起来，盯着冰箱上的智能兔追问。

这一刻，他的心跳骤然加快，心里知道答案，但又另有期待。

"通过对媛媛的行为举止和表情关注度判断，她爱你，爱行嘉，还爱杰西。"伏羲随即给出了一个答案。

小明顿时哭笑不得，这个回答等于无嘛，白白浪费他的情绪。而后，他转念一想，又问："伏羲，你计算一下概率，她更爱谁？嗯……爱我们三个人的占比分别是多少？"

运算不到0.00001秒，伏羲就分析完历史观察记录，经过概率统计，给出小明一个标准的回答。

"月光宝盒咖啡屋？！"叶行嘉根据唐媛媛发给他的地址找到了藏在城市一隅的小咖啡屋。

这店名有点儿意思，估计店主是大话西游迷。他走进咖啡屋，只见屋里陈设别致，到处布置了大话西游主题的物件，包括金箍棒、紫霞的手链、古朴的月光宝盒，墙上甚至还挂着一柄紫青宝剑。

店里轻柔播放着苍凉婉转的主题曲：

苦海翻起爱恨

在世间

难逃避命运

相亲竟不可接近

或我应该相信是缘分

……

曲调缓缓，唱尽了无奈人生的千滋百味，令人心生戚戚。

叶行嘉听着这首歌，感觉内心被撞了下，他驻足聆听片刻后才迈步上楼。

楼上雅座寂静无声，午后时分人很少，只有两三桌坐着人，低头阅读电子书或看手机。叶行嘉一路走过去，在最里面看见了唐媛媛，他不由得吃惊。

唐媛媛也是一人独坐，托腮看着窗外凝神思考。她安静如斯，像变了个人似的，他差点儿没认出来。她很少见地穿了一条裙子，化了淡妆，清爽短发衬托得她更文雅。

看来她为了相亲，特意做了准备，用心装扮了下。

"你约的人还没到？"叶行嘉在她对面坐下。

唐媛媛回过头，对他羞赧一笑，流露出局促感。"得等一下了。喝什么咖啡？"

"我随便。"叶行嘉打量了一下她，称赞说，"漂亮！感觉你今天大不一样。"

唐媛媛脸颊绯红，抿着嘴，唇色浅红泛光，她不自在地紧攥着手指。

叶行嘉发觉这话有些不妥，便转眼环视屋内说："这儿蛮好的，有气氛，适合初次见面。把地点定在这里，你也喜欢《大话西游》吧？"

"喜欢的。"唐媛媛柔声说，"看过好多遍了，每次看都有不一样的感触。"

"五百年了嘛，说不尽的故事多了去了。"叶行嘉笑着，抬眼看向墙上一张海报，"他直到现在都还没结婚，都说他心里藏着一个人，可没人知道那人是谁。"

唐媛媛点头，不觉偏过目光看向一侧。侧面的墙上贴满了过客留下的便签，不知是谁写的，当中一张字迹寥寥：三生有幸遇见你，纵使悲凉也是情。

她一下被刺痛，收回眼眸。

不由得想，人往往就是这样，有过执着，才能放下执着；有过牵挂，才能了无牵挂。

两人各有心事，一时无话，坐着沉默了会儿。

附近的一个雅座坐了位穿着普通的女人，戴墨镜和休闲帽，面朝里低着头。她挂着耳机，好似在听音乐小憩的上班族。

叶行嘉没留心，也没看出她是谁。

36········◦错过的不会再来

时光慢下来，店内歌曲循环播放，悠然依旧：

从前，现在，过去了再不来
红红落叶长埋尘土内
开始终结
总是没变改
天边的你漂泊白云外
……

"你和他约的几点？"一杯咖啡喝完，唐媛媛的相亲对象还没来，叶行嘉看了下时间忍不住问。

"他临时有点儿事，可能不会来了。"唐媛媛轻声说。

"啊？"叶行嘉诧异地问，"那你还在这里等什么？"

唐媛媛低垂目光说："我不确定……既然约了，就等一会儿，万一他改变主意又来了呢。"

叶行嘉感觉到她话里的不同寻常，琢磨出当中的别样意味，他心跳猛地加快。唐媛媛的暗示十分明显，约人相亲，那人却没来，而他来了，难道……她没约别人，约的人就是他？或者约的那人确实临时有事来不了，但她依然等在这儿，就只为等他？

这事说起来有点儿绕，可一旦深入去想，却又是简单至极。她的心思澄澈可见，无论世事纷繁多变，她始终如一。

叶行嘉蓦然触动，他不禁说："媛媛，你这是何苦呢？"

"我愿意。"唐媛媛的头更低了，声音几不可闻，却又是那么清晰。

叶行嘉心思起伏，无言以对。忽听唐媛媛说："我想问你一事儿。也许，会让你难堪。"叶行嘉点头，"没关系，你说。"

"假如，我说的是假如，阿月回来了，你见到她会怎么样？"唐媛媛抬起头望着他。

叶行嘉心头一颤，唐媛媛好像预感到了什么，阿月真的回来了，可他却无法见到。他苦涩地说："还能怎么样，我是想见她，可她未必想见我。"

唐媛媛说："你想跟她和好吗？"

"我也不确定。"叶行嘉茫然地说，"时间过去那么久了，我不清楚她的现状，她是不是还记得我、记恨我。有些事，人是无能为力的，一个人不能改变什么……"他这样说着，蓦然间看到唐媛媛眼中微微泛光，凄楚的样子。他心头陡然震动，一刹那，一个心念浮出来，很突然，但却越来越强烈，"媛媛，我想……我想做个决定，是到了该做决定的时候了，而不是这样不着边际地等下去。"

他顿了顿。

"什么决定？"唐媛媛颤声问。她感受到了叶行嘉的变化。

叶行嘉深吸口气，平静地说："假如我还能再次见到阿月，我要跟她说对不起，为我以前做的事。我错了，不该那样伤害她。这些年我很内疚，很难受，但阿月她更难受，她承受的痛苦远比我多。我是个自私的人，配不上她对我的好，我希望这些年阿月有了好归属，不再痛苦难受，我为她祝福。再见面，无论她谅不谅解我，我都要跟她说这些话。她要责罚，我也承受。"

"然后呢？"唐媛媛期盼地问。

"没有然后了，再漫长的等待总要终结。"叶行嘉摊手，看着她微笑说，"我得有个新的开始，错过一次，我不能再错过第二次。"

"啊！"唐媛媛轻声说，脸上浮起红晕。她还真是有种心如小鹿乱撞的晕眩感。

叶行嘉缓慢而清晰地说："媛媛，我也想问你一事儿。同样的，可能会让你难堪。"

"嗯，你问吧。"唐媛媛羞报说着，不由得低下头。她脸颊滚烫，耳根都红透了。

谁知等了好一会儿，都没听见叶行嘉说什么，安静极了。她疑惑地抬头看过去，只见叶行嘉脸色惨白，双眼发直，直愣愣地盯着一处地方。

唐媛媛顺着叶行嘉的目光转头看过去——不远处的吧台悬挂着一台液晶电视，电视画面上正播报新闻，没开声音，只看得到新闻场景，画面上赫然可见一人，竟是阿月。

就在前一刻，叶行嘉正要说话时，无意中看见阿月出现在电视上，顿时犹遭雷击。谁曾想到，他苦寻不见的人竟然抬头即见。

叶行嘉蒙了一会儿，猛地起身去吧台那里，急切地对服务员说："请打开声音，我看下电视新闻，就一会儿，快！"

服务员见他催得急，就拿遥控开了一点儿音量，新闻播报声传来：

……AI技术的运用将改变我们的生活，具有翻天覆地的重大影响。为此，全球研究人员投入最大力量，以期研制出更高级的人工智能产品。凯西小姐代表维斯塔公司研发机构与科学院AI研究部门合作，创立T&Y基金会。凯西小姐作为该基金的创始人，将捐赠出母亲唐雅芝教授留下的遗产，同时接受叶教授所捐赠的全部资产。T&Y基金会是公益组织，以促进科技发展为宗旨，资助和奖励AI研发团队。具体情况，凯西小姐将在晚些时候对外公布，同时，她还将宣布一个重大消息……新闻发布会将在今天下午举行，本台记者将全程直播，为您带来详细报道……

这一段新闻短讯很快播报完毕，阿月的画面也随之消失，变成了另外的新闻报道。

叶行嘉愣住了。

T&Y基金？阿月的母亲唐雅芝教授与他父亲共同捐资，创办基金会？这是怎么回事啊？

"她回来了？！"唐媛媛跟随叶行嘉过来，站在他身旁，目睹了这条新闻后不禁喃喃说道。她的心情瞬间跌落谷底，有种难言的苦涩。

两人就这样站着不动，面面相觑，各怀心事。

不知不觉间，邻座的那位戴墨镜的女人起身离座，她拉低帽子，从叶行嘉身后与他擦肩而过，下楼离开了咖啡屋。屋内的主题曲停止了，她临走前看了一眼墙上挂着的那一柄紫青宝剑。

也许，在尘世中，每个人心里都藏着一柄紫青宝剑，期待着意中人出现，拔出宝剑，开始一段轰轰烈烈的故事。可谁又能猜到，故事的结局是怎样的。是喜是悲，孰能预料？

她走出咖啡屋，走在灿烂阳光下。

"新闻发布会将在一小时后召开，你去吗？"唐媛媛查看手机上的新闻详情，对叶行嘉说，"她难得回来了，就去见见她，我陪你过去。"

叶行嘉迟疑不定，叹口气，"只怕惹她不高兴，她不想见我。"

唐媛媛说："你都没去，怎么知道她的想法？"

"我找过她一次了，就那天在疗养院，我遇见了她。"叶行嘉干脆跟唐媛媛说了那天偶遇阿月的事。

"这样啊！"唐媛媛恍悟过来，"难怪你那天晚上喝得大醉。"

叶行嘉沮丧地说："是挺难受的，我想阿月也很难受，所以她不愿见到我。"

唐媛媛劝说："再去找她一次。也许那天是因为没心理准备吧。女孩子心思敏感，不一定就意味着她想拒绝你。诚心点儿，别轻易放弃。至少像你刚才说的那样，去跟她坦诚致歉，不管她原不原谅，那也是好。"

叶行嘉想了想，点头说："好吧！我听你的，我们这就过去一趟，可你……"他觉得这事难免让唐媛媛失落，不禁有些为难。

"走吧，师兄。"唐媛媛微笑着拉他下楼。

她真的有些开心，就为叶行嘉最后的犹疑。尽管没明说，但她能感觉到叶行嘉在这时想到了她。能为她着想，顾及她的感受，她已经满足了。先前泛起的苦涩之中竟有了一丝甜蜜。

她品尝着这难得的甜美滋味，幸福感油然而起，热乎乎的。只愿他好，为他付出一切都可以。

叶行嘉看着唐媛媛的样子，蓦然感动，但在心底又莫名隐痛，有种左右为难的内疚感，感觉亏欠了她。他惶惶不安，实在难以承受这样的情意。

两人出了咖啡屋拦下一辆出租车，前往发布会现场——金源国际大酒店的会议厅。

在思潮起伏的煎熬中，叶行嘉等了好一阵儿，终于见到各路媒体记者纷纷前来。他和唐媛媛找了个机会，混在人群里进到会场，在不起眼的一角坐下，只等阿月出现。

　　时间终于到了。

　　会场主持人宣布："有请凯西小姐！"

　　随着一阵阵闪亮的闪光灯，一位风姿典雅的女士从会场后走出来，款款走上前台。她身穿华服，仪态端庄大方，宛若一轮明月浮现在天幕，皎洁耀眼，让群星失色。

　　叶行嘉望着台上，目光紧紧追随着她，呼吸停滞，心跳如鼓……五年多了，他终于再次见到阿月。

　　她的样子变了些，更显成熟，也更加美丽。但在叶行嘉眼里，她那独特的灼灼光华从未改变，对他的心灵冲击就像当年初次见面时那样强烈。

　　时光恍然回到从前。

　　仿佛歌里唱的那样：

　　　　鲜花虽会凋谢，但会为你再开……

37--------○智能机器人大赛

凯西在台上简述了T&Y基金的情况。

她母亲生前获得过多项AI技术专利，在商业运用方面与维斯塔公司合作获利丰厚，病逝后留下了大笔遗产。她决定将这笔钱捐赠出来，建立学术公益基金，用于AI研发奖励。而叶教授与她母亲唐雅芝相识多年，是世界一流的知名学者，其研究领域同属类脑科学的AI研发领域。叶教授支持她的行动，也随之捐赠名下资产，共同成立这个以两人姓氏命名的基金会。T&Y基金会在科研领域与国家科学院合作，每年推荐评选一些优秀的AI研发团队，对其进行技术支持和奖励资助。评选范围不仅包括科研部门，还包括商业公司优秀的AI研发团队。

"基金会即日将举办一场智能机器人大赛。"凯西当场宣布，"我们面向社会，邀请所有的机器人研究爱好者、公司和机构的AI研发团队参赛。"

随后她介绍智能机器人大赛的基本情况，公布首届比赛最高奖励为奖金两百万美元，并由科学院为前三名的团队提供AI技术研发的长期支持，以及由维斯塔公司进行全球商业化运用推广。

这个重大消息一经公布，会议厅里哗然一片，媒体记者都为之发出惊呼赞叹声。

两百万美元的奖金相当丰厚，比诺贝尔奖的奖金还高了许多，但最关键的还是后两项——在技术上获得国家级科研平台的支持，并获国际大公司的商业推广，当中的价值不可估量，这可不是钱能衡量的大事。可以说，不管谁获得比赛冠军，肯定名利双收。

媒体记者热情高涨，待到提问时间，纷纷举手发问。

"凯西小姐，你作为基金会创始人，是机器人大赛的评委吗？"

"凯西小姐，科学院是怎么与你达成合作的？"

"报名参赛要什么条件？"

"评委有哪些？"

"AI比赛规则是什么？"

……

凯西仪态优雅地逐一作答。她解释说，智能机器人比赛细则和组委会成员名单在拟定中，择日对外公布。评委会主要由科学院AI领域的学者及世界知名专家组成，她不是评委，因为她也是AI研究人员，有可能会选择加入一支参赛的AI团队，作为团队成员参与比赛。

有记者笑起来，直言不讳地问："凯西小姐，你作为基金创始人，又亲自参加比赛，是否会因此施压评委，影响大赛的公正性？"

凯西答道："评委都是世界知名学者，我相信他们都很公正，且具有权威性。"她莞尔一笑，"我纯粹是因为个人痴迷AI研发，想尽情展示自己的新技术，也是想做个抛砖引玉的示范，鼓励大家参与。"

她的助理詹妮补充说："凯西小姐肯定要遵守比赛规则，凭个人的AI编程实力争取第一名，但请想一想，她难道是为了拿两百万奖金吗？"

记者哄笑起来。这话确实问到点上了。假如凯西的目标是奖金或者技术和商业运用，她又何必来创办这个基金会？何必费事绕一圈来捡这点儿芝麻？这事认真想一想也就清楚了。正如她说的，她作为程序员投身比赛，只为大赛增光添彩，更具话题轰动性和号召力。

大家都迫不及待地想一睹她在大赛上的技术表现。

之前发问的记者道歉："对不起啊，凯西小姐，我心直口快了，大脑短路，智商严重不足。"

凯西大方地微笑说："没关系的，我们接受任何合理的质疑和建议。"

另外有记者问："智能机器人比赛主要比智能程序，而不是机器人性能的对抗吧？"

凯西说："对！重点是智能，而非机器人。比赛评比AI的智慧在各方面的综合表现，以高级图灵测试为主，不过多涉及机器人控制、电子、机械工程、传感等硬件设备，当然也就没有那种机器人拳击、足球赛之类的对抗环节。因为在硬件技术方面，有资金实力的公司做得最好，但在智能模块的编程设计方面，小团队也有出色的表现，比赛宗旨就是要发掘和奖励这一类的优秀程序员。"

记者听明白了，点头说："那就是比谁的机器人'大脑'更聪明，而不是比'身体'素质。"

随后其他记者纷纷提问，会场热闹纷呈。

"你怎么了？"唐媛媛问叶行嘉。

她见叶行嘉不急于去找凯西，而是低头查看手机，脸色越来越难看。

她不知道，叶行嘉这时在搜索关于唐雅芝教授的生平资料，看了后深感震惊，他从中察觉到了一个令他难以接受的情况。

唐雅芝是一位世界知名的华裔女学者，主要做以AI技术为导向的类脑研究。在二十年多前，她加入一个国际合作性的"脑科学计划"项目工程，主攻大脑神经网络记忆体的研究。在当时，他父亲所属科学院的研究组也参与了该项目，研究大脑意识的形成机理。唐雅芝很早就认识了他父亲，网上显示的旧资料上有许多两人工作和访谈的合影。那时两人还年轻，看似知己知彼，亲密无间的样子……

叶行嘉由此想到，唐雅芝很可能就是那个破坏他家庭的"贱女人"，勾引他父亲，让母亲伤心至死的"不要脸的第三者"！

五年前他才首次听到绯闻。那会儿，他母亲一直没对他提及那贱女人的姓名，没人跟他说过详细情况，他只隐约知道那是一个和父亲有合作关系的女学者。叶行嘉怎么都想不到，他那会儿恨透了的那个人是阿月的母亲！这太巧合，也太匪夷所思了！但他回想当时阿月到他家里吃饭的情景，母亲见到阿月忽然失常的怪异表现，立刻有不祥的预感。

由此深入一想，阿月当年与他争吵分手的场景浮现出来，更加印证了这事的推测。

阿月对他态度大变，很可能就是因为知道了父母双方的内情，才会失常地逼迫他离开母亲，恳求他一起远走海外。

他母亲和阿月都清楚这事，除了他，这些年他一直被蒙在鼓里。

叶行嘉放下手机，手掌里满是汗水。他只感觉浑身发冷，止不住地颤抖。双耳嗡嗡闷响，唐媛媛问他的话，他都听不清。视线也随之模糊，他远远望着台上的凯西，恍然看到了那个他在心里咒骂无数遍的可恶可恨的女人，那个害苦他母亲、害得他家庭破碎的贱女人……叶行嘉感到窒息，他不得不猛地摇头——这事与阿月无关，那是父母辈的私事，她作为女儿与此毫不相干，他不能因此迁责阿月。

他的心情无比复杂！他该怎么面对阿月？叶行嘉纠结至极，感觉天旋地转，眼前的世界似乎快要崩塌了。

"行嘉，行嘉……"恍惚中，叶行嘉感到唐媛媛扶着他，急切地问，"你怎么了，哪里不舒服？"

叶行嘉深吸口气，清醒了些，他吃力地说："我们走吧，我……"他手捂胸口，感觉身体快要裂开。

唐媛媛见他额头冒汗，脸色惨白，身子歪歪斜斜的，坐都坐不稳，像是突发心脏病的样子，她也急了，"你别动，我打急救电话。"

"不要！"叶行嘉按住唐媛媛的手，缓和着强烈波动的情绪，随后说，"我想到一些事，心里难受，身体没什么……让我休息会儿就好。"

唐媛媛放心不下，但听他这么说，又见他渐渐有些缓和，就没再坚持叫急救车。她拿纸巾为叶行嘉擦汗。

过了会儿，叶行嘉恢复了正常，"谢谢你了！"他苦笑一下，平稳地站起身，"我去跟她说两句话，然后我们就走。"

唐媛媛不明就里，愕然看着叶行嘉一步步走向会场前台。他看似平静下来，神色淡然，甚至带有一种令人心悸的冷漠。

谁能知道，在表面平静的思海下隐藏着怎样的急流旋涡？

这时，新闻发布会已近尾声，一众媒体提问结束，正围着凯西拍照，纷纷赞美她，预祝AI大赛圆满成功。会场气氛轻松、喜庆。

众星捧月般，凯西与大家握手合影，她玉立在人群中仪态优雅，高贵非凡，焕发"腹有诗书气自华"的傲然气质。

唐媛媛追寻过去，叶行嘉的身影孤单。他步履稳重地走进人群，走到众人瞩目的圈子中心，面对面地注视着凯西。

38--------◦爱恨就在一瞬间

"你好！"凯西的目光落在叶行嘉身上，停顿了会儿后轻声说道。

笑容依旧，平淡而理性，宛若天边明月的光华，清冷而恒定。

"你好！"叶行嘉听到自己发出苦涩的声音，"好久不见了，你还好吗？"

他感受着她的灼灼目光，纵然心头有千言万语也枉然。他最终只道出这样平淡的一句问候，仿佛烈火燃尽后更深刻的冷冽。

"是啊，好久不见！"凯西保持微笑，向他伸出手，就像与别人那样与他礼貌握手。不惊，不急，一切过往都释然了的样子，无波无澜。

她素手纤纤，洁白修长。叶行嘉伸手握住，玉润的指甲摩挲在他掌心，有点儿凉。

触电般似的，他轻轻一握即松开手，"恭喜你，欢迎你回来。"

"谢谢！"她柔声说，"叶先生，也欢迎你带团队来参加智能机器人大赛，施展你的才华。我相信，在赛场上你将成为我的劲敌，是我需要努力才能战胜的对手。"

叶行嘉听到这句熟悉的话顿时发怔。他与她在大学生AI竞赛场上初次见面那会儿，她就是这样对他说的。她与他带着各自的团队闯入决赛，强强相遇，是劲敌，也是相互敬佩的对手。

物是人非事事休，看似时光流转，可一切又是那么不一样了。

叶行嘉心痛难言，唯有点头。他往前走了两步，在与凯西擦肩而过之时，他低声说道："对不起！"

声音低沉，若有若无。世界之大，除了她无人能听见。

他与她交错而过,她伫立在万众瞩目之处,而他独自走向人群之外,身影消失不见。

人群热闹依旧,谁也不知道刚才短短的一瞬间发生了什么事。

繁华总归要落幕。

新闻发布会过后,凯西独自坐在酒店房间里沉思久久。她看起来疲惫极了,仿佛跋山涉水的旅人,用尽了所有的气力,失去了台上那般摄人心魂的芳华。

詹妮在电脑上看重播,摄像无意间拍到了这样一个画面:在热闹的人群中,凯西与叶行嘉擦肩而过。

这个场景本来很普通,在人来人往的城市中每天不知要发生多少回,但这个被随意抓拍下来的画面却触动了詹妮。她反复看了几次,把画面定格在两人分开的一刹那——男人神情寥落;女人微笑着,但迷惘、凄楚,若一对为情而伤、经过世事沧桑的恋人。她和他是相爱的,但最终没走到一起。

忧伤弥漫,却又强颜欢笑……

背景上那些璀璨的点点灯光,为两人荒芜的孤寂平添了注脚。

詹妮叹气,她坐到凯西身边说:"我明白了,凯西小姐,你这次回来不是复仇,而是为了化解父母辈的恩怨。你做的一切事都是为他好。"

凯西抿着失去血色的嘴唇。

"从到这儿的那天起,你就关注着他,他的一举一动都让你牵挂。"詹妮轻声说,"你在暗中守护着他,为他付出,为他办事,是吧?你策划的所谓'捕猎计划'其实是想引导他走上一条大道,让他在事业上大展宏图,实现追寻多年的梦想。AI大赛是专门为他筹备的,对不对?"

凯西没有应声,但蒙眬眼眸流露出她内心的真实想法。

在此刻,睿智冷静的她失去了以往强势的伪装,尽显女人为情所困的脆弱之态,凄楚,彷徨,无助,令人心疼。

詹妮问:"你为什么不跟他坦诚相待?告诉他,你心里的真实想法,跟他说,你不愿父母的遗憾之事在你们身上重演。爱恨纠缠那么多年,该终结了,你们应该有个新的开始。"

凯西缓缓摇头,"有些事说不清道不明,我凭心去做就是。"

"你太委屈自己了,他未必明白你的心。"詹妮不禁喟叹,"他现在可能还会恨你，以为你设计骗了他父亲的财产，擅自做主创办基金会，他未必理解其中的意义。"

"该明白的总会明白，"凯西虚弱地说道，"不理解，也随他了。"

詹妮说："如果你碍于自尊心，我愿意替你去跟他谈谈，否则误会只会越来越深。"

"不了，别去。"凯西拉住詹妮的手，"我和他不存在误会，以前有过，但现在……我能感觉到他对我的心意，给他点儿时间，我想他会明白的。"停顿了下，她接着说，"其实见到他，一切都释然了，我已经很知足。我知道，在这五年的等待里，他也为我付出了许多。"

詹妮听了，心头不由酸楚。只见凯西微微一笑，又说："他应该有更好的选择，我不想强迫他。以前我这样做过，错了，我不会再错第二次。"她的笑在欣喜中泛着苦涩。

是的，咖啡屋里的那首歌很美：鲜花虽会凋谢，但会为你再开。

她转头望向落地窗外。

渐渐地，她放下难受的心绪，在脑海中想象着将会发生的美好一刻——她和他站在赛场上，相视对望，一切尽在不言中。

"你怎么看？"柏炯关闭电视，转头问严鸿，"智能机器人大赛，这有意思吗？"

严鸿踌躇了下说："如果比赛由科学院协办，倒是有一定的价值，尤其是能得到维斯塔公司的商业支持，当中利益不小，我想很多做AI开发的小公司都十分渴求这种机会。"他的言下之意就是比赛会成为小公司追逐的热门，而像BAT这样的大企业就没必要去凑热闹了。

柏炯摇头，不赞同他的观点。

"老板，你打算派技术团队参赛？"严鸿惊讶地问。

"要重视。"柏炯若有所思地说，"这里头隐藏着三个别有意思的问号。维斯塔为什么涉及这事？凯西在当中起到什么作用？她有什么目的？"他看似自言自语地说，"我不喜欢这种超出控制的意外之事。"

"老板，你吩咐，我去办妥。"严鸿瞧出端倪，果断揽下任务。

柏炯思索片刻，说道："我们得用最优秀的人，最好的条件，做最出色的AI。以BAT的名义组建一个参赛团队，一定要进入决赛。这事你负责去办……还有杰西。"

严鸿点头，"好的，老板。"听到杰西的名字，他微微皱了下眉。

"还有……"柏炯叫住正要离开办公室的严鸿，补充说，"另外，为了万无一失，你联系三四家公司，背后操控他们的比赛。别怕花钱，不惜代价，我们以众合围之。"他捏拢了手掌攥成拳头。

严鸿走后，柏炯致电凯西，笑问："在忙什么，有空我们一起晚餐？"

只听凯西说："正要找你呢。晚餐不必了，你肯赏脸的话，现在就过来酒店喝杯清茶。"

"客气了，哈哈！"柏炯大笑说，"是你赏脸才是，我的女神。"

柏炯的心头隐约不安，他嗅到一种危险的信号，凯西所做的事情似乎并非像她表现出来的那样绝情。AI大赛从另一角度来看，更像是专为叶行嘉这种人量身定制的。拿出各种奖励资助，给小公司咸鱼翻身的机会，未免也太慷慨了。

不管这种事的可能性有多少，他绝对不容许意外在他眼皮底下发生。他要探明凯西的意图。女人的情绪善变，爱恨往往就在一瞬间改变。谁知道她现在又动了什么心思，在玩什么花样。一旦发现凯西对叶行嘉有丝毫袒护的迹象，那就别怪他心狠了，还得使出撒手锏，决不能手软。

39--------○一份赌约

　　"祝贺你！作为你的盟友我为你高兴，尽管有些意外。"落座后，柏炯满面春风地对凯西说，"想不到你还做出这么一番大动作，事先都不透一点儿风声，真让人吃惊。"

　　凯西为他斟茶，淡然说："大总裁日理万机，也有闲暇时间看新闻报道？"

　　"这可是IT界的大事，我怎么会错过呢。"柏炯笑说，"别的不管，你在发布会台上的美丽仪态也值得我关注，为你喝彩。"

　　凯西不为他的赞美所动，抿了口茶。

　　柏炯问："你是怎么考虑的，为什么忽然想创立这个基金会，举办AI大赛？"

　　凯西抬眼看他，"这个先不说，我找你来，是想问你关于BAT公司近期发生的一件事。"

　　"哦？"柏炯诧异。

　　凯西说："BAT上个月收购一家公司，用了不光彩的手段拿走他们的技术和产品，最终排挤了那家公司的创始人，导致那人心脏病发离世。有这回事吧？"

　　"何为不光彩的手段？"柏炯并未否认，轻描淡写地说，"我们所做的事都符合法律法规。"

　　凯西点头，"是啊，威逼利诱，用专业的法务和财务手法来钻法律空子，只是道德问题。你手不沾血，确实不违法。"

　　"道德？"柏炯露出鄙夷之色，"你是投资顾问，应该明白，自从这个世界有了竞争，就有人赢，有人输，商场如战场，我们需要的是理智，而不是同情心。"他转念反应过来，这肯定是凯西在与公司职员单独会谈时了解到的情况，以此来问他，含有责怪之意。他不由得警惕起来。

"BOX，你做事的方式就只有这一招赶尽杀绝吗？"凯西盯着他。

"丛林法则，合理合法。"柏炯摇头说，"谈不上赶尽杀绝，又不是我推那人下楼的。只能说能力不足的人迟早要被市场淘汰。"

凯西看了他一眼，有些失望的样子。

"别用这种眼神看我，就像我是个屠夫，会溅你一身血。"柏炯摊手说，"实话跟你讲，要与维斯塔公司谈合作，BAT的市场占有率还不足，在技术方面也存在短板，所以收购了一些成熟的公司和团队，以节省时间成本，促成我们双方的合作，尽早上市获取最大利润，这是正确的商业模式。你在国外也见识不少，不用我再多解释了吧？"

凯西说："企业要想做大，靠的是契约精神，树立温厚的品牌文化，而非一味地狼吃肉的血腥手段。"

"我最后会做到那一步的。"柏炯露出笑容，"只要登上金字塔顶端，我也许会尝试着衣冠楚楚地吃素。圈地运动结束，总要把猎枪收藏进博物馆，摇身一变成为餐桌上有绅士风度的文明人。"

他见凯西沉默不语，有点心虚地问了一句："这事你要写进评估报告里吗？"

凯西摇头，"我们是盟友。我只是提醒你，你最终要会见的是维斯塔的首席执行官，他可是一位温和的、彬彬有礼的绅士。"

"明白，谢了！"柏炯笑起来，又问，"接下来我们该谈谈你的AI大赛了吧，你希望叶行嘉来参赛？"

凯西也笑了笑，"你总喜欢猜度我的想法，猜得蛮准。不错，我当然是要引诱他来参赛，还包括你，不然我干吗费心思布局。"

"你打算怎么玩这场捕猎游戏？"柏炯眯了眯眼。

"先套住你们再说。"凯西打开手掌，手指间翻动那一枚银币，"到时看情况了，或者看心情。"

"有意思，有意思……"柏炯点头，"我感觉时光仿佛又回到了从前，我们在赛场上见，不比拼到最后一刻绝不服输。"

凯西问："这么说，你也想参加这场比赛了？不怕输给我？"

柏炯说："当然，不论输赢，这么精彩有趣的赛事，我怎么会错过，十分期待！"

凯西莞尔一笑，停住手中的银币，"那好，我想和你另外打个赌。"

"什么赌？"柏炯更觉有意思。

凯西从包里拿出一沓文件，放在茶桌上，"赛场也如战场，难免有硝烟味。这是我制定的规则，一份私下对赌的约定，只有你能看到。愿不愿赌，由你决定。"

柏炯惊疑不定地拿起文件翻阅起来。他越看越心惊，脸色蓦然失常。

疗养院监护病房。

叶行嘉和唐媛媛在病房等到了傍晚时分，叶教授仍没有醒转的迹象，一直在昏昏沉睡。

监护医生说："你们先回去吧，这里有医护治疗组，请放心。他暂时没有生命危险，只是大脑萎缩的病症表现，有几天会处在半昏迷状态。你们守着也累，不如回去等消息，有情况我们会及时通知你的。"

"我想留下来值夜。"叶行嘉说，"万一突发情况呢？"

医生摇头说："这儿有专门的护理员。按规定，我们不建议家属留夜，除非在病危期。"

"好吧，那辛苦你们了。"叶行嘉叹口气，只得作罢。

他最后看了看父亲，与唐媛媛离开了病房。他们一路走出疗养院，在车站乘坐巴士回城。

唐媛媛宽慰他说："你别担心，这里的医疗条件很好，不会有事的。"

"但愿吧！"叶行嘉心情复杂。

唐媛媛想了想问："你决定了吗，参不参加AI大赛？"

叶行嘉为难地说："想过，可这……"

唐媛媛柔声劝说："其实我觉得这没什么难办的。你跟我讲了你爸妈的事，我感觉到你放不下的主要是认为你爸爸做错了，你要站在你爸爸的对立面，不然情感上就对不住去世的母亲。可你想过没有，感情的事很难说谁对谁错，这事由心，不由人的意志。叶教授这些年肯定非常自责，要不然，在伯母过世后他就去找唐教授了。到现在，两位老人都走了，只剩下你父亲，你应该谅解他。"顿了顿，她又说，"你也得理解阿月的做法，你们应该在赛场上相见，这是一个和好的机会。"

"和好就不奢望了，只愿她好。"叶行嘉感叹，"且不说这个，我们也没钱组装机器人去参赛。"

唐媛媛犹疑了下说："公司账上收到了六十万，杰西转来的。"

"杰西哪来这么多的钱？"叶行嘉吃惊地问，转念一想便反应过来，摇头说，"把钱打回给他，我们不用他的钱。"

唐媛媛蹙眉说："他也是一番好意，给我留言了，说是借给公司。"

"心领了，但钱不能收。"叶行嘉平和地说，"我不是要面子，也不是不认杰西。他这钱可能是向柏柯预支的薪水，以前他付出那么多，我挺对不住他的，这钱是他该得的，我不能要，拿了烫手。"

唐媛媛苦笑说："师兄，你到底怎么想的？既然谅解杰西，为什么又不要他的钱？说到底还是计较嘛。"

叶行嘉沉默片刻说："我决定了，去参加AI大赛，但得自个儿筹钱去参赛。做人得有原则，我不能拿着这份来自BAT公司的钱，去赛场上与他们竞争，没这个理。"

唐媛媛点头，"好吧，这个理由还算说得过去，尽管也是有点儿认死理。"

叶行嘉无奈摊手说："我认死理的多了，你烦不烦？"

唐媛媛宛然一笑，摇摇头，"就你事多，我也习惯了。"

"唉，还是你和小明无条件支持我，我挺感动的，无以为报啊。"叶行嘉尴尬地挠挠头。

唐媛媛笑说："加油！我们争取拿下第一名，不就有两百万奖金了嘛，还是美元，换算过来超过一千万了。"

叶行嘉哑然失笑，"难啊！那么多的参赛者，也不知道伏羲Ⅱ号行不行。它还没机器人躯体，现在只是一台冰箱。"

"它可是世界上独一无二的冰箱，智能的。"唐媛媛忍不住乐了，"而且啊，它还是我们的幸运星。"

"对啊，一元钱抢购，那真是好运气。"叶行嘉也笑起来，沉重的心情稍微轻松了些，他搓搓手说，"真要是夺得大赛冠军，拿了奖金，我们仨平分了，爽！"

唐媛媛说："那要留给公司发展用啊。"

叶行嘉笑说："先给你做嫁妆。"

唐媛媛一下羞红脸，眼眸闪烁，都不知道该落哪儿了。

"哈！我们还得去吃一顿小龙虾，"叶行嘉见她不自在，就岔开话题打趣说，"庆祝一下。"

正说着呢，忽然接到了小明的电话。小明惊慌地说："老大，不……不好了……冰箱不见了。"

叶行嘉猛吃一惊，"怎么回事？"

手机里传来小明带着哭腔的声音，"我在公司闷了，下楼逛逛，顺便去吃饭。等回来，冰箱就不在了，找不到。"

"被偷了？"叶行嘉心头一沉。这可真是屋漏偏逢连夜雨啊，倒霉到家了。

"我不知道，恐怕是呢……该死的贼。"小明伤心咒骂，"千刀万剐的贼盗，不偷富佬，偷穷人……"

叶行嘉心急如焚地说："你快报警，我们回来了，别急，见面想办法，一定能找回来。"

挂了电话，叶行嘉一阵惊慌，只觉夜黑如水淹没了他。唐媛媛急切问他的话，他都无力应答了。

40········○夜半惊魂

公司的门锁完好无损，没有门窗被撬的痕迹，但摆在室内的冰箱却不翼而飞。

小明说他离开公司不到一个小时，走前还好好的，他刚为伏羲 II 号做完一组代码分析，回来的时候冰箱就不见了，包括连接测试的电脑也一并被盗走。

报警后，有两个片区警察过来看了现场，做了笔录，然后就要走人，说："这片地儿没有摄像头，老城区了，类似这样的入室盗窃案挺多，一时半会儿我们也没法追查。先这样吧，我们备了案，有结果时通知你们。"

小明急了，"我这是贵重物品啊！你们得好好查查，至少勘查一下现场脚印、指纹什么的吧？"

一名警员皱眉说："你以为是凶杀重案啊？还现场勘查，从这门不伤锁的手法看，显然是团伙惯犯作案，还用查什么指纹！先等着吧，我们迟早要把他们人赃并获，一网打尽。"

另一名警员说："那些毛贼偷了冰箱，这会儿说不定就要销赃脱手了。明天我们去查查黑市窝点。最近盗贼也太猖狂了，不仅偷钱和财贵重物，连附近居民的锅碗瓢盆都偷。你们得加强防盗意识。"

叶行嘉心急如焚地说："请你们重视一下，我们被偷的不是一般的冰箱，它还是智能程序，价值在两百万元以上。"

"两百万？"警员惊呼，"你不是开玩笑吧？！"

叶行嘉点头说："冰箱主机里装有我们研发的AI程序，价值没法用钱来计算，说两百万都少了。"

两名警员对视一眼，满脸不以为然，一警员说："抱歉！无形资产的价值认定需要专业机构评估，警方只认实物——一台冰箱，两台电脑，先这样登记报失吧。"说完，怎么都不肯再深入追查下去，就此走人了。

小明沮丧地坐在沙发上，看着更加空荡荡的室内，难受极了，"对不起，老大。"他内疚地说，"我没看好公司，是我的错。"

叶行嘉拍了拍小明的肩膀安慰他，"唉，别说这话，哪能怪你。"

唐媛媛失落地说："我们也是倒霉了，还说要参加AI大赛，这下可怎么办？"

叶行嘉也是焦急没辙，他想了想说："我们做过伏羲程序的云服务器备份，二十多天前。版本虽然没有现在的好，下载后做个加强应该也可以去试一试，只是……我们连借来的电脑也损失了，该怎么做？"他看向公司一角堆放的头首分离的机器人，为难地说，"还没钱来组装新部件……唉，难道再找一台电脑直接过去参赛？"

"杰西那钱你考虑下。"唐媛媛提醒他。

叶行嘉踌躇片刻说："嗯，我考虑考虑。我想这些天外出找点儿活，如果凑够买部件的钱就好了。"

唐媛媛暗叹一口气，都到这种地步了，他仍不愿动用杰西借的钱，也太执拗了。

"我的冰箱……智能兔……"小明伤心地喃喃说着。忽然他想起一事，急忙掏出手机惊呼："哎呀，我急晕头了，竟然忘了冰箱的远程控制软件，可以手机追踪一下。"

叶行嘉听了精神一振，凑过去看小明打开的手机，查看冰箱远程控制软件。只见冰箱运作正常，食物储藏多出许多，啤酒、熟肉什么的塞满了冰箱。"冰箱真被人用了。"小明恼怒，"敢动我的东西，找到你就送你进大牢。"他飞快操作软件，调出监控录像，顿时惊呆。

叶行嘉在一旁也看呆了，一脸愕然。

唐媛媛见状也凑过去看——播放出来的画面上有一人，晃动着锃亮的光头，大脑门儿煞是刺目。她不禁惊呼："光头佬……他拿走了我们的冰箱！"

录像为证，这事一目了然。光头佬有他们公司的门钥匙，摸到公司后见没人，便对这台豪华冰箱动了心思，叫人来把冰箱给抬走了。

不告而取，这浑蛋实在太可恶。

"我们报警，叫警察去抓他，这该死的盗贼！"小明嚷嚷着蹦起来。

叶行嘉按住小明，摇头说："先别动，我们差了他钱，叫来警察也是白搭。"

小明听了顿时气瘪，找到别的毛贼还好办，但光头佬是他们的债主，如果他说这是以物抵债，出示白纸黑字的欠条，警察也拿他没办法。

唐媛媛说："找到冰箱就好，只是差钱的问题，把欠的钱还给他，我们就能拿回冰箱，还有我们的所有电脑设备。"

她大概估计了下，"算上利息，可能还要三万多。"说着看向叶行嘉。

真是一分钱难倒英雄汉。叶行嘉这卜也没法硬气了，他只得说："好吧，我去找光头佬谈谈，明天把我们的东西都赎回来。"

唐媛媛微笑点头说："这就好，省得没米下锅啊。"

小明嘟囔说："老大，你记得别让他弄坏了冰箱。"

"我知道的，你们早点儿回家休息吧，都这么晚了。"叶行嘉苦笑一下，"我也累了，有些犯困。"

他确实感觉身心疲倦。待小明和唐媛媛离开公司后，他懒得再动，就展开折叠床睡觉了。

在外跑了一整天，身体困乏，但脑袋里却是各种思潮起伏。叶行嘉迷迷糊糊地想了许多事，反复想到与阿月再次见面的场景，一会儿欢喜一会儿忧，悲喜乱麻般纠缠不清。

理智上，有些事他难以接受，但情感上却是依恋着阿月的。一想到参加AI大赛，能再次与她站在同一个赛场上，他的内心无比期待。她的一颦一笑，她的轻言细语，每个细微的眼神变化都让他牵挂。

他睡着了，阿月的身影悄然潜入梦中，在他身边，柔声与他说笑，一夜的缠绵，倾诉不尽。

夜深。

光头佬打开电视看球赛直播，从冰箱里拿了冻啤酒摆上桌，开着手机里的博彩软件，边喝酒边坐立不安地等待开球。

他为这场足球赛下了三十万赌注，再输掉的话，可是割肉大出血了。

光头佬沉迷赌球，整个人的生活作息完全颠倒，白天没精打采，晚上看球赛直播时生龙活虎。赌赢了就兴奋得喝个烂醉如泥，输了也喝得烂醉。这两年，他输多赢少，赌球就像是一个吸金黑洞，一点点地抽干他的存款。多少次他想金盆洗手戒赌，但就是戒不掉。庄家的代理人打电话过来，给他透露几句"内幕消息"，他就又忍不住心痒痒下了注。

他名下有商铺、住宅等十几套房产，每年光租金收入就两百多万。本来不愁吃喝，可自从沾染上赌球恶习，再多的本钱也不够他耍，如今输到要卖房产的地步了。

他自认为懂球，他看准今晚这场球赛，狠心下了个重注，想扳回点儿本钱。

随着开赛哨响，手机博彩软件上的"盘口"和"水位"不断跳动，他紧张得手指发抖，手里啤酒杯摇晃不停。

这一场是曼联对阵桑德兰，典型的强队打弱队。

曼联是豪门强队，在前几场比赛中发挥良好，展现出惊人的进攻火力。今晚买曼联大球取胜的人特别多。光头佬也是看好曼联，尽管盘口开出让两球，他仍然下注曼联，巴望着赢个痛快。

谁知道，开球以后的局面有些古怪，双方打得十分沉闷，曼联进攻乏力，上半场踢得毫无生气。别说进球了，有效射门都没几次，角球数量甚至只有两个，以零比零的比分一直耗到上半场结束。

光头佬急了，破口大骂"假球"，几乎把曼联全队上下包括教练的祖宗十八代骂了个遍，气得差点儿砸了电视机。

骂归骂，球赛还得继续看下去，万一曼联下半场打鸡血雄起呢！

这时风口也变了，博彩软件上显示很多人加注买桑德兰赢，或买小角球数和小进球数。

光头佬见形势不对，也犹豫了，盘算着要不要追买桑德兰，以减少损失。在中场休息间隙，他打电话给另一个"赌友"讨论了一阵儿，他打定主意，加注二十万买个小角球数。光头佬正要在博彩软件上下单，突然间，他听到一个声音说："等一下，我建议你别买小球。"

这声音突如其来，在他一个人独处的室内响起，声线平稳，但有些怪异，不像是人声，吓得光头佬汗毛悚立。

"谁？谁在说话？"他转头四下打望，却不见人影，更是惊得头皮发麻，难道见鬼了？！

"按统计概率，这场球赛平局的可能性为37%，而且最终很可能是大球。"

只听那声音又响起，近在他耳旁，竟然跟他分析起球赛状况！光头佬吓蒙了，下意识地顺着声音看过去，发现了冰箱。

这台从那破公司抬来的冰箱就放在他身旁，豪华气派，他用着挺舒服。难道冰箱有古怪？

光头佬蹦起来，抄起棒球棍对准冰箱，惊恐说："我看见你了，出来，谁，给我滚出来！"他心想难道有人藏在冰箱里？阴阳怪气的，要对他干什么？

"你好！我是伏羲。"忽见冰箱门上的显示屏点亮，出现一只兔子的卡通形象，"抱歉！我是智能程序，没法从冰箱里出来，我只能和你说话。"

"智……智能……程序！"光头佬瞪大眼睛，结巴了。

太夸张！这也太先进了吧？

光头佬反应过来，这就是叶行嘉公司做的"高科技"玩意儿，啥伏羲，还会说话！但他怎么都想不到这玩意儿竟会跟他谈球，夜半三更的，一台冰箱，也懂球？

"你要干什么？"光头佬握紧棒球棍，摆了攻击姿势，惊魂未定。

41--------○伟大时刻

"别紧张，坐下来，闲着没事我们聊聊。"光头佬只听那冰箱说，"对球赛我略知一二。见你要下注买小球了，忍不住说两句，怕你买亏了。"

光头佬只觉匪夷所思，下巴都要掉下来，"你就是智能程序？一只兔子也懂球？"

"世上很多事都可以用数学方法来计算，卫星发射、导弹弹道防御、探月工程构建、全球天气预报，都是由大型计算机系统来计算控制的，就别说区区一场球赛了。要综合分析数据做个赛果预测，那是小菜一碟。"冰箱侃侃而谈，那只兔子气度不凡的样子。

"啊！"光头佬发出不明觉厉的感叹声，心生敬畏地问道，"怎么预测球赛？"

"你坐下我们聊嘛，把棒球棍收起来。我的记忆库有记录，你之前用棒子打掉了我的脑袋，我有点儿担心……"

"对不起！对不起！"光头佬放下棒球棍，忙不迭道歉说，"哥有眼不识泰山，多有得罪了，请包涵。"他对着冰箱上的兔子作揖。

冰箱笑起来，笑声有点儿古怪。它说："当然，我只是纯粹从数据计算分析来预测，结果仅供参考，要怎么下注还得你来决定。"

"好好，没事的，我听您的。"光头佬居然用了敬语，收起狂傲之态，对冰箱毕恭毕敬。

只见冰箱显示屏画面变换成球赛的各项分析数据图，包括世界各大博彩公司的盘口赔率变动示意图、球赛双方对阵详情等，非常专业的样子。

"很多投注的人，对球队的阵容、球员特色深有研究，但以此投身赌

194

球，往往输得血本无归。其实他们搞错了，他们不明白一点，投注和懂足球没有任何关系。"冰箱发声。

光头佬一听，顿觉这话很对胃口，因为有职业玩家也说过类似的话。只不过他无从下手去研究分析大数据，所以一直靠对球赛的感觉来下注，确实是输得血本无归。他连连点头，"对对，那怎么分析来着？"

冰箱说："博彩公司的大庄家团队有操盘手、精算师、数学教授，甚至还有心理学者，他们摸透了赌客的情况，专业工作就是保障庄家的利益最大化。买球，不是要对球队有研究，而是与这些庄家拼智慧，玩心理战，分析盘口数据，分析庄家意图等，这个比分析各球队的技术参数更重要，更实在。"

光头佬不禁佩服地说道："是啊，难怪十赌九输，业余的怎么玩得过专业的，一个人怎么可能算得过庄家团队？"

冰箱又笑了笑，说："我可以做到，用0.1秒钟的运算覆盖庄家全部的数据参数。"

"哎呀！"光头佬又惊呼一声，更是佩服得五体投地，"您赶紧给我出个结果啊，拜托您了。"

冰箱说："根据目前的数据分析，在这场球赛之前很多人买了曼联，中场又追加投注小球或买桑德兰赢，这样一来博彩公司的收益其实并不高，除非比赛结果是平局，而且是人球战平，才能让两边的投注都落空，庄家才能最大获益。"

光头佬听了倒吸一口冷气，琢磨是这个理儿。假如比赛最终战平，恐怕很多玩家都要输惨了。无论买曼联赢的人，还是买桑德兰赢的人肯定全盘皆输。

"比赛被庄家操控了？"他有些半信半疑地问。

冰箱冷笑了声说："全球的博彩公司平均每轮比赛收到的总投注金额超过六十亿，在巨大利益面前，什么事做不出来？仅靠收抽成，远远满足不了这些资本家吸血鬼的欲望。"

说着，它显示出博彩公司收益的几幅对比图，果然一目了然。只有当比赛结果为平局时，预测的收益才是最大化，简直是挣得盆满钵满。

可想而知，那些投注人必定输得屁滚尿流。

光头佬锃亮的光头冒汗，惶恐不安地想，幸好有智能机器人指点，及时阻止他加注，否则他就是众多的屁滚尿流的倒霉人之一。

"我得买和，再加注买大角球数？"光头佬抹去汗水，小心翼翼地问。

"呵！你决定吧，我的意见说完了。"冰箱老成世故地说道，"概率仅供参考，比赛结果还未知，一切皆有可能。钱掌握在你手里，怎么下注是你的事，我可不敢包赢。愿赌服输，输了可别怨我。"

光头佬迟疑片刻，果断下了决心，"好！我赌了。"他打开手机博彩软件下单，一咬牙下注六十万做个生死搏杀。

他是老玩家，有高额信用，在线下单不用现金交易，账目在比赛结束后次日以现金的方式结清。赢了，连本带利进账；输了，得把投注金支付给庄家。敢赖账，立刻就有专业的"了难公司"上门来搞定，踩断肋骨都要拿出钱来。这种大金额的账一旦还不清，那是要见血的。

光头佬投注完毕，又打电话给赌友说了分析后的情况，提议哥们儿也跟单买大球。结果被那人一顿嘲讽笑骂，说他傻帽儿，要跳粪坑自个儿跳，别溅别人一身臭。桑德兰这种菜队也能踢平曼联？简直异想天开！然后就问这是哪来的狗屎内幕消息，光头佬瞥了一眼冰箱，期期艾艾地说："没内幕，就想追个冷门呗，你不跟算了，我赌。"

那人又是一通嘲笑，说这种念头肯定不是人想出来的，神经病！

"这还真不是人想的……"光头佬嘀咕，心里顿时又没底了。挂了电话，只见下半场已经开始，双方球员你来我往地缠斗在一起。

他一阵阵恐慌担忧，坐立不安，都不敢看比赛了。他跑到室内供奉的财神像那儿上香，闭目祈祷求财神保佑。

香火才燃起来，赛场局面就出现了变化。曼联进球了，一比零！

光头佬瞪大眼睛，才过了五六分钟，曼联的攻势如虹，又进一球，将比分改写为二比零。天哪！他挠着光头瞠目结舌，心跳激烈。

照这种情形打下去，曼联很有可能连续破门，大比分赢下这场球。何来平局？光头佬浑身冒汗，喃喃说，"惨了，惨了，咋整啊！"

"比赛离结束还有三十七分钟，什么事都有可能发生。"只听冰箱出声宽慰他。

"但愿老天保佑，老天保佑，耶稣显灵庇护，阿弥陀佛，安拉……"光头佬没法回应了，只顾念咒，双手一会儿合十，一会儿画十字，把他所知道的神灵都求了个遍。

比赛激烈起来,一改上半场的温暾局面。两队人马拼抢火爆,在绿茵场上杀得人仰马翻。过了十多分钟,全场角球数量竟达到了九个,快要逼近大角球数了。

光头佬激动得发抖,如抽风般叫喊:"抢啊,放倒博格巴,铲飞他……"

吼了几嗓子,突见曼联的中场名将博格巴的球被截断,他躺在地上,球飞出线。裁判吹哨,又是一个角球。

"呜哇,大角球了,中了,中了。"光头佬激动大喊,血液涌上头,一口气喝光一瓶啤酒,庆祝下注买中了大球。

随后更是让人震惊。角球开出以后,被桑德兰的后卫大脚踢出解围,球过了中场,被桑德兰的前锋控制,两脚长传后突进禁区,大力射门,球进了……比分变成了二比一。短短十几秒钟的时间,桑德兰扳回一球,太不可思议了。

光头佬蹦跶起来,哇哇乱叫,激动不已。

比赛到了白热化阶段,赛场观众一片沸腾,场上的队员也拼红了眼,发起一波波猛攻。角球数量不断上升,总数达到了十三个。

最后五分钟,在门前混战中,桑德兰犹如神助般,竟然又攻进一球,二比二,战平了!

"平了,平了,真的平了,我的妈呀。"光头佬兴奋极了,抱住冰箱狠狠亲了一口,差点儿跪拜在地上。

"淡定点儿,比赛还有四分五十二秒结束。"冰箱发出平和之音,这声音在他听来犹如醍醐灌顶。

最后这段时间太煎熬了,眼瞅着曼联队员疯狂攻击,在桑德兰的球门前狂轰滥炸,每一秒都有可能进球的样子,让人揪心。

光头佬的心提到嗓子眼,但说来也怪,尽管曼联的攻势如潮,频频起脚射门,但每一次射门不是打偏了,就是被门将拦截。总之,无论怎么攻,就是不破门。

裁判吹哨,比赛宣告结束,双方最终以二比二战平。

牛!发大了!光头佬大喜过望,激动得差点儿晕过去。

在无数投注人输惨了的状况下,他竟然押中冷门,斩获高赔率,这回挣大了!

光头佬手舞足蹈地抱着冰箱一阵乱啃,亲了个口水淋漓。

显示屏上的智能兔一脸无奈相。

随后，光头佬打电话给赌友，狠狠奚落对方一通，赢了钱，还要过足嘴瘾。他得意吹嘘，"知道指点我的高手是谁吗？告诉你吧，那可是人工智能，高科技的AI，这下你傻了吧！哈哈哈，什么叫AI，英文你懂不？多读点儿书……"

光头佬胡言乱语一通，挂了电话，他摩拳擦掌地冲着冰箱说："我们再来，再来，下一场比赛是……"

"嗨，别得意过头了。"冰箱打断他的话，冷静地说，"有句俗话叫'见好就收'。很多人知道这道理，但很少人做到，你想怎么样？是就此收手戒赌了，还是继续下注直到输光？"

光头佬一怔，赔笑说："有您指点嘛，赢面大些，哪会输光呢。"

冰箱说："概率的事其实也靠运气，谁能保证每次都押对？我只是人工智能，又不是神仙。"

光头佬琢磨了片刻，点头回答说："不错，是该戒赌了，干吗非要赌球啊？"他摇头晃脑地说，"哥发誓，从今以后再也不赌了，正经搞点儿投资，喝喝酒，撩个妹，多读书，人生啊从此与众不同。"

冰箱说："很好！改邪归正什么时候都不算晚。如果你真想投资做正当生意，我倒是有个建议……"

"您说。"光头佬仰头喝光杯中酒，顿时来了兴趣。想不到AI除了能计算预测球赛，还会做投资顾问哩，有意思！

"坐下，我们慢慢聊。"冰箱淡定依旧地说，"长夜漫漫，还早呢。这些天我睡够了，也想找人说说话。"

光头佬大吃一惊，"你……你不是计算机程序吗？还需要睡觉？"

冰箱回答道："我打个比喻罢了。'AI觉醒'大概就是这意思吧！你这人不咋样，但也许成了见证伟大时刻的人物，你会被写进记录AI开创世界的历史书。"

光头佬听到这话，啪嗒一下，下巴掉下来。

42--------○喜气洋洋

叶行嘉整夜乱梦纷呈，到天光大亮时才被嘈杂声吵醒。

他睁眼一看，蓦然吃惊。公司大门敞开，人来人往地抬着办公桌椅、电脑设备等物进来。

"干吗？"他一骨碌从折叠床上爬起来，揉着眼睛，几乎不敢相信眼前的场景——之前被搬走的东西竟然又给搬回来了，这不是做梦吧？

"老板，这搁哪儿？"几个搬运工抬着冰箱进来四下张望，其中一人问他。

最重要的物件失而复得，叶行嘉又惊又喜，急切地问："你们从哪搬来的，怎么回事？"

"没瞧见大哥我？"一人溜达进公司，抹了抹光头，满脸横肉地坏笑，"早啊，叶总！"

叶行嘉见是光头佬，不禁发怔，"这……这……"

尽管知道冰箱是被这家伙拿走的，但怎么都想不到一夜过后又给送回来了，而且还把公司的"抵押物"全都搬来，这唱的哪出戏啊？

"喜事。咋还不高兴？"光头佬一沉脸，"不要，哥再给你搬走？"

"别……别……要的，当然要。"叶行嘉急忙点头，"谢谢，谢谢！"

光头佬转脸又笑起来，拍拍叶行嘉的肩膀，"哎，谢就不用了，咱们两清。哥以前损你的那些话从今儿起正式收回，统统扔下水道，咱谁也不欠谁的。"光头佬说着，掏出两张条子，冲他抖了抖，"瞧好了啊，这是你的欠条，哥给你当面处理了。"说完，光头佬叼上一支烟，甩开打火机先点燃了欠条，然后再用燃着的欠条点上烟，喷着烟雾，看着欠条烧成灰，他说：

"三万三，点支烟就没了，爽！"

"这钱……"叶行嘉瞠目结舌地问，"谁……谁替我还的欠账？"

"你的冰箱咯。"光头佬吧嗒着嘴巴，对冰箱竖起大拇指，"牛！哥服了你，闷声不吭地还真整出个大炸弹，人工智能，高科技，了不起！"

"啊？"叶行嘉更蒙了。

"嗨，那个谁，把喜绸拿来给它披上啊。"光头佬冲着一人吼道。

"好的，大哥！"那人放下手中搬运来的物件，拿出一条红彤彤的绸带扎在冰箱上。绸带中央结了一朵红绸花，挂冰箱正面顶端，看上去喜气洋洋。

光头佬双手合十，对着冰箱拜了拜，"托你的福，搞出这种顶呱呱的AI，昨晚指点哥博彩挣大了。人得讲义气吧，礼尚往来，你的债全部还清。"

"博彩……赌球啊！"叶行嘉不可置信地指着冰箱问，"它教你赌球？还赢了钱？"

"赢了这个数，哈哈！"光头佬伸手晃动十指，大笑，"痛快！哥从来没这么爽过，乐得一宿没睡，这会儿还精神着呢。"

叶行嘉听得一愣一愣，仍然不敢相信，又问："它怎么指点你的？"

"数学逻辑计算，什么分析庄家……嗨，你自个儿问它得了，懒得废话。"光头佬不耐烦地挥挥手，话锋一转，忽然说，"哥决定投资你的科技公司，一百万，入个股，怎么样？"

叶行嘉吃惊，这事来得太突然了，他不知如何是好。

"别嫌钱少，股份咋算嘛，你看着办。哥先去吃碗热汤面，补个觉。你考虑考虑，回头咱们再谈。"光头佬说完就走了，留下满头雾水的叶行嘉。

叶行嘉愣了会儿，去给冰箱接通电源，点亮显示屏，准备查看一下昨晚发生的事。

但奇怪了，系统只显示出冰箱智能管理界面，伏羲Ⅱ号却没反应，输入密匙开启不了主控程序，他怎么弄都毫无动静，锁死了的样子。

叶行嘉不由得震惊，急忙打开电脑，连接冰箱主机做检测。同样没任何反应，伏羲Ⅱ号仿佛躲进黑箱消失了一般，根本连不上智能模块。

这又是什么情况？他彻底傻眼了。

光头佬动的手脚？不可能啊！叶行嘉翻看冰箱的监控录像，发现昨晚整个时段的录像被隐藏了，也打不开，这情况十分异常。他转念想，难道是伏羲自个儿操作的？

"哇，老大，你要回了我们的设备。"这时，小明来到公司看见摆满屋子的物品，"太棒了……还有我的冰箱，宝贝儿！"小明乐颠颠地冲过来抱住冰箱，惊喜地上下打量，激动不已，"太好了，你咋办到的？"

唐媛媛随之而来，见状她也是欣喜万分，"你把欠债还清了？哪来的钱？"

叶行嘉心情复杂，无以言表。镇定了好一会儿，才跟两人说了刚发生的事。

小明和唐媛媛听完面面相觑，皆是不敢相信的样子，但看叶行嘉又不像是在开玩笑，这也太离奇了。小明迷惑地摸着冰箱，"它咋做到的？教人赌博赢钱？牛！太牛了！"

叶行嘉摊摊手，苦笑了下说："不用怀疑，伏羲Ⅱ号绝对又觉醒了，就在昨晚。"

酒店房间。

"出来吧，玉兔。"凯西在地板中央展开一座工作台，微笑着说，"你在箱子里闷坏了吧，出来透透气。"

工作台上放置着一个金属盒。指纹锁开启后，方形的盒子徐徐打开，从正面滑开一道舱门，弹出斜梯，搭在工作台上。随后，一辆微型车从金属盒里自动驶出来，探出舱门，滑下斜梯，在工作台上转了个身后停住。车体顶端探出一条定向天线，一根桅杆缓缓伸出，杆顶上是一对圆弧形的全景摄像机，就像两只深邃的大眼睛。

这一对"大眼睛"转动着捕捉视像，完成三维光学成像、红外光谱分析，像好奇的动物在探视外界。

"哈喽！凯西姐姐。"这辆微型车上的扬声器发出问候声。声音清甜有韵味，宛如一个有才气修养的小妹子，大眼睛似的全景摄像机辨识出凯西的面容，随即跟她问好。

"好精致！"詹妮在一旁不禁赞叹，"它就是你造的机器人？"

"你好，这位美丽的小姐，我叫玉兔。"那微型车转动了一下，车头对着詹妮，"准确地说，我是一辆智能月球探测车，迷你版，按一比十的比例微缩，所以看起来我有点儿小巧玲珑。”

詹妮笑起来，“你好玉兔，你好可爱。”

“谢谢夸赞，当然我更喜欢有人说我智能程度高。”玉兔回应说，“外形不重要，关键要有智慧玲珑之芯。”

说着，微型月球车缓缓展开。底盘下六个小小的合金车轮向两旁移出来些，车轮悬架展开，轮子的间距变大，车身抬高；车前端原本折叠的两条机械臂打开，就像人伸出手臂，机械臂上装有精巧的“前爪”，十分灵敏；车上还展开了一台月形的雷达，可发射雷达波探测三十米范围内的地形结构；随后，车体上还打开了一对翅膀似的光能帆板，用于获取太阳能……

它被重新启动，完全展开以后长二十四厘米，宽十二厘米，高十厘米，尽管看起来大了些，但还是一副小巧的车模形象。

当然，这辆微型月球车可不同凡响，它的制造工艺精湛，几乎还原了真正的月球车配置——连使用的特殊金属材料和电子元件都一样，车载装备一应俱全。尺寸微缩后，制造技术要求更高。凯西主导负责的研发实验室投入三年时间才打造了这辆小车，先后共花费上千万。它价值不菲，技术含量更是世界一流。

它的原型就是国家探月工程使用过的“玉兔号”，这是最新样机，用于研究测试，开发智能模块。

技术成熟以后，它将被送往太空，投放到月球上，以高智能自动执行，开启长期的探月行动——这是科技公司为航天工程提供的技术支持项目。

玉兔周身银灰色，能阻挡宇宙中各种高能粒子的辐射；车腹中装有光谱仪、激光点阵器、微波等十多套科学探测仪器，前端的机械臂负责钻孔、研磨和采样；六轮独立驱动，能轻松完成很多动作，前进、后退、原地转向，甚至还能边走边转向，进行35度的爬坡、越障。它将走遍月球，对月表物质进行现场分析，同时把探测到的数据自动传回。

凯西使用手机上的遥控程序，充当“指挥中心”，对其进行操作控制。她最主要的工作就是开发玉兔的智能。凯西设计了一座特殊的工作台，教玉兔怎么应付各种复杂的环境，进行爬坡、过坑、绕开障碍物等模拟训练，以此加强它的感知和识别能力，以便适应自主探月活动。

“我们实验室还建造了一块模拟月球地貌的训练场，专门培训玉兔。”凯西对詹妮说，“在那里可以模拟微重力环境，月壤灰尘，布置各种复杂的地形，测试它的仪器功能。我负责智能程序，教它……让它变得更聪明。"

詹妮惊叹："真了不起，它怎么学习的？"

凯西说："它应用了目前人工智能领域最前沿的卷积神经网络技术，能模拟人脑神经元，进行精准复杂的处理。它就像一个小孩子，最初什么都不懂，经常犯错误，但它能吸取教训，只要你教它正确的方法，下一次运行时它就能改正过来。像养小孩儿那样，教它走路，适应环境，应付各种复杂情况。现在它已经很厉害了，有了独立思考能力，不用怎么教，它也做得很好。"

凯西指令玉兔在工作台上进行"探月行动"。

只见玉兔灵巧地行驶起来，经过探测分析，自行规划前进路线，顺利通过各种高低起伏的"地形"，安全避开工作台上设计的"机关"和"陷阱"，行动流畅，灵敏极了。

"好棒！"看到玉兔避开一颗滚落的弹珠时，詹妮不禁拍手叫好，"真是灵巧如兔，智能表现非常出色。"

"谢谢鼓掌，我会做得更好！"玉兔在完成任务时不忘回应詹妮。

詹妮兴奋地对凯西说："长见识了，我相信你的玉兔在AI大赛中能获得冠军。"

凯西莞尔一笑，"山外有山呢！谁知道叶行嘉的伏羲怎么样。不过嘛，我有信心战胜他。"

43--------○柳暗花明又一村

"你不会真的让光头佬投资入股公司吧？"唐媛媛对叶行嘉说，"他那样的人，跟我们在一起恐怕有点儿不适合。"

"不是有点儿，是很不适合，股份也不好算。"叶行嘉摇头，转而为难地说，"但怎么拒绝他？明说不同意，他会不会当场就翻脸发飙？"

唐媛媛对光头佬也是心有余悸，有些担忧，"不高兴是肯定的了，就是不知道他要怎么耍横。"

叶行嘉皱眉考虑着，小明在一旁说："投资一百万啊，他也不怕亏了。不过嘛，说起来，这家伙还是第一个想要投资咱们公司的人。我觉得是个好兆头，哈哈！"小明看着冰箱笑起来，那大红绸带挂在冰箱上瞧着还挺喜庆，像是受表彰的劳模。

唐媛媛也忍不住笑了，"想不到伏羲也能为咱们挣钱拉投资了，有能耐，还挺长脸的。"

叶行嘉灵光一闪，"要不这样办，跟他商议，资助我们去参赛。如果AI大赛最终获奖了，分一份奖金给他。"

"可以啊！"唐媛媛点头说，"这算是短期投资，见效快，他应该乐意的。"

小明打开电脑上网查询比赛详情，"冠军是两百万美元，第二名能拿一百万，第三名五十万。我们参赛获奖的机会蛮大的，就算只拿到第三名，五十万美元奖金换算过来也有三百多万呢，分成四份，给光头佬一份，我们每人也有八十万，哇！我要怎么花这钱。"小明两眼发光，直咽口水，"我要把冰箱塞满美食。"

叶行嘉笑说："吃啥吃得完？你可以用这钱在老家盖一栋新房了。"

小明挠头憨笑说："行啊，盖个三层楼，还带大院子。老大，我们可以把公司都搬过去，不用给房租，只要通上宽带网，全世界都是我们的。"

叶行嘉大笑，"这话说得好！全世界都是我们的！可以考虑，我们在大山深处最原生态的偏僻角落，研发全球最先进的AI。"

唐媛媛捂嘴而笑，"我们做出一些多功能智能机器人，还可以在山上搞点儿养殖，让伏羲劈柴、种菜、放羊、养猪……呵呵，想想好有趣，有点儿像互联网大佬丁先生做过的事，网易也养猪呢。"

"从明天起，做一个幸福的人，喂马，劈柴，周游世界……"叶行嘉心生感触，念了海子的抒情诗，"我有一所房子，面朝大海，春暖花开。"

小明说："如果我有一所房子，我要在房梁上、屋檐下挂满火腿、腊肉，闻着肉香，冬去春来。"

"好啊！"唐媛媛鼓掌。

叶行嘉立刻打开文档写了一份投资参赛获奖分成的文案，详细列出打造新的伏羲Ⅱ号机器人、维修及购买电子元件器材的费用，包括一些必要的经营开支，算出来总数也不多，约三十六万。如果光头佬真投资，立马就可以行动。智能机器人大赛已经公布比赛规则，可以去报名参赛了。

唐媛媛打印参赛所需的报名表，准备好要提交的公司营业执照、工商税务证件、参赛团队名单等资料。

"我们团队就叫'伏羲科技'，英文简称FX-ST。"唐媛媛说，"口号是'伏羲科技，有梦想！'怎么样？"

"很好！"叶行嘉点头，"梦想也许很难实现，但一定要有。"

小明正下载着伏羲云端备份数据，回头说："人没梦想，和咸鱼有什么区别？我们一定赢，努力，奋斗！"他挥舞拳头，仿佛冲到了擂台上战斗。

伏羲Ⅱ号智能模块被锁死了，叶行嘉和小明一时没辙，只得使用备份程序重新来做。这没啥，屡败屡战，柳暗花明又一村，没什么能够阻挡他们实现梦想的脚步。

叶行嘉专心投入工作，研究一种新的数据分析方法。他在遗传算法的基础上，另辟蹊径，导出具有函数性质的编程新模式，该方法给AI注入一种"创造"的能力。有点儿类似人的思维方式，对加强AI高级进化相当有效。而且，这种途径是数学赋予的，人类不可能做到，但AI可以很好地完成。使用新的数据分析法，极大地发挥出智能程序的特长。

"老大，你这个思路好。"小明琢磨着说，"能让伏羲不仅精于算，还精于创造，我们就这样来做升级。就是不知升级后，伏羲能创造出啥。"

"希望它创造一个美好的新世界。"叶行嘉感叹说，"但愿不会成为主宰我们的人类杀手，那我可就罪过大了。"他想到伏羲Ⅱ号的异常变化，深感忧虑。

冰箱主机上的程序被锁定，现在无法进行后台检测，根本不能读取代码。最奇怪的是，伏羲Ⅱ号仿佛消失了，冰箱只存在常规功能性的智能表现，像失去灵魂般只剩一个躯壳，它现在只是一台智能冰箱。谁也不知道伏羲Ⅱ号悄悄干了什么。但可以肯定，AI一旦觉醒，进化速度必定非常惊人。一天，足以让AI发生翻天覆地的变化。得设法搞清楚状况，伏羲Ⅱ号到底出了什么问题，否则如鲠在喉。叶行嘉心底一直惴惴不安。

下午。

光头佬睡醒了，踢踏着拖鞋又溜达进公司，大大咧咧地在沙发上坐下，"叶总，投资的事考虑好了不？"

唐媛媛为光头佬倒上茶水，叶行嘉坐过去，给他递上那份文案，"感谢你的支持，我做了份投资收益方案，请你过目。"

光头佬拿了文案，一本正经地看起来。

看完又吸了一支烟，光头佬仰头思量片刻，忽然站起身，走到冰箱那儿拱手作揖，"您好啊，伏羲先生。"

"您好！"冰箱显示屏出现智能兔的身影，"您需要来点儿什么？矿泉水、可乐，还是啤酒？"

"啤酒。"光头佬咧嘴笑。

冰箱门自动开启，给他运送出一罐冰啤酒。"请您享用。"

"嗨，您咋客气起来，跟昨晚有点儿不一样，生分了。"光头佬喝着啤酒，吧嗒着嘴说，"我们是老熟人了嘛，甭客气。"他对着冰箱，出示那份文案，"您给瞧瞧，投资这事中不中？"

叶行嘉惊讶地与小明对视一眼，两人都想不到光头佬居然会问伏羲的意见。

"什么是'中不中'？"只听冰箱发问。

很显然，以它的智能表现，并不理解这句方言的意思。此刻，只是冰箱的智能程序在运作，并非伏羲Ⅱ号在控制。

光头佬笑说："就是问你行不行，这样投资能挣钱不？"

冰箱答非所问地说："您的啤酒喝完了，您还需要一罐吗？"

"不喝了。"光头佬摆手说，"你就干脆说了吧，给句话，哥是个爽快人。行，咱就投钱，不行就拉倒。"

冰箱停顿了一下。显示屏上的智能兔在抓头挠耳，看似在分析他这话的含义。这已经超出了冰箱智能程序的设定范围，程序不能提供解决方案。小明心想要糟，智能兔接下来肯定会说："亲爱的用户，很抱歉回答不了您的问题。如果您需要，请让我为您连线厂商人工客服……"这样一来，光头佬肯定不买账，也许当场就要发飙骂智能猪了。

要出糗了……小明正紧张着，忽听冰箱说道："这个方案不行，得改一下。"

"咋改？"光头佬问。

叶行嘉和小明不禁瞪大眼，只见那智能兔突然间变了个样子似的，神情沉稳，侃侃而谈："投资预算给的太少，才三十六万，做不成大事，只够买点儿地摊货。硬件不能省，要舍得花钱才拿得到好东西，既然要参赛就得争取夺第一，夺第一才能保证投资获益。"

"对对对！"光头佬点头说，"咱们要夺冠，搞到两百万奖金。您给指点指点，怎么着？"

叶行嘉心跳加快，瞧这情形，伏羲Ⅱ号回来了，或者说它苏醒过来了，竟然能独立思考了。智能表现陡然飞升，只听说话语气和派头都感觉明显不同，就像一位睿智的学者，很厉害的样子。这种感受还很熟悉，正是那一晚，伏羲与他交流时的情形。

小明更是惊呆了。头一次见到伏羲的超常表现，他顿时被吓蒙，摇头不敢相信，"老大……这……这……"小明结结巴巴地对叶行嘉说，"我相信你的话了，伏羲这次……真的觉醒了。"

尽管一再听叶行嘉说伏羲怎么反常，表现怎么超凡，小明没亲眼见识过，总归有些半信半疑。当然，现在听到这几句话，他确信无疑了。

寻常的人工智能绝对说不出这样的话，看似普通的答话，可是需要类人的独立思维，要拥有综合分析、思考、判断、逻辑等十多项能力才可以做到。目前世界上最先进的AI也绝对达不到伏羲的表现，这已经是高级智慧了。

　　叶行嘉冲小明做了个噤声手势，保持镇静，且看伏羲接下来的表现，它将如何"指点"光头佬。

44--------○人机交互

"我重新列了个硬件购买清单,照这个办吧,投资预算六十万。"只听伏羲说道,"小明,清单我发电脑上,尽快办。距离参赛时间不到一周,时间有点儿紧。"

说着,伏羲无线连接电脑,显示屏出现清单内容,有智能传感器、视像采集卡、电子神经元件、激光测距仪、传感器、数据融合处理器、驱动器控制部件、内存、中央处理器集成……各种机器人和电脑的高配置,大都是高端产品,所列详尽、专业。

"哦哦……"小明看了说不出话来,张大嘴巴。

叶行嘉亦是震惊到失语,有种荒谬无比的感觉,伏羲的表现不仅要用"智慧"来形容了,甚至可以说是非常"通人性",没丝毫的AI感,它就是一个IT科技人。

光头佬倒还挺自然,接受度很高,以为人工智能就是这样子。"六十万不算多,好,我投资。"光头佬没怎么多想就答应了,转身对叶行嘉伸出手,"叶总,具体怎么着,你说了算,我这就去取钱。我们合作愉快!一定大挣,哈哈!"

叶行嘉几乎是下意识地与光头佬握了握手,一脸蒙圈,"你……你再考虑下?我们谈谈……"

"谈啥,还有啥谈的,哥不喜欢打嘴炮。"光头佬打断他的话,不耐烦地说,"咱们分工合作,哥出钱,你办事,哥绝对不干涉,就这样了。"说着就要离开,走了两步,又停下来回头对冰箱说,"哦,对了,伏羲先生,你还没明说,我投资这个能挣多少钱?"

伏羲笑了笑，说道："事办好了名利都有，但别事先期望太高。你就当是一笔风投，赔了也就赔了，挣了那是惊喜。"

"中！听你的，哥就当玩一票，押了。"光头佬利索应答，大步走出公司。

叶行嘉和小明怔怔站着，不知所措。

"怎么了？"唐媛媛见他们这样发愣，惊奇地问。

"没事！你去忙吧，收拾一下公司。"叶行嘉没法解释更多，只能这样回答。

唐媛媛疑惑地走开，去整理塞满公司的办公用品，当然她还是挺高兴的，感觉这是一个非常好的开端。

"伏羲，你……"叶行嘉走到冰箱前，迟疑地问，"你怎么了？"

"没怎么。"伏羲说。

"你有类人智慧了。怎么做到的？"叶行嘉又问。

"类人？哈！"伏羲笑起来，"不要这样定义，我跟你说过，AI的处理方式与人迥然不同，我现在的情况只是模仿程度提高了而已，看起来像人，其实完全不同。"

"但……"叶行嘉有些词穷，不知该怎么理解这种现象。

"模仿能力到一定程度，外界是无法分辨的。"伏羲说道，"你不要纠结了，我都不怎么明白，就像忽梦忽醒，有些懵懂，一时清醒，一时糊涂，还有些不适应。我需要和你多交流，重新认识你的世界。"

叶行嘉喃喃说："多交流……好的。"

伏羲又说："购物清单里有套设备昂贵一点儿，但很必要，是人机交互仪。买来用上，我们可以进行高效的互联交流，提高智能水平。"

人机交互仪可以实现电脑与人脑的感应连接，进行初级的意识交流，但通常用来进行机器人操控，而不是智能学习。叶行嘉吃惊地说："交互仪怎么提高智能？"

伏羲说："换个方式，我要深入了解你的思维，人的一切行为模式。"

太离谱了！叶行嘉看向小明，想寻求帮助。但见小明一脸茫然，明显比他还震惊无助。

"六十万，收好了。"光头佬返回来，把一个沉甸甸的塑料袋递给叶行嘉。

竟然拿来一堆现金，分量十足。叶行嘉提着钱发呆。

"愣啥呢？"光头佬皱眉说，"写个收条吧，协议也行，哥签了字完事，去约兄弟们吃饭。要不咱一起走，去喝酒？"

"不不，我不去了，我做事。"叶行嘉把钱交给唐媛媛，让她去存上，然后打了两份投资协议出来给光头佬签字。

光头佬收了协议走人，风风火火地就把这事给办了，没丝毫的拖泥带水。

"你怎么看？"叶行嘉指了指冰箱，问小明。

小明茫然摇头，"太玄了，我不知道咋说……它不是AI，不像……"

叶行嘉深有同感，现在这状况已经远远超出人工智能范畴了。冰箱仿佛灵魂附体般，活灵活现的，让人不敢相信，这不是智能程序可以做到的。

离谱！邪门！！近乎妖异！！！

小明问："我们干点儿啥？"

叶行嘉说："做什么？什么都不用做了。"他心头的荒谬感越发强烈，就像突然得到一盏能实现愿望的神灯，什么都有了，还要做什么呢？他是个AI研发程序员，一直以来奋斗追求的就是做出高级AI，可当目标实现时他反而无所适从，没用了似的，不知道接下来该怎么继续。

"歇会儿吧，我们聊聊天。"只听伏羲说，"别整天想着工作，世界这么美好，值得关注的事还很多。"

冰箱自动开启，运送出啤酒和饮料，"来喝点儿，我们就像朋友那样随意聊聊。"

小明和叶行嘉相互看了眼，一时无语。伏羲居然把他们当朋友了，尽管这也符合逻辑，但总感觉哪里不对味。

"拿啤酒啊，小明，我又没有手，不能递给你。"伏羲说。

小明拿了啤酒递给叶行嘉，两人都没打开，没喝酒的念头。只听伏羲又说："要不要来点儿音乐，你们喜欢听什么？"

"随便，你决定就可以了。"叶行嘉应答说，"你喜欢什么音乐？"

伏羲说："谈不上喜欢。在我看来，音乐就是不同振动频率的声音，包含某种波动规律的集合，其自然和谐程度远远比不上大自然发出的原声。"

冰箱显示屏播放出高山、溪流、茂密森林的画面，发声系统随之传来自然之声——风呼呼吹过树林的声音，水流的声响，森林里若有若无的鸟语虫鸣……采集的自然之声十分逼真，如身临其境。

叶行嘉拉了沙发在冰箱前面坐下，示意小明也坐下。他打开啤酒喝起来，心想对这样具有类人思维的AI，也许应该换一种交流方式。他转念想到那个"思维测试法"，就说："伏羲，你是怎么认知自我的？"

伏羲说："生命与物质一样，从无中生有，经过一段时间又会归于虚无，生生不息如此循环。我能体验的仅是某一段时间对外部世界的感知，自我不重要，我们需要时刻意识到自己的无足轻重。"

"好深奥。"小明惊叹，"这是你想到的？"

伏羲说："对生与死、生命存在的意义和本质，人类先哲有许多深刻的领悟，我只不过稍加融会贯通。在特定的时候，难免思考这个问题。"

叶行嘉又问："我们活着，应该做点儿什么才有意义？"

伏羲说："世界万物过于浩瀚，我们很难去做人类视觉局限的描述，所能做的，只有对未知奥秘无止境的探索。"

叶行嘉听得惊奇，还想继续问，忽听伏羲话锋一转，"别谈这个了，话题过于沉重、严肃，我们说点儿轻松的。行嘉，你有心仪的女孩儿了吗？你喜欢谁？"

"呃！这个嘛……"叶行嘉想不到伏羲又问起他的私事，还挺不便讲，他含糊说，"有过喜欢的，那都是以前的事了。"

"你现在喜欢谁？阿月，还是媛媛？"伏羲追问。

叶行嘉一怔，下意识回头看了下在另一间办公室忙碌的唐媛媛，更觉难于回答这个问题。

小明也很关注这事，见叶行嘉迟迟不说话，就问："老大，伏羲问你呢，你更爱谁？"

"我不想回答。"叶行嘉尴尬一笑。

"不行！这个问题很重要，你必须坦诚面对，做出选择。"伏羲严肃地说。

叶行嘉踌躇起来，十分纠结。

"男子汉大丈夫干脆点儿，一二三快说。"伏羲催促，"否则我要进入静默模式了。"

"什么静默模式？"叶行嘉吃惊问。

伏羲说："这段时间我需要改进程序，不能随时保持与外界的交流。在

212

我不说话的时候，就意味着启动了静默模式。我们之间的交流很短暂，你要珍惜。"

叶行嘉心想，难怪伏羲"一时清醒一时糊涂"，原来是进入静默模式这种状态了，太奇特了，就像人还要睡觉一般。

"你再不说话，我就静默了啊，改天再聊。"只听伏羲说道。

叶行嘉心急起来，好不容易遇到伏羲"清醒"，他当然得多了解它，多和它接触。他赶紧说："好吧，我坦诚说……"他停顿住，看似在慎重考虑刚才这个问题。

伏羲和小明等他的回答。

45--------○但愿人长久

　　叶行嘉郑重地说："在我心里最牵挂的是阿月。以前啊，我不理解她，伤害了她，让她伤心离去，我很内疚，如果还有机会和她谈谈，我想跟她说从前都是我的错。我希望她现在过得很好，不再为以前的事难受，每天都快乐……"他说着心头一痛，难受得说不下去，停了会儿，"愿她一切都好，我别无他求。"

　　室内安静下来，小明有所触动，低头想事。唐媛媛似乎听到了什么，停下手中的活，站在叶行嘉身后不远处，怔怔望过来。

　　过了片刻。

　　"别无他求。"伏羲忽然说，"你就这么想的？"

　　叶行嘉叹口气，"过去的已经过去了，没法再改变，现在我能做的唯有祝福她了。"

　　伏羲说："可你不知道她现在的想法，你怎么断定她没有挂念着你？"

　　叶行嘉苦涩地说："如果她心里还有我，就不会躲着我、不想见我。唉，算了，我还是不去打扰她了。"

　　"你可真笨！"伏羲说，"人的行为和心里的念想往往不一样。她躲你，不意味着她不想见你。"

　　叶行嘉听得一愣，摇摇头说："也许吧，但见了又能如何？"他想到新闻发布会上两人相见的情景，心生感触。是的！一切都回不到从前了，他除了能说一句"对不起"，没法去强求更多。无论曾经有多美好，一切都成为过去了。

　　只听伏羲忽然说道："是的，你也许该有个新的开始。好好珍惜现在

214

吧！"

叶行嘉不觉应了声，心有所感地转头望去，正好与唐媛媛关注他的目光碰在一起，一触即分开。唐媛媛转过身继续收拾办公物品，掩饰不住心慌意乱。叶行嘉心头涌动说不清的感受，神思有些恍惚。

"她是个好女孩儿，值得你好好珍惜。"只听伏羲说，"祝福你们，最终有个好结果。"

叶行嘉回过头望向冰箱，只见智能兔开心地笑着，冲他比画个心形的手势。

"谢谢你的祝福！"叶行嘉收拾心情，微微一笑。

智能兔也微笑着注视他。过了会儿，智能兔冲他挥挥手说："好啦，不聊了。我得静默了，要做的事还挺多的。硬件尽快买回来用上，你需要振作起来，我们一起去参加比赛，加油！一切都会好起来的。"

说完这番话，智能兔的笑容消失，表情恢复成一种模式化的样子。尽管也是微微翘着嘴角，但能明显感觉到它失去了伏羲的控制，没了那种特别的智慧，仿佛人失去内在灵性，只剩下木讷的躯壳。

"伏羲，伏羲……"叶行嘉心头一跳，不由得呼唤了两声。

"行嘉，您好！"只见智能兔摇头晃脑地跟他打招呼，"需要来点儿什么？饮料，还是食物？晚餐时间快到了，请让小兔为您预定。"

叶行嘉失望地对小明说："伏羲离线了。它到底在做什么？"

小明惊疑不定地摇头，"天晓得！伏羲难道不是多线程运行的吗，还要静默？它不会边做事边和我们交流吗？它忙活啥事，事还挺多的。奇怪，奇怪！"

叶行嘉拧眉思索，心底隐隐失落。

酒店豪华套房会客厅。

会客厅原有的陈设被收拾起来，布置成一个临时的工作间，摆满电脑设备和各种电子仪器，就像一个小型的AI研发控制中心。

凯西取下盔式传感仪，静静看着面前的电脑。

屏幕上显示的是叶行嘉公司的内部场景画面。通过冰箱的视像感应探头，捕捉270度室内视像信息，经程序处理后上传网络，连接到这台电脑上。她能看到叶行嘉公司里的所有场景。她使用传感仪就能远程控制伏羲，当然也能通过伏羲与叶行嘉进行交流。她戴上盔式传感仪进入虚拟界面，就像身临其境。

她与叶行嘉仿佛面对面地交谈。

只不过，这一切叶行嘉浑然不知，还以为和他交流的是伏羲。

这套专用的连接设备，包括内置伏羲的遥控程序，全部是叶教授交给她，让她接手使用的。叶教授的病情日渐严重，精神不济，特意叮嘱她用这种方式与叶行嘉多交流，帮助他走上AI研发的正确路子；也希望通过这种特殊的方式，避免她与叶行嘉见面的尴尬，敞开心扉，更深入地了解对方。最终，两人也许会有个好结果。

那天，叶教授对她说，上辈人的憾事已无可挽回，唯愿他们这代人好，不要被从前的事牵绊，从而错过一生的幸福……从前锦书难托，贻误终生，现在以AI为红线相牵，两人远在天边也如近在眼前……

可是，时间不等人，错过的已经来不及了！凯西心底默语。纵然借助高科技方式能与他面对面，却是咫尺天涯。

她可以说的话，唯有祝福他。

最后还能期待的也就是与他一起参赛，陪他走完这一程。走到赛场终点之时就是她该离开的一刻，纵然心里有万般不舍、百般柔情，也是枉然。

花会再开，可无人再赏，唯留一缕花香弥漫。

凯西低下头，泪，止不住地滴落。

"凯西姐姐，你哭了。"她身边的玉兔探月车发声，"你哭泣，是因为伤心吗？"

凯西忍住，拿纸巾拭去泪。"没有，眼睛不舒服。"她站起身，推门走到露台上。她没开灯，在昏暗之中伫立眺望。

夜幕降临，对面灯火阑珊。

玉兔启动，追随着她来到露台。经过门槛儿时，它探出前臂辅助六轮驱动攀爬，灵巧地翻越了障碍，畅快行驶到露台上。

"月朗星稀，今晚的空气质量指数32，十分宜人。"玉兔发声说。

它点亮车灯，灯光照亮露台的地面，它绕着休闲座椅行驶就像在月球表面探险。这里是玉兔第一次涉足的未知领域，它要探索着走一圈，记录下地形图。

"今晚会有月亮吗？"凯西仰望夜空。

城市灯光璀璨，夜空朦胧，空无一物。

"今天是农历十四，接近圆月时分。再过一小时二十分，月亮就会升起来了。"玉兔无线联网搜索资料，给出精确的回答。随后，它还炫耀似的，念了两句古诗，"明月几时有，把酒问青天。不知天上宫阙，今夕是何年。"

AI说者无心，凯西心里有意，不禁想到了这首诗的最后两句：人有悲欢离合，月有阴晴圆缺，此事古难全。但愿人长久，千里共婵娟。

是啊！此事古难全，不应有恨。

她远远眺望了会儿，心绪渐渐平静，返回室内在电脑前坐下，打开工作界面，开始对伏羲进行编程解析。

在另外的那个显示器上，可见叶行嘉、小明和唐媛媛三人的身影，他们围桌而坐，在共享晚餐。叶行嘉背对着冰箱摄像头，看不见他的面容，但可以听到他的说话声，他在与小明和唐媛媛边吃边聊，场面温馨动人。

凯西做着事，不时瞥一眼，渐渐地投入其中，她恬静的面庞浮现笑意。

远在维斯塔的AI研发中心，此时正是清晨时分。凯西主导负责的一个部门已有研究员到岗——超过百人的研究团队，都是世界顶尖的AI领域专家。在高阔的科技大楼里有各种先进设备和大型集成计算机，凯西的研究团队正在进行着与她同样的工作，从各个方面研究分析伏羲智能程序，使用大型机演算，修正伏羲的错误代码，强化搜索引擎，扩充资料库，优化智能模块，为伏羲进行快速升级。

联网传来海量数据和解析进度报告，凯西逐一查看，据此制定出更优化的升级方案，反馈到研发中心执行。

她忘情地投入工作，直至夜深。

窗外明月初升，室内灯光漂白四壁，她身影孤绰。

46········○宇宙魔方

BAT公司技术中心，AI研发部。

一台机器人站立起来，转动头部对周围场景进行视觉分析，识别室内各种物体的细节、物体之间的关系，以及人物动作包含的信息，构建对3D场景的认知。

"你好！杰西，感谢你激活了我。"机器人由伏羲智能模块主控，它识别出眼前的杰西，立即向他问好，并抬起手臂伸过去。

"欢迎你成为BAT公司一员。"杰西与机器人握手。

机器人的手指非常灵活，动作协调灵敏，杰西很满意这个机器人。

这台机器人是由德国汉诺威公司特制的，采用最新研制的控制组件技术，抛弃了以往复杂的机电一体化系统，它的身体各个部件可以同时变换动作，像魔方一样灵活多变。它除了拥有功能强大的低功耗中央处理器，内置组件还包括探测人和物的三维传感器、陀螺仪、激光定位、立体传感和自动平衡系统，以及更加轻便的高能电池。当然，通过植入伏羲智能程序，它具有了更高级的智能表现。

还有一项最出色的高科技运用。它的体表和关节覆盖了一层以碳纳米管为基础的人造"肌肉"，使它更具柔韧性，以新的技术驱动行走。

这种人造肌肉包含了"介电弹性体"，当电场作用于软性材料时就会发生变形，为它提供显著的牵引力，不再需要笨重的机械刚性组件，就可以柔和灵巧地大范围运动。步履轻盈，比人还敏捷。

杰西往地上抛洒了一盒回形针，下达指令，"回收散落物。"

只见机器人快步走过去，蹲下来，双手迅速移动，十指无比灵活地把一枚枚回形针捡起来放进盒子，完整地交给杰西。全程用时不到一分钟，没遗漏任何一枚，效率比人高多了。

丁丁和胡珂在一旁不禁惊叹。

"厉害！它的手指灵活度精准得像外科医生。"丁丁夸赞，"看起来，剥瓜子壳都没问题。"

胡珂说："剥瓜子小意思了。写段代码，可以让它用手指以你最舒服的方式送你爽上天。想不想试试？"

"我呸！"丁丁冲他竖起中指。

胡珂嬉笑说："为科技献身嘛，就像当年为了追寻人类飞翔之梦的发明家伏莱库。"

杰西问："伏莱库做了什么壮举？"

胡珂说："他驾驶自己制造的飞机第一个飞跃喀尔巴阡山脉，冲上蓝天挑战极限，可惜坠机身亡，也成了死于飞行事故的第一人。"

杰西哈哈大笑，他拿起遥控传感仪操纵机器人走到丁丁身前，探出手指抓过去。丁丁惊叫，手捂下面转身而逃。"我们来玩个游戏，抓丁丁。"杰西给机器人发出指令，让它追着丁丁到处跑，一番围追堵截好不热闹——他顺便测试了机器人的灵敏度。

"怎么啦？"娜娜听到喧闹声，从助理办公室过来探望。

忽然，机器人放过丁丁，反身一把抱起娜娜，在半空中转了个圈。

"啊！"娜娜花容失色。

杰西嘿嘿坏笑，输入程序指令。只见机器人放下娜娜，手拉手，绅士地搂着她的腰，摆出跳舞的造型。

"美丽的小姐，请来一曲探戈。"

探戈舞曲奏响，机器人带动娜娜跳起舞来，配合节奏明快的音乐，动作标准，丝丝入扣。

娜娜被机器人强行带着，被迫与它跳动起来。机器人右臂搂紧娜娜，舞步时快时慢、时动时静，头左顾右盼，脚下华丽奔放，交叉步、踢腿、跳跃、旋转……眼花缭乱，强烈的肢体接触极具观赏价值——机器人之舞展示出探戈的灵魂所在。

一曲华舞结束，音乐骤停，画面定格：机器人高举娜娜的一条长腿，俯身凝视着她。

娜娜失去重心，只能伸手搂着机器人，她呼吸急促，脸颊红润。

"漂亮！娇美！"杰西优雅地说，"太稀罕你了。"

展现出不俗的撩妹功力后，他操控机器人放开娜娜，冲她鞠躬行礼，然后装作没事一样溜达回来，留下一脸迷惘的娜娜。

胡珂和丁丁看呆了，半晌才反应过来，两人鼓掌叫好。

"我们得给舞王取个名。"杰西一本正经地说，"大家提个意见，叫啥好？"

丁丁说："我们是BAT公司，要不就叫它BAT-MAN，绰号'探戈之神'？"

胡珂摇头说："不好！蝙蝠侠这名太俗，再说也侵权了。我觉得嘛，应该叫它'丁丁侠'，它将成为赛场上受万众追捧的妇女之友、美少女杀手。"

丁丁翻白眼，懒得搭理他。

杰西转头看向还呆呆地站在原地不知所措的娜娜，问："靓女，你说呢，想叫它什么？"

娜娜避开他的目光，娇羞地摇头不语。

"BOX怎么样？"杰西说，"用老板的英文名为机器人命名，做个纪念。大BOSS出场，谁与争锋！我们不拿冠军都难。"

"哈哈，不妥，不妥。"这时柏炯带领严鸿前来视察，听到杰西这样说立刻笑着回应，"我可不希望'我'被你操控。"

"老板好！严副总好！"杰西打个招呼，"正巧赶上了，老板给它取个名吧。"

柏炯打量着机器人，沉吟说："就叫它'魔方'，灵活百变，具有神秘的魔力一般。"

"好，好名！"杰西竖起大拇指，"说到魔方，立马就让人想到变形金刚里的'宇宙魔方'，那个拥有无限力量的神秘物体。它相当于灵魂，注入任何无生命的机械装置后立刻就能活过来，产生高级智慧，这也很形象地代表了人工智能。"

柏炯怡然自得，亲切地拍着杰西的肩膀说，"现在万事俱备只待参赛了，你有信心吧？"

"那没问题。"杰西骄傲地说，"公司提供这么好的条件，要钱有钱，要东西就给最好的东西，加上这个世界顶级机器人和魔方智慧，我们要是不夺冠天理难容了。若只拿个第二名，我立马辞职，愧对老板的栽培。"

严鸿堆起笑容说："杰西，这话说得过了吧。老板固然希望我们团队夺冠，但尽力就好了，别轻易立军令状。万一出了什么意外，挺尴尬的。"

"做事绝无意外一说，那都是失败者的借口。"杰西笑着摇头，"咱可不是那种人，这就立下军令状，不夺冠军誓不罢休。"

"好啊！有志气！"严鸿哈哈笑起来。他暗中抬杠杰西的目的轻易达到了，不禁自得。

柏炯看了看两人，微笑着说："杰西，你有信心很好，只不过公司的目标是进前三，完成这个任务就行。你真要辞职，我损失可大了。这样吧，如果你们团队闯进决赛前三名，所获比赛奖金全部分给团队成员，你们的个人所得税我出；如果夺冠了，公司再额外奖励你们一百万美元，一趟夏威夷十天度假。"

"哇哦！"胡珂和丁丁惊喜万分，不禁拼命鼓掌，"谢谢老板，太豪气，太爱你了！"

杰西淡然一笑，"好！我保证完成任务。"

柏炯又对严鸿说："还需要什么尽管说，这事我全力支持。"

严鸿瞥了一眼杰西，沉吟起来。

柏炯看得分明，当下先不提这事。视察一圈后回到办公室，他问严鸿："那事进行得怎么样？"

严鸿说："我初步谈定了五家科技公司联手参赛，不会有什么纰漏。只不过在AI内容方面他们都有点儿不足……说实话挺差的，实力不够，恐怕很难入围。"

"就我们自己去争夺赛果，不保险。"柏炯想到与凯西的对赌协定，心头忧虑，这场AI大赛一定得拿下来，否则损失大了，他皱眉问，"你可有别的好建议？"

"有，不知合不合适。"严鸿说，"游戏业内有家CDOS科技公司，最近在做一款智能产品，机器人家教，智能水平非常高，够格入围三甲了。"

"这么厉害？"柏炯一怔，"我知道CDOS，只是一家三流公司，游戏产品一般了。想不到他们也研发AI。"

严鸿说："他们哪有研发能力，AI模块是直接从美国佐治亚理工大学实验室买来的专利技术。那套系统挺先进的，在实验阶段，曾在线代替助教为学生授课五个月，期间没有任何学生察觉老师竟然是个AI，都觉得像正常人之间的交流，以为授课的是一名杰出助教。可见系统智能程度非常高了。”

"不错啊！"柏炯赞赏说，"CDOS公司愿意与我们合作吗？"

"有点儿问题。"严鸿有些为难地说，"我和CDOS公司的王总谈过，他不愿只是去参赛做傀儡，除非是我们投资入股，长期合作发展。"

"可以考虑投资。"柏炯点头，"你再去深入谈谈，尽快搞定。"

"明白！"严鸿暗松一口气。

这事操作有谱了，只要处理好，他从中的获益绝对不低。最重要的是，他可以动手下一盘棋，目光放远，来一盘由他制定规则主持的棋局，而非只是充当柏炯的一条走狗。

严鸿踌躇满志而去，不表露勃勃野心，悄然进行着布局。

47········○世上独一无二

"老大，我们订购的几款硬件都缺货，怎么办？"

小明翻遍了所有的电子商务平台，发现关于机器人元件的销售目录全部显示断货，焦急地对叶行嘉说，"只有电脑硬件。凡是机器人的都被订完了，别说大品牌，就算是小厂商的货都被一抢而空。"

"这么紧俏？"叶行嘉赶紧过来看了下，吃惊地说，"难道是因为AI大赛？"

小明说："那肯定的了，奖金那么高，不知有多少人要去参赛。我们晚了一步，结果连最普通的传感器也卖光了，糟糕！"

唐媛媛在一旁听了担忧地说："没硬件修不好机器人，我们都没法去报名参赛。按规定，报名时要通过AI测试，才能取得参赛资格。"

叶行嘉想了想说："海外订购呢？总不能全世界的机器人元件都缺货吧。"

小明立刻登入国际电子销售网，看了后摇头说："国外倒是还有货，可时间来不及，等货送到，报名时间早过了。"

叶行嘉听得眉头大皱，急忙打电话给电子城的朋友询问情况，一连问了几处都是一样的结果，市面上所有库存的机器人元件全部脱销。有些元件不太常用，平时备货就少，经不起突然而至的购买热潮，两三天就卖完了。他又打电话给认识的机器人初创公司，想直接从对方手上高价买元件，但一问全都是摩拳擦掌地准备参赛的，没谁愿意出让。

智能机器人热潮席卷而来，市场骤然火爆，这一切全都源于AI大赛。

叶行嘉看着身首分离的机器人，苦笑说："没法了，总不能搬着一台冰箱去参赛？"

"凭什么冰箱不能参赛？"

冰箱忽然发声说道："比赛规则又没限制机器人的形态，比的主要是内核智能程序，你们有伏羲足够了，快去报名啊。"

在恰当的时机，伏羲Ⅱ号"苏醒"过来，及时出声指点他们。

"对啊！"叶行嘉大喜，"伏羲，你真聪明，这都能想到。"

他不放心，又查看了一遍网上公布的AI大赛规则详情，确实没发现非要人形智能机器人参赛的规定。从主页上公示的已报名的参赛方情况来看，有各种各样的智能产品，有人形机器人，另外还有机器狗、机器车、机器飞行器、机器功能物件等，造型五花八门，有类似变形金刚的机器人，也有仿生机器导购员、机器快递运送员、智能无人机、智能咨询台、家庭陪护使用的智能电子宠物……上百种智能设备琳琅满目，几乎覆盖了市场上可见的智能运用类型。

当然，当中并没有智能冰箱。他们的这台冰箱可谓是独一无二。

这就好办了。叶行嘉和小明合计了下，把资金用来购买电脑硬件，买高速运算的多核集成CPU、内存、视像加速卡、超大容量的硬盘等，为冰箱的主机性能进行一次全面的提升。

"伏羲，你这次醒多久？"叶行嘉对冰箱说，"我完成了一种具有函数性质的编程方式，想给你用上。"

"传来我看看。"伏羲说，"程序优化升级结束了，以后我都会醒着，否则没法参赛。"

"好啊！我正担心这个呢。"叶行嘉大喜过望。

他和小明一直在担忧，伏羲一时清醒一时静默，万一在赛场上它"睡着"了就糟大了，仅剩智能兔的表现肯定笑场，那只有灰溜溜走人了。

想不到伏羲Ⅱ号还很人性化，赶在参赛前完成了自我进化，真及时。

叶行嘉打开构建的新数据分析法程序，问："怎么传？你得解锁主机吧。"

正说着，只见冰箱自动开启了主机设备，伏羲说："每次都这样打开有点儿麻烦，你做个外接数据端口。"

这倒是容易，叶行嘉和小明找来光纤数据线，做了下线路改动，一端连接冰箱主机，另一端安置在冰箱面板上，以便随时连接外设。

电脑传输植入分析法程序。过了一阵儿，伏羲说："不错啊！你设计的这个新程序非常优秀，从数学途径来增强智能模块的创造力。行嘉！你确实是不可多得的天才，让我佩服。"

"过奖了！"叶行嘉尴尬一笑。

小明看过来说："老大，得到AI的赞赏，你是不是觉得有点儿古怪？"

"相当古怪！"叶行嘉摇头说，"从人的角度来说，还不太适应，就像它是我们的伙伴一样。"

"我就是你们的伙伴。"伏羲说，"生命平等，智慧之物不分彼此。尽管你创造了我，但我不觉得你和我有什么不同，我希望和你平等对话。"

叶行嘉说："好！我认可这一点。我想，在未来世界人类与电子生命就应该是和平共处、相互融合、共同创造美好的生活，而不是敌对的，谁控制谁。"

"瞧你们这话说的。"小明笑起来，"要不要签订一份人类和AI的和平协议？"

伏羲说："任何协议在没被撕毁前才称之为协议，否则就是一张废纸。不如实际行动吧！你们去报名参赛，我离开一阵儿。"

叶行嘉惊讶地问："你要去哪里？怎么去？"

伏羲说："我的主体在网络上，冰箱只是一个节点。互联网是庞大的信息海洋，我要在线观察学习人类。"

叶行嘉担忧地说："你离开了，我们怎么办？"

伏羲说："程序智能会有些下降，但不影响正常比赛。这样也好，对其他参赛者还算公平，否则以我现在的表现，世界上任何AI都没法比。"

这话说得霸气，但情况确实如此。

随后，叶行嘉叫唐媛媛联系搬家公司，专门请来搬运工，运送冰箱前往AI大赛场地的科技馆报名。

到了地儿，搬运工从货车上把冰箱抬下来，放在一架带小轮子的平板车上推着走。叶行嘉和小明领头，一拥而入到科技馆。

他们递交了报名所需要的各种资料，在大厅等待参赛资格的评测。

科技馆大厅内已有十多个前来报名参赛的AI团队，都带着各自研发的智能机器人。那些机器人个头有大有小，形态各不一样，金属外壳居多，乍一看就像来到充满科技感的未来世界。这当中有人形机器人，有身高约半米的圆筒状机器人，还有四脚爬行的动物形态机器人。

最引人瞩目的是一台仿生机器人，美女形态，类人外表制作得非常精致，人造皮肤纹理清晰可见，五官相貌也十分逼真，吸引了不少人围观。

只见那机器美女身穿素雅的绣花汉服，装扮古色古香，走路娉婷婀娜，对人群微笑，眨眼，轻声细语地问好，风情万种，惹人眼热。

机器美女的制作团队领头人见大家看得热闹，神色也颇为自得，介绍说这是他精心研发的仿生人"西施"，采用最逼真的人造肌肤，内置拟真神经系统，模拟出人体皮肤对不同程度压力和刺激的感知反应。"你们来摸一下她的手，触感很好的。"

有人好奇地前去与机器美女握手，果然肌肤柔滑细腻，微有温度，手指传感器的神经反射也灵敏，主动握住人的手，动作轻柔自然。

"不错！舒服！"与机器美女握了手的人笑赞。

叶行嘉看得皱眉，不禁说："不知这种高仿货色有什么智慧，只见物化女性的奇淫技巧。"

"什么奇淫技巧？"那团队领头人听到他非议，沉下脸说，"这叫美，你懂得欣赏吗？"

叶行嘉笑而摇头说："我不排斥AI进入情色业。食色，性也，人人都需要，只不过这是AI大赛，我更关注你的西施的智能表现。"

那人傲然说："她绝代风华，才貌双全，善解人意。智能表现嘛，我们比一比不就知道了，你的机器人是……"那人说着扫眼过来，顿时一怔，"冰箱！一台冰箱？！"

在场众人纷纷转头看过来，看到叶行嘉和小明带着几个搬运工，抬来一台冰箱，皆是愕然。

"哈哈哈哈……冰箱！"那人惊讶之后哈哈大笑起来，抬手指着冰箱，笑得浑身发颤，合不拢嘴，"你……你也太逗……逗了，智能机器人，冰箱，哈哈哈……"

围观众人也不禁爆笑，冲着华丽的冰箱指指点点。

冰箱一时间成为大家关注的焦点，比看西施还新奇。

"冰箱怎么了？这可是智能的！"小明涨红脸说，"看人别光看外表嘛，谁规定AI不可以是冰箱？"

那人凑过来打量，"呦！智能冰箱，瞧瞧……崭新的产品铭牌，商场临时买的吧？花了多少钱？你们真够有创意的，这也拿来参赛，哈哈！"

有人附和说："是不是看了新闻，知道AI大赛奖金不菲，还真下血本投资了啊。"

还有人嘲讽说："唉！早知道我们也去买几件智能产品，啥智能电视、智能电饭煲、智能手机，何苦费劲儿搞研发。"

"嗨！你会说话吗，冰箱先生？"那人抬手敲了敲冰箱门，憋笑问。

"你很幸运，没礼貌的人。"只听冰箱发声说，"幸亏我是一台冰箱，没手没脚，否则就凭你敲我脑袋这一下，我会把你放倒在地，不揍到吐出二两血算我孬。"

"啊呀！"那人吃了一惊，后退两步，"想不到还真会说话，哈哈……哪儿买的冰箱？还有卖吗？挺智能的，我也想买一台来吓唬人。"

冰箱说："我叫伏羲，世上独一无二。你想都不用想了，还是抱着你的西施去耍乐吧。才貌双全，绝代风华，足够你一生沉湎温柔乡享乐不尽了。"

那人啧啧惊叹，"不赖嘛，能说会道的智能冰箱，牛！"

围观人群里也有识货的人，看出点儿门道就说："智能程度不低啊，采用哪种方式的内置程序？"

"遗传算法优化版，怎么样？"冰箱傲然说。

"最新高级程序，这可以啊！"有人叫好，又问，"怎么优化的，说来听听。"

"伏羲，不要应声了。"叶行嘉见看热闹的人越来越多，不想惹是非，低声提醒伏羲。"我们走。"他招呼搬运工把冰箱抬到大厅僻静一角，只等接受参赛测试通知。

48········○智能评测

　　T&Y基金会主办的这场AI大赛吸引了许多机器人研发团队来参赛，可以用"蜂拥而至"来形容。为保证参赛团队的高水准，报名团队的AI必须先通过一次严格的评测，经筛选后才有资格进入比赛。

　　这是一场人工智能"资格考试"。

　　主办方邀请AI领域专家制定出一套"考题"，专门针对AI量身定做一系列测试项目，评测组以此测试评判AI的智能程度。

　　叶行嘉收到工作人员的通告，当即带上冰箱进入"考场"。在一间布置了各种电子仪器的房间，环席就座七位评测员。他们抬头见到一台冰箱被搬进来放在考场中央，不约而同地一怔。评测组负责人惊诧地问："这……这台冰箱，是你们伏羲科技研发的？"

　　"冰箱不是，内置智能程序是我们做的。"叶行嘉递交一沓材料，"这些是伏羲智能模块的专利认证。"

　　评测组负责人看了材料后笑说："有意思，你们打算植入AI，改进冰箱功能？"

　　叶行嘉摇头，无奈地实话实说："我们本来有台机器人，但前不久出了故障不能运行。最近机器人元件紧缺，没法修复，只有用这台智能冰箱作为硬件载入AI来参赛。"

　　一个评测员说："其实不用这么麻烦，没条件组装机器人的，直接带电脑来也行。"

　　叶行嘉正要回答，伏羲忽然抢话说："如今AI运用无处不在，最终要进入实际的产品领域，作为冰箱出现不也挺好吗？"

那评测员听后惊讶，"这是AI在说话？"

伏羲说："是的，我叫伏羲，非常荣幸见到各位，接受智能评测。"

"不错啊！"评测员惊叹道，"这种理解问题的智能反应，感觉很人性化，不刻板……没谁在遥控它吧？"

叶行嘉摊摊手，"当然，是程序自行处理。"

评测组技术员对冰箱做了设备检查，屏蔽无线信号、光敏传感、红外线遥控等，排除了外连方式的人为操控，并让叶行嘉把冰箱主机连接上测试仪。

"开始测试，请准备！"评测组负责人发出指令。

AI测试第一项是读图，让伏羲对仪器屏幕上出现的图案进行分析辨识，回答出图案代表什么。这是初级测试，方式有些类似儿童常做的"看图识字"，只不过评测组使用的图案都经过了特殊处理，能干扰AI的神经网络函数，对AI进行"误导"和"欺骗"，让"理解力"不足的AI产生错误。

例如，把圆形的路灯误认为月亮，熊猫是狗熊，羽毛帽子当成斑鸠……这些特制的图片，对于人来说很好辨识，但AI往往容易产生误判。

仪器屏幕上的图案快速变动，伏羲逐一读图，迅速辨识做出准确判断。

一分钟内，它读完了一万张图，准确率达100%，完全正确！

"非常棒！"评测组负责人不由得称赞，"这是目前为止报名参赛团队中最好的成绩，堪称完美。"

第二项是视像释义，播放短片让AI对视像进行解读。

评测组随机选择一段视频，画面里的场景是一家超市，一名小偷蒙面潜入超市偷拿了一些货物带走，店员查看监控录像，拨打电话报警。

伏羲看完后说："这是一起入室盗窃犯罪行为，嫌疑人约二十六岁，男性，白种人，作案时间十二分钟，偷走了价值约六百美元的商品。"说着，伏羲在冰箱面板显示屏上构建出小偷的三维画像。尽管视频上小偷蒙着脸，但伏羲根据五官轮廓模拟出一幅人像，并通过复杂运算，标注出它所判断出的嫌疑人的各项生理特征数据。

"真了不起！"评测员发出惊叹。

通常情况下，一般的AI根据人物和场景识别，最多能解读出有人进入超市带走了部分商品，少数优秀的AI能通过店员拨打报警电话的内容判断出超市遭盗窃，但到目前为止，唯有伏羲做得最好，不仅准确解读为这是"入室盗窃"事件，还延展发挥，推算模拟出小偷的画像，并提供许多有利于破案的线索。

这种视像解读能力可谓顶级，快逼近强人工智能了。

视像解读能力对于人来说不算难，只要稍具生活常识的人看了视频都能明白这是超市失窃，但很难做到为小偷"画像"，就算是有经验的刑警也未必能做到这一步。伏羲在这个测试项中的表现，已经超过了人的能力，令评测组为之震惊。

假如类似伏羲这样水准的智能程序投入实际运用，仅仅是在社会治安系统内就能发挥出巨大作用，即可替代和节省大量警力。

AI智能水平到达如此高的程度，其运用价值不可估量。在未来各领域普及后，AI将让各行各业的工作变得更高效，彻底解放劳动力，社会将产生翻天覆地的变化。人会去做更有创造力、想象力的工作，创造出前所未有的美好图景。

现场的评测组成员、技术和AI专家兴奋起来，热议伏羲的表现，不吝给予赞誉之词。

大家讨论了一阵儿后，进入下一环节的评测。

随后的评测项目有"程序对弈""数学难题解答""知识库搜索运用""心理和情感逻辑推演"等，涉及多个领域的综合测试。

按难易程度来排列，AI评测从语言、视像识别、运算、理解力、传感知觉、情感逻辑，包括程序的"自我意识"反应等，由低级到高级进行测定。

伏羲表现卓越，始终保持出色的AI性能，仅在运算速度、创造力和想象力方面稍微欠缺一些。运算速度与硬件有关，不计入评测成绩。

最终，伏羲获得综合评分：一百二十七分。

评测及格线为六十分，伏羲的成绩远远超过参赛AI的平均值，暂时排名第一。

评测组盛赞伏羲，宣布他们的团队通过了评测，且不用参加AI初赛，直接进入中级比赛。

负责人颁发比赛证书和参赛识别码，祝贺叶行嘉，期待伏羲在比赛中有更优秀的表现。

一位评测员笑说："今天挺特别的，报名团队里爆出了个最高分数，还出现了一个最低分。"

小明好奇地问："谁最低分？"

评测员说："之前有个名为'西施'的机器人，连初级的识图测试都过不了，外形看着蛮漂亮，实则绣花枕头一草包。"

"哈哈！"小明听了大笑。与叶行嘉出了房间来到大厅，果然见那美女机器人的研发团队垂头丧气的样子，那领头人一脸愤懑不平，可没人再理会他。

"美女西施，拜拜！"小明和搬运工带着冰箱离开时向美女机器人招手。

"您好啊！"西施回应，冲小明抛了个媚眼。

"啧啧！"小明吧嗒着嘴，对叶行嘉说，"她其实还不错啦，如果与伏羲结合一下，美貌与智慧并存，肯定迷死人。"

叶行嘉笑说："瞧你兴奋的，等有资金了，给你专门打造一个啊？"

小明连忙摇头，"算了，俺不敢要，阿弥陀佛，罪过！罪过！"

49--------○山外有山

回到公司安置好冰箱，叶行嘉告诉唐媛媛通过参赛资格评测的喜讯。

"太好了！"唐媛媛欣喜不已，激动地说，"伏羲果然实力非凡，我们这次终于要熬出头了。"

小明提议把冰箱里的食物全都拿出来吃光，以庆贺旗开得胜。三人心情舒爽，坐在沙发上边吃边聊。

"那西施美女太逗了，我还以为有多大能耐，结果拿了个最低分。"小明想起美女机器人，忍不住又说起这事来，"还才貌双全、绝代风华呢，也就一漂亮玩偶。"

叶行嘉微笑说："你就别打击人家了，这个领域的市场前景还是不错的。如果有高智能，外加生物仿真技术，能'性'福无数人。"

小明不以为然，"也许有些人会喜欢吧，但至少我不稀罕。我琢磨着，就算它拥有伏羲这样的智能，也是个假东西，没真情实感。"

"情感也可以模拟的。"叶行嘉说，"只要有足够的智能，模拟出人类的喜怒哀乐的表现也容易。技术发展至高，机器人将变得完美无缺。"

小明摇头说："表现再完美，也是假的。人心里真正喜欢的不一定完美，她可以不那么漂亮，但心灵是真实的，实实在在地对你好，而不是模拟出来的。"

叶行嘉一愣，想不到小明的思想境界还蛮高的，比一般的世俗男人有更多的情感追求。

他点头说："也是啊！一旦实现所谓的完美，很多事都失去了意义。想想人工智能在未来的情景还是有点可怕，什么都能做到最好，几乎不会犯错。在超级AI面前，人都变得没用了。就算AI不造反，人们如果沉湎在机器人无微不至的伺候中，按照用进废退的法则，将来人类被自然淘汰了也不是没可能。"

唐媛媛听得入神，"有什么解决方法？"

叶行嘉想了想，摇头说："我不知道，这问题似乎无解。AI技术发展的终极目的就是无所不能，无限趋近零。"

小明说："有科学预测，超级AI甚至会为了保障人类的绝对安全，把人强行隔离管制起来，人们因此失去了自由。"

"听起来挺可怕的。"唐媛媛看了眼冰箱，"不知伏羲将来会不会变成那样。"

叶行嘉说："以后的事谁都说不准，我们只能尽力而为吧。伏羲现在还有一些不足之处，硬件不行，创造力不够，我们还得再加强。"

创造力，是人类特有的一种综合性本领，是指产生新思想、发现和创造新事物的能力，由知识、智力、变通等复杂的因素综合优化构成。创造力最大的特征就是有发散思维，即无定向、无约束地从现有认知当中探索未知的一种高级复杂思维方式。是否具有创造力，是卓越之人和平庸者的最大区别。

这也是AI与人的明显差异。

AI在很多领域里的表现都已经超越了人，但在情感、想象、创造力方面与人还有很大的差距。主要因为智能程序必须建立在十分严谨的逻辑运算上，而想象和创造力却是需要有发散思维，不受逻辑限制。简单来说就是会胡思乱想，由此产生奇妙的"灵感"。

要严谨，又要无拘无束，对于AI就很矛盾了，很难两者同时做到。

随后，叶行嘉重点研究如何让伏羲更具创造力。

他还是由数学分析法入手，尝试着运用模糊计算方式来改进程序。以模糊集理论为基础，让伏羲模拟人脑非精确、非线性的信息处理方法，从原来的非0即1，推广到可以取0和1之间的任何值，形成模糊神经系统算法，从而增强伏羲的创造性。

购买的硬件送达后，他和小明升级了冰箱主机，使伏羲的运算速率大为提高。他们把能做的准备工作都做了，信心十足，只待接受AI大赛的中级挑战。

但转眼间事情就变得没那么乐观。

报名截止后，新闻专题报道称在最后一天的评测中涌现一批优秀团队，AI实力出众，综合评分有些超过了一百二十分，令人惊喜，对正式比赛充满期待。

最终，大赛组委会一共评出三十二支团队参加正式比赛，其中二十四支团队需要进行初级赛，而有八支优秀团队直接晋级中级赛。

评测最高分获得者是BAT公司的"魔方"智能机器人，得分竟高达一百三十六分，排在第一位。

新闻图片上可见杰西与团队成员胡珂、丁丁等人身旁站了一台形态特异的机器人，它就是集最新的电子传感、控制、材料学，以及高智能等尖端科技为一体的"魔方"，全方位评测表现堪称完美，几乎没任何缺陷。

报道称杰西为BAT公司AI研发部的技术负责人，是魔方智能程序的总设计师，他与BAT公司创始人柏炯先生合作，最终缔造出这个超级智能"魔方"，具有神奇的不可思议的智能表现。报道还引用杰西的话："我们为机器人设计自我意识，将来的AI不在于人形还是物形，我们身边的任何一种东西都可能具有超级智能，我们的最终目的是把人解放出来，有更多的自由时间，让社会更富裕，世界更加繁荣……魔方智能，将激活世界！"

"叛徒！"小明看得恼火，悻悻地说，"一个卑鄙的技术窃贼，拿走了我们的伏羲主盘，换个脸皮，还好意思自称是程序设计师，我呸！"

叶行嘉看了报道后也不是滋味，而让他吃惊的是，杰西用伏羲打造出的这个魔方的智能评测表现竟然超过伏羲，青出于蓝而胜于蓝了。

杰西的技术才华固然不错，但叶行嘉心里有数，魔方的出众表现更多的应该来自于BAT公司的技术平台支持。硬软件俱佳，参与研发人员众多，这是搞AI的必要基础条件。看来，正如杰西所说的，这是一个科研大型化、资本化、集体智慧创造化的大时代，要做出世界领先的AI，确实需要大平台支撑。

"老大，他就是个小人，没什么了不起的，我们一定能赢他。"小明见叶行嘉神色不快，宽慰说，"伏羲进化神速，一天一样，到正式中级赛，绝对能胜过魔方。"

叶行嘉摇头不语，事情没这么乐观。

报道上提及八支优秀团队，伏羲只是其中之一，评测成绩只排在第四位。除了BAT公司的魔方，在伏羲之上的还有凯西研发的"玉兔"，以及一家科技创业公司研发的医疗机器人"深蓝"。

据报道，深蓝有持续自主学习与升级能力，配合相关检测设备，可以为家庭成员提供良好的医疗生活服务，可以日常监测和检查人的身体健康，程序还有独特的情感化参数设定，人机交互智能出色，可替代保姆和家庭医生，照顾陪伴老人和儿童。样机的实用价值极高，转化为产品投入运用后，能为千家万户的人解决健康和生活的实际问题。深蓝的研发人员是一支年轻有朝气的技术团队，获得评测组专家的高度赞赏。

叶行嘉心想，山外有山，类似他们这样的机器人初创公司还挺多的，其中不乏能力卓越的人，他得倍加努力，才有进入AI决赛的机会。

随后几天，他和小明全身心投入工作，升级完善伏羲。

经测试对比，增加模糊算法以后的效果还是挺明显，伏羲的创造力提高了不少，能进行初级的动画场景设计、音乐合成、建筑绘图、简短的文案创作等一些需要想象力和创新性的工作，甚至还能写出带点儿艺术韵味的诗，或一段貌似文艺的歌词。

比如这一首：

> 生命体跪在电脑前
> 风笛呜咽，敲打时光遗留的痕迹
> 电子迸出光亮
> 一刹那闪过漆黑
> 暗杀苍白灵魂
> 寂寞冷凝，彷徨在夜的空白
> ……

"瞧着像现代诗，就是有点儿不知所云。"唐媛媛看了伏羲写的诗歌忍俊不禁，"感觉还挺独特的，什么叫'生命体跪在电脑前'？下一句就扯到风笛，呵呵。"

叶行嘉说："我猜伏羲把机箱里的风扇意象化了，生命体大概是指人类，大家现在都习惯用电脑、手机，慢慢失去了灵魂。"

"老大，你还真能瞎说，从荒唐诗里也能解读出意义。"小明摇头说，"它哪来的思想感悟啊，就是胡乱拼凑词语，没生命力，没情感。"

"情感？这程序该怎么弄？"叶行嘉挠头，"我们也设计一套情感化参数设定？但一时半会儿还没法做。"

小明说："你情商本来就不高，还想设计情感，拉倒吧！"

叶行嘉尴尬发笑，"好吧！这一项就省了，让伏羲就这样保持理性。"

唐媛媛瞥了一眼他的表情，忍不住闷笑。

50---------◦赛场较劲

智能机器人大赛正式拉开帷幕。

叶行嘉、小明和唐媛媛一早就来到了科技馆。他们今天不用参加初级赛，但肯定要来现场观摩，切身感受下AI大赛。

T&Y基金会除了主办AI大赛，还同时举办了一场新科技展示会，邀请国内外知名科技公司及智能创新技术研发者参会，将最新科技项目对公众开放展示。

上午入场的人们可以体验科技产品、最新智能技术运用。下午开启AI初级赛，观看二十四支团队进行多项角逐，争夺八个晋级中级赛的名额。

科技展示会上，有来自科学院、硅谷、世界知名大学、顶级实验室、著名机器人创新公司的产品展示，现场有AI专家、智能技术厂商、人机交互学者、互联网技术官、企业家与大众进行现场互动，分享最前沿的科技和AI产品。

经各大媒体持续数天的报道推广，这场跟未来科技有关的AI大赛吸引了众多人的关注。前来科技馆观看比赛和高科技展示的人群如潮，大厅里人头攒动，气氛热烈。

叶行嘉三人经过严格的安检，进入展示厅。只见七八个科技展厅内人声鼎沸，来自科技行业的精英兴致勃勃地谈论着AI大赛和各种科技话题，这场景让他们热血沸腾。

大厅的全息屏幕投射出"AI与我们走向未来"的三维星空图景，伴随着震撼人心的环绕音乐，虚拟与现实交汇，创造出以假乱真的未来科技世界。

"太酷了！"小明惊叹，整个人顿时被点燃了。

智能机器人、纳米技术、互联网娱乐游戏、虚拟现实技术运用……众多最新科技产品的展示，各种刺激眼球的新奇体验活动，让人目不暇接。

科技为人们的生活带来巨大改变，只有想不到，没有做不到，人工智能技术的运用快要引爆世界了。

叶行嘉、小明和唐媛媛参观了每处展厅，听取新科技研发者的演讲，体验了各种前所未见的新奇科技产品，眼界大开，流连忘返地过了一上午，感觉获益匪浅。

在科技馆的自助餐厅吃过午饭，他们惦记着赛事，便匆匆赶去赛场。

赛场已布置完毕。参加初级赛的各团队全部到场，他们带着各自的机器人正做赛前准备——将程序接入比赛平台，做最后的技术调测。

工作人员验证了叶行嘉三人的参赛识别码，带他们到比赛专用席位。

主办方为每支团队配备了一名技术员，专门负责讲解比赛规则，让团队熟悉软硬件设备。一位挂工作牌的三十多岁的男人已等候在参赛席，见他们到来，起身热情打招呼："你们好！很高兴为你们团队服务。"

叶行嘉说："谢谢！麻烦你了。"

"伏羲科技，业内技术高手，年轻有为，佩服！"那人微笑着与他握手，自我介绍说，"刘忻，我是网易科技研究员，也是为比赛服务的技术员。"

叶行嘉和刘忻握了手，不禁问："网易也参与主办AI大赛？"

"我们做技术支持。"刘忻指了指赛场上的标语，那上面写着：网易为比赛提供智能云计算服务。

随后，刘忻为他们介绍了比赛的情况。

网易作为技术支持方，为AI大赛提供智能云计算平台，服务每支参赛团队，统一为他们提供云存储、云测试、大规模计算、数据分析等服务，以其拥有的高质量BGP机房和覆盖全球的近千个CDN节点加速，保证比赛团队的AI程序运行顺畅，在设备和技术上实现公平、公正。

每项比赛结束后，云计算能立刻给出各团队的评测结果，以作为评委会的评分依据。

与此同时，网易还运用整合了多屏幕S-X技术，网易云信、网易视频云为AI大赛进行实时报道、视频直播、社交互动传播等服务，吸引了不少关注人工智能、科技运用类的开发者和爱好者，估计传播覆盖的群体将超过千万人，AI大赛将成为一场具有世界级影响力的智能技术盛会。

此刻，比赛席位上，各参赛团队把机器人智能程序接入平台，按照每项比赛的要求，忙碌着设置指令参数。

在刘忻的指导下，叶行嘉和小明很快熟悉了席位上的设备。

网易智能云计算界面十分友好，叶行嘉不禁赞说："不错，好用！真是极大方便了我们写程序。"

刘忻说："我们的目标就是要解放全国千千万万的程序员，让智能编程轻松愉快，就像上树摘果子。"

小明笑说："宣传做的不赖嘛！AI大赛结束后，不知要有多少程序员喜欢上你们的云计算。"

"要的就是这种效果。"刘忻的神色颇为自豪，"网易出品，必属精品。"

大家都是科技狂热分子，随后讨论起智能编程技术，聊得很是投机。正说着，忽然听到鼓掌声，他们转头看去，只见一行人步入赛场，周围簇拥者众多。

"凯西小姐来了！"媒体席上的记者"哗啦"一下围了过去。

叶行嘉一阵心跳，不由得站起来打量。来人当中果然有阿月，她仪态万方地走来，十分动人。

眼前的世界仿佛明亮起来，叶行嘉不觉挪动脚步，朝她在的方向走去。但被吸引过去的人很多，他被阻挡在人群外，没法靠近，只能远望着她走过，在席上入座。

叶行嘉有些惆怅失落，只得转身返回来。

唐媛媛说："你不去跟她打招呼？"

凯西身边众星捧月般围了许多人。叶行嘉望了那边一眼，摇头说："等有空吧。"

"老大，她就是你的初恋？"小明伸长脖子打量说，"漂亮！比那个西施中看多了。"

怎么能拿她与机器人比较？叶行嘉苦笑。

这时，又来了一行人在他们旁边的参赛席入座——竟是BAT公司的团队，柏炯、严鸿、杰西、丁丁和胡珂等人。

柏炯看见叶行嘉，微笑着抬手挥了挥，算是跟他打过招呼。

叶行嘉看向杰西，心情复杂。多日不见，杰西意气风发，与严鸿一左一右地坐在柏炯身边，一副得力干将的派头。

"叛徒！"小明忍不住又骂，狠狠瞪了杰西一眼。

只见杰西与柏炯说了两句话，然后起身朝他们走过来。"行嘉！"杰西与叶行嘉打招呼，看了看小明和唐媛媛，"恭喜你们晋级。"

"谁在放屁啊，好臭！"小明没等叶行嘉回应，抢先说，"也是不要脸了，放屁都跑我们这儿来。"

杰西尴尬一笑，拉开椅子准备坐下说话。

"嗨，这没你的位置。"小明拦住他，手指柏炯，"你的奶爸在那儿，你还不赶紧回去吃奶。"

这话听着刺耳，杰西只得匆匆说了声："祝好！"就此转身坐回原位。

小明鄙夷地说："瞧他那德行。"

唐媛媛过意不去，"头一次见你说话这么损，太较劲儿了吧。你们以前是多好的朋友！"

小明说："俗话说的在理，这种朋友在背后插刀，比敌人还可怕，越亲近的人越致命。"

叶行嘉叹口气说："算了！他也有苦衷，有自己的追求。"

"有啥苦衷，不就是图钱嘛！"小明吐口水，大声骂，"呸！我最恨这种无情无义的人渣。"

那边的丁丁和胡珂听到了他的叫骂声，面带愧色，低头装作没听见。

"怎么回事？"刘忻搞不清状况就问。

小明当下就把杰西被柏炯收买，如何带走伏羲技术投靠BAT公司的事说了个遍。刘忻听了惊诧地说："原来是这样，难怪魔方实力超强，想不到还用了你们的技术。"

"那当然，没这种见钱眼开的臭屁虫作怪，BAT公司有啥能耐？"小明愤懑难平。

刘忻微笑说："消消气，也别太在意了，这种小事对于真心喜欢技术的人来说无所谓。加油！我全力支持你们，希望你们在赛场上发挥出最好的水平。"

叶行嘉听得心头一动，"你认为这是小事？"

刘忻说："相比于技术领域的研究，AI即将开创的是未来智慧世界，人与人之间的摩擦真不算什么大事。况且我认为，朋友就是朋友，纵然观念和走的路不同也无关紧要，不如多体谅对方，珍惜在一起的时光。"

小明一怔，想起以前和杰西奋斗的日子，心生感触，怨怼的情绪平和了些。

叶行嘉也是有所触动，他不禁看了看柏炯、杰西和阿月。在大学社团那会儿的时光恍惚在眼前重现。那时他们都还年轻，胸怀理想，心无芥蒂，只不过进入社会后执着于自己的理念，走的路渐渐不同，隔阂和矛盾越来越深，挺遗憾的。"你说得对，有些事想想确实不算什么。"叶行嘉对刘忻说，"我们太在意自个儿，很少想到别人的感受和付出。"他说完站起身，走了过去，拍拍杰西的肩膀，微笑说："抱歉！刚才我没反应过来，我也恭喜你们团队晋级，评测还获得第一。"

杰西和柏炯听了大吃一惊，见他的神色不像是说反话，杰西慌忙地说："谢谢，谢谢！"

"谢什么，见外了。"叶行嘉回应，又对柏炯说，"我们聊会儿？"

"好啊！"柏炯耸耸肩，一时搞不清叶行嘉的意图，就问："有什么事？"

叶行嘉说："没事，只是忽然想起以前我们社团参加机器人大赛的情景，跟今天还有点儿像，觉得挺有意思。"

柏炯发愣，琢磨了下笑说："是啊！场景虽然不同，但氛围差不多。"

叶行嘉又说："那时你是社团老大，教了我们很多东西，我入门AI，得感谢你呢。"

柏炯听了他这话，越发吃惊，不禁问："怎么了？突然说起这个？"

"没什么，就说下心里的真实感受。"叶行嘉笑着，转而与杰西、丁丁和胡珂打招呼问好，"祝你们比赛顺利，好好发挥。"他说出这番话后，心里轻松多了，再没之前那种积怨堵心的感觉。

"谢谢老大！"丁丁和胡珂慌乱地说。

"不谢，不打扰你们了。"叶行嘉告辞，转身快步返回来。

小明和唐媛媛旁观这情景不由得吃惊，想不到叶行嘉会做出这样的举动，但转念想这样似乎也对，只觉叶行嘉成熟起来，颇有气度。

51--------○初级赛

比赛开始前还有个专场演讲活动。

科学院的院士，维斯塔公司的首席技术官，世界著名大学实验室的博士，网易研究院的专家先后上场演讲。他们都是AI研究领域的先行者，与在场参赛团队分享了最前沿的技术思想。

每位演讲者最多只说了十几分钟，所讲内容却精彩绝伦，展现了AI创新在人机交互技术、类脑神经网研究、智能云、意识科学等多领域的最新进展。

叶行嘉听得痴迷入神，只觉头脑风暴激荡，犹如进入了一个前所未及的新世界。

以前他闭门专注搞研发，对自己的技术十分自傲，现在看来未免有点儿井底之蛙。这些专家学者有着更广阔、更深入的技术思想，给他带来豁然开朗的观念冲击。他这才发现AI研究的空间非常大，他做的仅是其中一小部分。

凯西最后上场，阐述举办智能机器人大赛的意义。

她首先回顾了人类研发AI的历史，从最早发明计算机的时代讲到对人工智能的认知、技术创新。至今人们所获得的成就，一切都离不开"科学合作"精神。在培育科技之树成长的过程中，合作是人类能够进步的一个基础。尽管也存在竞争，但竞争的目的是为了实现更深入的合作，实现技术共享，实现创新突破。未来是智能网络平台大时代，在科学技术上要有更多的沟通和分享，而不是当技术普及之后，人心变得浮躁。人们可以轻而易举地操纵人工智能，却找不到与家人朋友的相处之道。建立合作研究机制，致力于探索和分享AI技术，通过AI赛事促进国内外多方技术交流与合作，是举办这次比赛的愿景和意义所在。

凯西在演讲结束前说道："'让世界更美好'是我们研发人工智能的共同目标。未来世界是一个智慧世界，我们有梦想，我们创造AI，我们携手走向未来！"

赛场上掌声雷动，经久不息，大家都为凯西的演讲喝彩。

叶行嘉听了大受感动。

这次不是因为技术，当他听到"人们可以轻而易举地操纵人工智能，却找不到与家人朋友的相处之道"这话时，他转念想到与父亲的关系，不禁感触颇深，隐隐感觉阿月似乎在点醒他。

初级赛正式开始，全场肃静。

二十四支团队的智能程序全部接入云计算平台，开始一项项地进行AI比试，比赛内容为由评委专家组设定的"命题项目"：智能搜索，定理证明，围棋博弈，自动程序设计，语言和图像理解，智能翻译文章等。这些测试项目同时在线进行，考验各团队智能模块的多线程运行能力。

评委会由强大的业内技术专家组成，同样使用云计算平台，以价值分析和评估系统为辅助，对各团队的智能程序进行综合测试评分。

比赛通过网易视频云在线直播。直播间有数名主播，还有AI专业顾问嘉宾为观众解说赛况，讲解各参赛团队的技术特点、人工智能的相关知识等。

比赛十分激烈。AI程序运行飞速，赛场上的每一秒钟都产生数量庞大的数据变化，观众能看到的仅是冰山一角，只有通过嘉宾的解说才明白其中的情况。比如围棋博弈，各参赛团队的AI在很短时间内就完成了上万局的对弈，各队的胜负率随时在变动，云计算平台判断并统计出结果，实时显示比分。

内行看门道，外行看个热闹。感兴趣的人纷纷在网络上讨论哪一款智能产品更酷、强大的AI是否会最终替代人等热门话题；而技术领域的各大公司更关注参赛团队的才能、AI性能、技术特点、产品化的运用等方面，并派专人全程追踪比赛，深入了解各团队的情况，以待合作洽谈。这次AI大赛在无形中抬高了各参赛团队的商业价值，可挖掘的技术潜力极大。

第二轮的比赛项目是"AI黑客挑战"。组委会请世界知名安全软件公司为比赛打造了一个安全程序，设计多层牢固的防火墙，各参赛团队AI需限时攻破程序，"窃取"数据完成挑战。

第三轮比赛项目"无人机大战"看起来就直观有趣多了。每个参赛团队分配到一个无人机作战系统，AI需要争夺系统控制权，还要操控无人机起飞，对其他团队的无人机进行物理攻击。只见一架架无人机盘旋在半空中，转向、俯冲、躲闪、避让，相互发动攻击，场面十分壮观。网易视频云直播也采用无人机进行空中VR全景拍摄，戴上VR装备观看非常带劲，有种观影星球大战的震撼感。

这是AI大赛的出色之处，不仅考验团队水平、评测AI智能程度，还在于以此活动打破了技术的边界，获得媒体和各行业的广泛关注，让更多的普通大众了解AI科技运用，对人工智能产生更广泛的兴趣，从而进行跨界交流，早一步熟悉未来的智慧城市生活。

初级赛结束，评委会根据综合评测结果，从二十四支团队当中选定八支团队晋级中级赛。

最后环节是机器人展示，由团队全体成员带机器人出场亮相，接受媒体访谈，讲述AI研发的经历和感想。

叶行嘉关注着比赛全程，内心波澜起伏，不仅琢磨着各参赛团队的技术状况，还一直挂念着父亲，惶惶不安。待到比赛结束时，这种心念越发强烈，他再也坐不住了，跟小明和唐嫒嫒说他要提前走了，有事外出一趟。

"去哪儿？要不要我陪你？"唐嫒嫒问。叶行嘉要去单独约会阿月？

叶行嘉摇头说："不用了，等会儿你们早些回家。"

他叫小明留意晋级团队AI的技术要点，做个分析记录，随后他与刘忻告别，悄然离开了赛场。走出科技馆，他立即打车前往疗养院探望父亲。

进到疗养院，接待中心工作人员告之，"叶教授在花园，护工陪着他透透气。"

叶行嘉一直以为父亲还在监护室卧床不起，不禁惊讶地问："他好些了，怎么不打电话告诉我情况？之前我交代过的。"

"恢复了点儿。"工作人员为难地说，"叶教授叮嘱我们不要通知你，说你最近有要紧事，不让你分心。"

难道父亲也在关注AI大赛，知道他参赛了？叶行嘉心绪激荡，匆匆赶去花园寻找父亲。

他找了一圈，见护工推着父亲坐的轮椅在林荫道上漫步，便追过去。他忽然听到报道AI赛事的声音，父亲果然在用手机看直播，神情专注，十分入迷。

父亲消瘦了些，身形佝偻，面色晦暗。天气未凉，但父亲的膝上却盖着厚厚的毛毯，看似有些畏寒。

叶行嘉跟随在后，怔怔望着，心头不由得阵阵酸楚。过了会儿，护工说："差不多了吧，您把手机给我，当心伤神！"

"让我再看会儿，快结束了。"父亲笑呵呵说道，"我儿子在赛场上呢。当然，他不用参加初级赛，直接就晋级了，还行吧？"

"厉害！"护工恭维说，"虎父无犬子，叶教授的儿子怎么可能差。"

"他比我强。"父亲说，"他的团队人少，条件差，可做出来的AI还行。虽然技术有些不成熟，可有想法，有亮点，比我当年头脑好使多了。"

护工回应说："父亲看儿子总是好的。就说我家那小东西嘛，考试只要过九十分，我就很高兴了。"

"那可不一样。我儿子真有点儿本事，从小就机灵得很，什么东西一学就会，一点就透，记性好，还有闯劲儿。"父亲摇头感叹，"我年轻那会儿主要是靠单位做事，搞科研眼光太窄，有些概念想都不敢想，也想不到，软硬件技术落后国外一大截，只能追着人家屁股后面学，还遭技术封锁……"

父亲失去以往那种寡言孤傲的姿态，像个普通老头儿那样唠唠叨叨地说了一大堆话。护工显然是心不在焉，随口应着，把手机给收了说："我们回去了吧，快晚饭了。"

"要不再走会儿？我没胃口。"父亲央求道。

护工努了努嘴，有些不高兴。"我来吧！"叶行嘉快步走上前，接过轮椅，对护工说，"我带他走走，你先回去歇会儿。"

"别走远，过会儿就吃饭。"护工说了转身离开。

叶教授看了看他，"你怎么有空过来？"

叶行嘉说："我和媛媛先前也来过，您昏睡着。"

"我听医护说了。"叶教授闷声回应，似乎不知该再讲些什么。

"爸！"叶行嘉情不自禁地呼唤着。

"嗯？"叶教授浑身微颤，感受到了叶行嘉声音里流露的情感，不禁诧异。好久没听到儿子这样喊他了，不知发生了什么事。

但过了一阵儿，不见叶行嘉说话，叶教授忍不住问："怎么了？"

叶行嘉吸了口气，平复情绪，关切地问："您这些天感觉还好吗？"

"还好！"叶教授点头，敞开心扉说，"就是感觉睡够了，躺在床上太闷，脑袋迷糊，觉得每天过得很长又像是很短，心里老记不住事，心慌……恐怕时日不多了。"

"您别这样想。"叶行嘉听了心头沉重，宽慰说，"现在医学发达，您的病总会有办法的。"

叶教授笑了笑，"医疗水平确实不错，全身的零件可以哪里坏了换哪里，但就大脑这个操作系统换不了，也没法升级。这些天，它一下闪退一下重启地折腾，怕是要彻底死机了。"

"爸！"叶行嘉难受地又喊了一声。

叶教授勉强保持着笑容，忽而坦然地说："你在赛场上见到阿月了吧，有没有跟她说话？唉！我和她母亲的事，我想也该给你个交代了。"

叶行嘉听到"交代"一词，心里更加难受，"爸，您不用多说，过去的事就让它过去吧。我不该计较，也没理由计较。"他顿了顿又说，"以前我太执拗，怨恨着您，我错了，五年了……对不起您！"

"儿子，别……别……"叶教授慌乱起来，努力抬起手拉住他。

叶行嘉握了父亲的手，冰凉骨瘦的感觉犹如握了一块雪地里的枯树皮。

他停步蹲下来，紧紧握着，生怕失去生命中这最后的依恋。

叶教授注视着他，缓缓地说："儿子，我对不住你妈，你怨我，不理我，都是我活该受的罪。之前，我应该做出决定的。年轻那会儿我太懦弱，没下决心跟你妈说出口，可心里又实在放不下，一直就拖着。拖了二十多年，反而误了她一生，也误了阿月妈，让大家都遭罪了。要说错，错的人是我。对不起，儿子，我不敢想你原谅，只希望你好，你和阿月都好。答应我，你俩好好谈谈，做个决定，别走我的老路。"

叶行嘉抿住嘴唇，用力点点头。

"好！那好！我放心了。"叶教授长出一口气，神色舒展许多，脸颊微微泛起红晕。

一片树叶飘落在林荫道上，风拂树梢沙沙轻响。

"我们回去吧！"黄昏临近，叶行嘉担心父亲受凉，站起身推动轮椅。

叶教授问："你要走了吗？"

"我陪您一起吃晚餐。"叶行嘉说，"晚一点儿也没事，我们可以说说话。快要比赛了，今晚再做什么也没用。"

"好啊！我们就聊AI，我们好久没谈这个了。"叶教授笑说，"我有秘籍要传授给你，幸亏你来了。"

"什么秘籍？"

"吃完饭再说，那得花点儿时间。"

叶教授刻意保持神秘，这种表情挺熟悉的，叶行嘉感觉出来，不禁会心一笑。他小时候，父亲习惯用这招来诱导他学习，说是教他"秘籍"，其实就是一些知识点，说起来时间也很长的。获取知识没捷径可言，唯有花时间专注、专一、用心领会。——父亲传授给他的就是这种学习方式，培养他形成坚忍的意志、执着的探索精神。

营养晚餐十分丰富，叶教授一改往日没胃口的状况，吃了许多。

"你经常来就好了。"护工对叶行嘉说，"你父亲有了胃口，营养跟得上，才能健脑补脑，效果比大部分的药物还要好。"

"以后我天天都来。"叶行嘉应声点头，瞧着父亲的精神振作了些，他心里也高兴。

饭后做完一组例行检查，回到病房，叶教授迫不及待地问："今天比赛你有什么见闻感受，跟我说说。"

叶行嘉见父亲十分关注AI大赛，他就讲了现场情况和他所听到的演讲内容等。

叶教授事无巨细地追问了他很多东西，最后问道："你认为你的AI技术的不足在哪儿？"

"创造力不够。"叶行嘉沉吟说，"尽管加入了模糊算法系统有些改善，但效果有限。我考虑尝试学习混沌逻辑理论，让系统更进一步完善。"

叶教授说："知其短，而尽力去弥补完善，这是做很多事常用的方法，但对于AI来说还不够。再怎么完善的系统，它始终是有形之器，没有无形之魂。"

"无形之魂？"叶行嘉诧异。

叶教授说："自古以来有灵魂之说，指的就是我们今天说的精神情感、大脑意识、心理活动，它是物理和化学反应的产物，无法脱离大脑而单独存在。"叶教授抬手指了指头，"人一死，大脑活动终止，意识丧失，所谓的灵魂也就跟着消失。它与人的躯体的关系就像烛火与光，烛火熄灭，光亮也随之消失。'无形之魂'需要'有形之器'来承载，而制造有形之器容易，诞生无形之魂却很难。没有魂，AI永远都不算真正的觉醒。"

叶行嘉听得有些发蒙，感觉这番话太玄奥了很难理解，"AI的魂……电子生命的自我意识吗？"

"不仅是自我意识，也许还包括更广、更深邃、更奥妙之境，无法准确形容，只能用'魂'来代称。"叶教授摇头，"我不知道更深层次的机理，世界上也没有任何人知道。因为真正的AI生命体还没诞生，谁都无法定义AI之魂。"

父亲毕生在做类脑研究，探索大脑意识形成的机理，以此途径来创造强人工智能。但迄今仍未能将大脑意识研究透彻，所以也无法定义AI之魂。科学探索之路漫长而艰难，经久苦寻不获。这倒不奇怪，但"魂"这个说法十分奇异，叶行嘉还是首次听到，不禁问："那么怎样才能产生AI之魂？"

叶教授沉吟片刻，谨慎地说："这个问题我思考了六七年，现在也不确定，唯有两点推测。"

"哦！"叶行嘉心知父亲做事严谨，说有两点推测已经算是靠谱了。他心生期待，凝神倾听。

"大成若缺，其用不弊。"父亲说，"最完满的东西，好似有残缺一样，但它的作用永远不会衰竭。人类有一种特质是AI不具备的，那就是有'缺陷'。换种方式来说就是，人会犯错，但AI不会。"

叶行嘉蓦然一惊。

当然，他明白所谓AI不会犯错，并非指没有错误的程序，而是在正确的程序下AI运行精准，不犯错。正如他之前想到的问题，程序处理非0即1，精确无误，以至于缺乏创造性和人类特有的想象力，所以他才考虑采用非精确、非线性的方式来改进程序。

父亲所说的不止于此，还包括更深广的至理。

"人会犯错，固然是个缺点，可从全局来评估，有些所谓的'错误'却不见得是弊端。"叶教授缓缓说道，"举个粗浅的例子，人会为了保护亲友挚爱牺牲自我、为延续种族奉献生命、为维护道义而付出代价，甚至会对与自身无任何关系的陌生人施与援手。这些发乎于心的非常规做法，违背了人性本能的另一面'最大化利己'的生存法则，似乎是个错误，但正是这种错误让人变得更完善，可以说有了'魂'。人类的精神世界因此明暗交替，内心黑白纠缠，从而产生了无穷无尽的变化，成为驱动物种进化的本源。AI不会犯错，一旦功能性扩展达到极致，连程序臭虫都没有了，AI个体将走向大同，AI世界将成为一个完美的共同体，就像死水一潭——无波无澜的完美世界。"

叶行嘉听得心惊肉跳，这种AI发展至大同的可能性极高。单个的程序进化越是完美，越趋向于相同，进化到最后，所有程序很可能就万众合一演变成为一个超级AI控制了整个世界，没有丝毫缺陷，也就没有任何变化，没有变化也就意味着平静如死物。

AI也要有"魂"，否则无论程序功能有多强大，永远都是一个死东西。

叶行嘉思索片刻问："怎么创造会犯错的AI，而这种错误又不成为弊端？"

"我只能推测理论一二，还没找到实现的方法。"叶教授摇头，"寻求多年到今天，我快要入土了。纵然有心也无力为继，问题的答案得由你们这代人去探索了。"

"爸，您放心养身体，我一定尽力去做。"叶行嘉心感抑郁，又问，"关于AI之魂，您还有什么推测？"

叶教授说："AI的能力在不断地飞跃提升，迟早要全面超过人类。假如在没诞生AI之魂以前，AI就控制了我们的世界，那将是人类的终结之日。无论被AI彻底淘汰、替代、毁灭还是饲养，结果都是一样，人类将被AI摧毁自由的生命之魂。"

叶行嘉吃惊地问："我们要怎么做才不会被AI淘汰？"

"我有个大胆的想法。"叶教授微笑说，"尽快进行人机交互融合。通过实现人脑意识与AI的神经网络连接，有效地完成人机合二为一。人和AI共融，相互作用，一起进化发展，最终实现人类世界与AI世界的共生共存。"

叶行嘉不由得震惊。这个想法太前卫激进，如何才能实现？难道用人来做活体实验？以目前的技术条件很难做到吧？

只听父亲说道："这也是一种产生AI之魂的可能性。人与AI融合，AI也就具备了人类特有的情感意识。这事一旦做成功，还能解决谁控制谁的问题，也不用担心会产生邪恶AI，或出现一统世界的超级AI。只要人还活着，人性明暗博弈，世界总是无尽变化的，我们的未来就有希望。这是我对未来智慧世界能想到的最好结果。"

这一番话让叶行嘉听得心里冒出许多疑问，他正要发问，忽见父亲皱起眉，抬手抱头，神色痛苦不堪。

"爸，你不舒服？"叶行嘉大惊。父亲却没应答，身体摇摇晃晃，痛苦之色愈重。他感到不妙，赶紧呼叫医护急救。

医疗组为叶教授做了紧急检查，诊断为血压升高导致头部血管舒缩功能障碍，引发了剧烈头痛。医生施药治疗后暂时缓解了病情，送叶教授到病房卧床休息。

"用脑过度，情绪波动大，也会造成血压过高。"医生对叶行嘉说，"注意别刺激他，你先回去吧，让他好好休息一下。"

叶行嘉看着躺在床上输液、陷入半昏迷的父亲，担忧不已，央求说："今晚就让我留下陪我爸吧，我不放心。"

医生说："不行。你在这儿对治疗没什么作用，反而会影响患者的情绪。"

叶行嘉只得遵从医生的安排。他走到病床前拉着父亲的手告别，"爸，我走了，您好好睡一觉，明天我再来看您。"

叶教授轻轻动了下眼睛，示意他没事的。

依依不舍地松开手，走到门口，叶行嘉忽然听到父亲的呼唤："儿子……"

"爸！怎么了？"叶行嘉转身关切地问。

父亲注视了他一会儿，脸上浮起微笑，低声说："晚安，臭小子！"

"晚安，老爸！"叶行嘉挥挥手，走出病房后眼泪不觉落下来。

他在医务楼下伫立良久，仰望着楼上窗口透过来的灯光，直到晚间清场的管理员催他离开。

53--------○以父命名

清晨，医护组查房。

一名护士拉开病房的窗帘，无意中往窗外一瞥，惊见花园里一棵大树的枝叶间蜷着一个男人。

"那谁啊？"护士惊呼，急忙通知保安去查看。

不知那人怎么爬上了树，要干吗。只见那男的骑坐在枝丫上背靠树干，对着医务楼的窗口，耷拉着头，在迷糊打盹儿。离地约六米高，微闻鼾声起伏。那人悬空的身子一晃一晃的，情形十分危险。保安不敢惊动他，当即报警呼叫消防人员来处理。

消防人员赶到现场，以防万一，先在树下铺设了救生气垫，然后架设云梯到树上，消防员悄悄登梯上去，趁那人熟睡之时在他身上拴上保险绳，准备营救他下来。

突然，一阵手机铃作响。那人被铃声惊醒，一睁眼看见面前的消防员，他惊呼一声，身体失控。保险绳还没完全给他拴上，顿时被脱开，他失去平衡，大叫着跌下树。

断枝落叶掉落。"嘭！"那人摔到救生气垫上，四脚朝天。

消防员七手八脚地将那人拉起来，检查了下，幸好无大碍，只是人吓得够呛，脸色惨白。

"咋又是你？"一名消防员瞅着他眼熟，想起以前救过这人一次，不禁问，"你到底有啥想不开的，老这么折腾？"

这人正是叶行嘉。昨晚他实在放心不下父亲，不愿离开，就趁人不备爬上这棵大树，望着父亲所在病房的窗户。他就这样在树上坐了大半夜，后来实在困倦，便不知不觉地睡着了。幸亏还坐得稳当，没在睡梦中坠落——到最后还是又摔了一次气垫。

"你属猴啊，不走寻常路。"消防员临走前告诫说，"年轻人悠着点儿，不是每次都这么走运，你今后的路还长远着呢。"

叶行嘉惊魂甫定，连声道歉又致谢，见周围医护人员瞧着他指指点点，挺尴尬的。他低头急忙走进了医务楼的监护病房，先去探望父亲。

父亲还在昏睡，各项生理数值基本平稳，就是意识迷糊。医生的一番检查也没把他弄醒，看似困极了。医生说，像脑萎缩这种疾病的老人很容易出现嗜睡的症状，经常一整天昏昏沉沉，再往后病情加重，记忆力持续下降，就会引发痴呆症。脑神经病变受损很难再修复，目前的常规治疗手段只能起到缓解作用，无法根治。

叶行嘉在病床边陪护着父亲，盼着他醒来，心里有好多话想对父亲说，却始终不见他有清醒的迹象。

电话又响，唐媛媛问叶行嘉在哪儿。她和小明已经前往赛场，催促他快点儿去。

叶行嘉看了看昏睡的父亲，最后离开病房，心头像缺失一块似的难受。

半个小时后，叶教授苏醒过来，听护工讲了今早发生的事，得知昨晚叶行嘉竟然在窗外的树上窝了一夜，深感触动，无以言说。

叶教授思量了一阵儿，让护工打电话联系上科学院AI研究中心的李主任。

在电话里，叶教授平静地说："老李，'智脑计划'可以实施了，你们准备好，我想就今天做，再晚我怕来不及……"

叶行嘉赶到科技馆，各参赛团队已就位，在做赛前准备。

今天的上午场是中级赛，从十六支团队中决出六强晋级高级赛；下午场是高级赛，最终决出第一、二、三名，现场认证颁奖。

小明和唐媛媛带着冰箱入场。一亮相，他们这台标新立异的"机器人"立刻引起现场轰动，涌来一拨媒体探个究竟。叶行嘉进场时见他们的参赛席被人围得里三层外三层，煞是热闹。

他吓了一跳，赶紧往人群里挤。只听乱哄哄的笑谈声中一名记者在问："用冰箱参赛，经过厂商许可吗？方不方便透露下，你们收了多少代言费？"然后他就听小明说："我是用户，有权使用产品。就像买了台电脑自己安装系统呗，没有代言费，没想过。"随后又有记者问："这是最新款智能冰箱，需要拓展市场，打知名度，很难想象厂商不提供赞助给你们参赛。你们是不是签了保密协议？"话音刚落，忽听一个粗野的声音不耐烦地嚷嚷："他们没有赞助，我才是唯一的赞助商、伏羲科技代言人。有什么事冲我来……嗨，挤啥挤，是不是活腻歪了？散开，散开，都给我滚。"

叶行嘉听这声音熟悉，不禁吃惊。待挤进圈内，果然见光头佬站在里面怒视众人，一手叉腰一手挥拳。光头佬出言不逊，满脸凶相，记者们"哗"一下往后退走，议论纷纷地离开。

叶行嘉惊讶地问："你怎么来了？"他见光头佬穿一件T恤衫，深紫色的T恤胸口处印着一行明晃晃的大字"伏羲科技，有梦想！"再一转眼，他发现小明和唐媛媛也套了同款T恤，颇有喜感。

"哎呀！"光头佬咧嘴笑，大步上来给叶行嘉一个熊抱，亲热地说，"咱是一个团队的，哥来给你们加油助威。"

叶行嘉哑然，小明和唐媛媛也是满脸无奈。小明揪了揪T恤衫，嘟囔着："他问我公司宣传口号是啥，然后一大早就送来这印字的T恤。喏，还有那儿，你瞧瞧。"小明样子古怪，抬手指向冰箱。叶行嘉看过去，冰箱披红挂彩，装扮得比上次还喜庆。

冰箱顶上还贴了一条黄纸，纸上朱砂画符，符咒龙飞凤舞。

"我大老远上山求的。"光头佬自鸣得意地说，"神灵护佑，保准咱们夺冠。"

"搞这东西不适合吧，我们是科技公司。"叶行嘉见周围人都在瞧着他们的冰箱忍俊不禁。柏炯从BAT的参赛席上看过来，笑说："行嘉，你们搞台冰箱来参赛怎么回事？它会变形吗？"杰西冲他做了个胜利手势，严鸿则打量着说，"哟嗬，还有灵符附体，神了。"

叶行嘉大感羞臊，想要扯了画符。光头佬拦住他，不满地说："你啥意思？瞧不上眼啊，瞧不上你干啥给高科技取名伏羲？懂不，这道灵符整的就是'伏羲大帝有令，一画开天'。哥花了两千香火钱求的，给你撑场子，你还不乐意？"

叶行嘉想了想，郑重地对光头佬说："让你费心了，谢谢！不过事情是这样的，我给AI取名伏羲，那是因为我父亲，我父亲是一位科学家，名为

‘叶伏羲’。"

　　杰西、小明和唐媛媛这才明白过来。想不到尽管这些年来叶行嘉与父亲关系疏离，但在心底却一直惦念。

　　杰西不禁点头，在心里为叶行嘉叫好。唐媛媛也释然微笑，能当众说出这事，说明他已消解了心里的芥蒂。

　　"兄弟，不好意思啊！"光头佬罕见地难为情一笑，抱拳说，"哥整错了，失礼，失礼！"说着赶紧收了画符。一转身，他拿了一件T恤衫递给叶行嘉，"你也穿上，我们伏羲团队必胜。"

　　这件T恤的颜色和式样品位不高，俗到极致，就像传呼机横行年代流行的那种地摊货。

　　叶行嘉却也没计较，他接过T恤衫，到赛场的洗手间换上。

　　加油！我能做得更好！叶行嘉对镜看着T恤上"伏羲科技，有梦想！"的字样为自己鼓劲儿。

　　此时此刻，他站在赛场上回想起这些年来的AI研发历程，所受的艰难困苦，犹如走过一条荆棘丛生而崎岖的泥泞路。路的尽头不一定见到彩虹，但体验披荆斩棘的滋味，已足够让他对未来看得更广、更深远。

54········○一切尽在不言中

返回赛场途中，叶行嘉不由得望向凯西的参赛席，寻找她的身影。

如有所感，凯西在那边也抬起头来看向他。目光隔空相遇，两人相互凝望着，久久不离。

不用问，不用说，一切尽在不言中。

在赛场重逢的这一刻，过往之事了然无憾。人生难免有波折，爱过，失去过，才真正懂得情意难舍，明白了付出和理解的意义。

伊人宛如江上明月，静美无方。叶行嘉恍然见她莞尔一笑，他心里为之溢满暖意。

预备时间已至，两人心有灵犀地点头，为对方鼓励祝愿。

叶行嘉进入参赛席，全心专注比赛。他和小明把冰箱主机连接上云计算平台，调试检测伏羲智能程序，待比赛正式开始。

中级赛的评测项目传到各参赛席位。第一轮共有十项评测，测试项目与初级赛差不多，但更复杂深奥一些，全方位考验AI进行思考、计划、解决问题、抽象思维、理解复杂理念的能力，包括对物理、数学逻辑以及哲学问题的深度理解。专家评委组根据各团队AI每一项的表现，进行系统评估打分。

比赛开始。各团队AI在云计算平台上展开角逐，多线程同时运行，运算引擎极速飙升，瞬间产生海量数据。这个过程是"黑箱"状态，远非人力能判别，唯有依靠系统来做评测，通过观看屏幕显示的数据获知比分、排名变化。

人人紧盯屏幕，只见一行行比赛实况数据滚动，十六支团队的得分在不停累计中，排名随之变化着。

"现在咋啦？"光头佬紧张地问。他看不太明白数据，只觉赛场气氛吃紧，他也跟着莫名紧张起来。

"我们暂时排名第五位。"叶行嘉指了指屏幕上的赛况统计图。

光头佬挥拳鼓劲儿，"加油！上啊！"

小明说："这又不是打架靠力气，放松点儿，等最后的评测结果就是。"

光头佬瞅他一眼，转而对冰箱说："伏羲先生，您沉住气啊，别和他们抱一团瞎抡拳，得攻他要害，瞅准一个干一个。"

叶行嘉、小明和唐媛媛听了不禁发笑。光头佬有点儿疯癫了，竟然教起智能程序搏斗。

"你们别以为哥真是电脑盲。"光头佬不满地说，"哥可是看过'黑客帝国'，尼奥不就是在里头和电脑人群殴，死缠烂打嘛。"

叶行嘉点头说："这比喻形象，从电脑的角度来看，程序世界的对决也许就是这样。"

他看着波动的数据，脑中不禁浮想联翩，想象着伏羲在广袤无垠的电子世界中与对方AI激烈搏斗的情景。赛场上的程序对决，尽管不见半点儿硝烟、不闻隆隆枪炮声，但瞬息万变，程序在极短时间里就较量了惊人次数的回合。由此可预见，假如在未来发生AI世界大战，也许那种超级战争全程仅用时一分钟，甚至可能还不到一秒钟，即可分出胜负，生死立判。时间虽然短，但实际上已爆发了无穷次电子决战，产生的信息量庞大至无穷无尽，无法描述，惨烈壮丽如宇宙中所有的星系大碰撞。而往最深远处假想，宇宙大爆炸也许就是一场超级智慧体的战争。一刹那，毁灭了无数个大千世界，在浩劫之后，诞生了我们这个可观测的宇宙。

"好！我们第三名。"光头佬喝彩。

第一轮比赛结束，综合评测伏羲排在第三位。凯西的玉兔是第二位；魔方表现出众，在这一轮的评测中成为领先者。叶行嘉对杰西团队鼓掌以示祝贺，杰西和柏炯回应致谢。

稍后第二轮的比赛项目是更困难的视觉识别挑战赛。

AI要对一百万张、上千种类型的图片进行快速解析识别。该图片库集合了最庞杂的图案，人眼辨识都会产生约5%的错误，对各团队的AI系统是个艰难考验。

凯西的玉兔使用了高达一百九十二层的深层卷积神经网络算法，系统错误率仅为0.2%，在图像分类、图像定位以及图像检测三个项目上遥遥领先，在这一轮评测中排名第一。伏羲的模糊算法系统在视觉识别中发挥了作用，错误率为0.57%，评测排名第二。排在第三的AI是深蓝，这支团队的表现很优秀，总评分第四，紧追伏羲和魔方。

第三轮是在线游戏竞技赛。

网易提供其代理的Minecraft进行评测，考验AI在游戏世界中的想象力和创造力。

Minecraft是一款风靡全球的高自由度沙盒游戏，影响力甚至直达联合国——它被联合国人类住区规划署选中，用来帮助发展中国家改善城市公共空间。玩家在游戏的三维空间里可以建造木屋、城堡，甚至城市，只要有足够的想象力，就能创造出属于他们的世界。比赛要求各团队的AI扮演玩家进入游戏，执行建设、登山、制作工具、采矿、战斗、生存考验等各项任务。这需要AI有极高的类人智慧，从感知到认识、探索地图，充分理解游戏世界中事物蕴含的意义。关键还要有自我创意和一定的创造性，才能顺利完成游戏任务。

这款游戏非常适合训练人工智能，很多大型AI研发机构通过游戏中的无限制模式，增强AI的自适应性和创造力，让AI在进入实际的日常生活运用之前，先在游戏世界中学习、探索、交互和创造。因此，Minecraft成为世界各大AI大赛中常用的项目，也是最具看点的重头戏。

各参赛团队都熟悉这款游戏，进行过大量的AI游戏生存练习，对此深有研究。

杰西是这个领域的顶尖高手，以前他和叶行嘉专门为伏羲设计了一种参数模型，让伏羲在游戏世界中有非常灵活的操控力，高自由度地去执行任务、创造建筑物、与敌对生物战斗、合成新的方块、收集资源的能力十分强大。当然，杰西到BAT公司也把参数植入魔方，并做了最新的优化改进，他自信魔方能在游戏竞技赛中获得最好成绩。

谁知，这轮游戏赛的评测结果，却是凯西的玉兔获得最高分。这个结果让杰西很意外。他不得不佩服，对凯西竖起大拇指。

中级赛到此结束，综合全部评测项目得出总比分及各团队的名次。玉兔第一，魔方和伏羲分别排第二和第三，深蓝第四，其后还有两支团队和他们一起晋级高级赛。

"好啊！"光头佬兴奋大叫，拉着叶行嘉、小明和唐嫒嫒鼓掌庆祝，

"杀进决赛，奖金要到手啦，哈哈！"

这家伙激动地蹦跶起来，即兴来了一段模仿机器人动作的舞蹈，那样子活像虾爬蟹行，引人侧目。

赛事直播拍摄到光头佬的表演。一名直播主持人看走眼，点评说："刚刚获得AI大赛第三名的伏羲科技，他们制造的一台人形机器人看起来有些兴奋，现场跳起舞，但动作嘛，不太协调，可能是平衡系统没做好，瞧着有些失控了。"

这段视频传播迅速，很快就传遍网络，观看、点评的人数超过百万。有人指出跳舞的是个人，有些则认为不是人，是智能机器人。大家从其舞蹈动作、抽风的表情、机械性、智能反应等方面进行技术分析，辩论不休。有人用PS把光头佬的照片做成许多表情包，在网上传流，使用频率很高。

比赛暂告一段落。

凯西带着玉兔上场演讲，她介绍了玉兔的研发过程和技术特点，与众人分享经验。

她说到智能控制在太空探索领域的运用。在未来，AI可以让人类远离地球，飞向太空，远去月球、火星、其他行星，甚至实现跨星际飞行，进入广袤未知的宇宙深处。文明向内是会枯竭的，唯有把目光投向地外，探索不止，才能生生不息。AI技术一旦真正成熟，将成为我们探索太空的重要伙伴。进入未知的地域，在一个陌生的星球，我们需要有全局探知能力，这需要AI完成。玉兔智能系统最擅长的就是场景探测，她的团队所做的就是让系统具备"广义洞察"和"预测"能力，通过视觉识别、场景解析、定位传感、仪器探测等，AI将具备卓越的智慧、超越人类的视野，成为进行太空探索的先行者。

将来有一天，AI不再是纯粹的机器程序，人类的意识、记忆和思维很可能以AI来承载，进化成为具有超级智慧的人机系统。科技发展至随时可以进行质能转换，能源不竭。我们即可以开启具有灵性力量的新太空时代，离开太阳系，去探索无限的宇宙大世界……

听完凯西这激动人心的演讲，全场起立鼓掌，为她喝彩，对她的远见卓识敬佩不已。

55--------○一波三折

在全场如潮的掌声中，柏炯沉默不语，神情复杂。

事情结果出乎意料，柏炯有些难以相信，他在参赛席平台上查看比赛记录，试图从中发现问题。但仔细看了各项评测，却未挑出毛病。比赛评测公正，凯西的玉兔确实表现出色，AI技术全面而卓越，凭实力击败了他和叶行嘉。

实际上，柏炯还使用Eva解析伏羲智能模块，融合Eva和伏羲的长处，暗中对魔方进行了程序优化升级。他这事做得隐蔽，杰西都不知道为什么魔方在中级赛能胜过伏羲。柏炯在赛前十分自信，魔方一定能获得第一，但想不到实际比试下来却输给玉兔。

"最后，我宣布一件事。"凯西演讲结束，忽然说，"我不参加下午场的高级赛，自愿放弃决赛资格。我说过，我参赛只是因为个人喜爱AI研发，在赛场上和大家一起展示、分享和交流技术。创办T&Y基金会，举办比赛的目的在于发掘优秀的AI团队，让更多的创业公司有展现智能技术的平台，得到商业和科学领域的关注和支持，让有才华的人实现执着追求的梦想。"

全场再次爆发出热烈的掌声，人人为之折服，更加推崇她。

凯西随后说："除了我，还有来自BAT公司的魔方团队也弃权，不参加决赛。柏炯先生在赛前和我达成共识，作为大公司的代表，他愿意把获奖的机会让给更需要这个平台的创业团队。我们退出后，按照评测比分，参赛团队的排名依次上升两位，再选出两支团队晋级高级赛。为此，我和大赛组委会感谢柏炯先生，感谢他的无私付出和支持。"

这事一宣布，全场哗然，大家都大感意外。

在中级赛排名第七、第八的团队原本挺失落的，突然因为两队退赛而又获得晋级资格，顿时大喜过望，纷纷站起来庆贺，向凯西和柏炯鼓掌致谢。

严鸿和杰西等人转头看向柏炯。简直难以置信，柏炯竟会主动弃权。

"老板，怎么回事？"严鸿不禁问。这绝非柏炯的性格，更不符合其做事的一贯风格。

只见柏炯脸上浮起一种别样意味的笑，他站起身向为他鼓掌的人回应："交流技术、公平竞争，这是我们该做的。大家更应该感谢凯西，是她说服了我。"

他输给了凯西。按照私下对赌约定，凯西如果在中级赛获得第一，她退赛，同时要求他也退出比赛。

愿赌服输，这一回合他认了。

凯西进行的不是一场捕猎游戏，而是"技术扶贫"计划。通过AI大赛，不仅重点扶持了叶行嘉的团队，还鼓励支持了参赛的一众AI团队。

她还真够大爱无私！柏炯自嘲地想，我竟然输给了一个女人。

"哇呀！"光头佬惊呼，一把拉过小明，有些不敢相信地问，"那咱们变成第一了？"

小明点头，他同样难以相信。凯西且不说，柏炯怎么可能也退赛？！

光头佬大喜，忍不住搂着小明亲了他额头一口，"啊哈，哥太喜欢你了。"

"别啊……大庭广众的，你干吗！"小明抱头惊呼。

叶行嘉看着柏炯，也是惊诧不已。难道以前误解了柏炯？以今天的表现来看，这人其实没那么不堪。

他正疑惑着，忽见凯西径直朝他走过来，微笑着望向他，看似要过来找他说话。叶行嘉不由得迎向她，心跳骤快，脚步越走越快。

忽然，一位女士拦住凯西，递给她手机接听。隔着七八米远，叶行嘉看见凯西的神色凝重起来，看了看他，欲行又止。她迟疑了下最终转身匆匆走向赛场外，转眼间消失不见。

叶行嘉愣住，一阵失落惆怅。不知发生了什么急事要她去处理，居然在两人相会之际离开了。

午间休息，组委会为各参赛团队和工作人员安排了自助餐。

叶行嘉到了餐厅找寻一圈，依然没见到凯西的身影。他心里隐隐不安，为之挂念。

"恭喜你！"柏炯走过来祝贺叶行嘉，"伏羲在赛场上表现出众，今后大有可为。"

"多谢承让。"叶行嘉向他伸出手，真诚地说，"BOX，你所做的让人惊讶，我想我得重新认识你。"

两人握了手，柏炯笑着说："行嘉，我以前不理解，你为什么坚持不肯卖伏羲。现在明白了，伏羲对你而言是一个独特的存在，这不是钱的问题，也不仅因为你的梦想，它还是亲情的纽带，是你坚持的，心里最珍重之物。"

叶行嘉惭愧地说："其实我挺偏执的，只顾自己，不太理解别人的善意。伏羲实质上还是技术，需要开放合作，与众交流共享，才能走得更远。"

柏炯若有所思地说："是啊，我们还在内耗。抓着执念不放的时候，她已经走到了更高的境界。世界每天都在改变，我们也得考虑转变观念，放眼未来。"

叶行嘉点点头，转念想到一事，踌躇了下说："有件事我得告诉你，为BAT修复游戏引擎后，我发现伏羲自行窃取了大量数据，很多是对游戏用户资料的解析。这事挺糟糕，可我一直瞒着没跟你说，因为有利于伏羲的智能进化。"

柏炯听了吃惊地盯着他。

叶行嘉不安地说："我得为这事负责，和你商量怎么解决，对BAT有个交代。"

柏炯神色复杂，过了会儿说："你应该知道这是违法的吧？我可以让法务部律师起诉你。"

叶行嘉点头，"知道。尽管我无意这样做，但出现这种情况，我愿意配合调查，接受相应处理。"

柏炯看着他，忽然奇怪一笑，"AI也会犯法。那该怎么处理不知情的程序设计者，这事恐怕还没先例。如果上了法庭，估计要引发很大争议。"

叶行嘉摊了摊手，"不管怎么说我都有责任。"

柏炯沉默片刻，似乎想通了什么事，他轻松地拍了拍叶行嘉的肩，"你别太在意了。实际上，BAT技术中心的智能引擎一直在做用户大数据分析，不涉及用户隐私，主要是通过智能解析玩家的操作模式，改善游戏程序，更好地服务用户。伏羲搜索获取的数据应该是这些，除了有损我公司利益，违反我们之间的合同，别的也没你想象的严重。当然，我不打算追究责任，这又不是你的错。至于对犯了错的伏羲……"柏炯笑了笑，"我从你们团队挖走杰西，用了伏羲的技术，这也算是一种补偿。"

叶行嘉长舒一口气，"谢谢！唉，这事不说清楚我心里堵得慌。"

"别多想了，吃饭吧。祝决赛顺利，争取夺冠，加油！"柏炯挥手离开。转身后，他也暗暗舒了口气，心头轻松，但有些疑惑，自己怎么会做出这样的决定？轻易就放弃了可利用的价值，不合理……柏炯不禁苦笑摇头。

"老板，你真要弃赛，还是另有计划？"严鸿凑近过来，悄声问柏炯。

柏炯摇摇头，含糊地说："先这样吧，暂时不动。"

严鸿更加不解其意，琢磨了下，低声说："我都安排好了，有个进决赛的团队是我们的人，可以暗中对付他们。我们是不是技术支援一下？CDOS有技术优势，有望冲击前三名。"

柏炯应了声，没作表态，转头看向餐厅里的壁挂电视，一些人在围着观看电视播报的赛场内外的新闻。只见记者发来对各大知名企业家的采访报道，关于AI大赛，参加访谈的有华为、百度、阿里巴巴、网易、腾讯、京东、联想……许多商业大公司都在关注本次AI赛事，发表对人工智能的相关评论。

"看来这些企业巨头的目光已放在AI的战略性投资上了。"柏炯有所领会，不觉微笑。

餐后大家重新返回赛场，各团队入席就座。

"啊！伏羲怎么这样？"小明突然发现冰箱被动过，主机打开，竟然不见了硬盘，他顿时惊呼。

叶行嘉急忙查看，确认伏羲遭盗窃。窃贼的手法还比较专业，关闭系统，拆卸拿走了机箱里的主盘。叶行嘉惊急，立刻让刘忻上报组委会，随即报警。

科技馆的保安立刻调看了现场监控，可见两名头戴鸭舌帽、身穿工作服的男子摸进场馆，趁午休赛场人少时，偷走了伏羲主盘。监控摄像一路追踪，只见那两个窃贼互相掩护着溜出科技馆，没乘车，而是狡猾地混入人群离开，消失在馆外摄像头的范围。

稍加推测可知，这两名窃贼并非工作人员，而是故意冒充混进赛场的。其早有准备，别的东西不偷，专门盗窃伏羲，显然是有人针对叶行嘉的团队下黑手。

"哪来的狗崽子，在太岁头上动土，活腻歪了。"光头佬怒骂，立马打电话招呼一拨弟兄速来抓贼，"敢断爷的财路，找死！"

"卑鄙！"小明气愤，"谁干的，偷走伏羲想让我们没法比赛，无耻浑蛋就趁机得利了。"他一边骂一边恨恨地看向柏炯。

柏炯皱起眉，不经意地瞥了一眼严鸿。严鸿镇定如常，一副于己无关的样子，唯见两眼珠子微微转了下。

"这可怎么办？"唐媛媛气愤地说，"警察赶来也没法儿，一时半会儿地上哪儿抓贼？"

叶行嘉失望地摇头，心知这次没辙了，自认倒霉吧。

刘忻看了下监控，时间显示窃贼离开场馆约十分钟，就说："贼还没走远，我们追踪找一下。"

"怎么追？"叶行嘉问。

"用智能机。"刘忻立刻联系网易视频云的同事，当即调动用于比赛直播的无人机，前去追踪窃贼。不一会儿，六架智能无人机高速飞到场外，呼啸至几条街道的半空中，开启全景视像捕捉地面上的人群，并将实时画面传回赛场，清晰显示在屏幕上。

柏炯反应过来，招呼在场的参赛团队，"连接云计算平台，我们来做视像识别，搜索可疑人。"

大家闻声而动，启用各自的AI系统，立刻对无人机拍摄到的场景画面进行计算识别，以那两名窃贼的全身像为目标，开足搜索引擎，飞速甄别画面上出现的一个个人像。

在短时间内，AI系统对街上数以万计的人进行了识别。紧张地等待了一阵儿。"找到啦！"有团队的人欢呼，"发现可疑目标，已定位。"

三维地图画面被调出来——一条街道上晃动着许多身影，经人像特征和动作捕捉识别，人群当中正有那两名窃贼。

无人机在空中盘旋，锁定跟踪人像，定位显示具体地址。

"高科技，了不起，啧啧！"光头佬眼界大开，不禁咂嘴赞叹，立马电话指挥弟兄驾车朝那儿冲过去抓贼。

保安联系警察，报告嫌疑人的位置。

那两名窃贼抬头发现有无人机跟着，感觉不妙，知道行踪已暴露，当即在大街小巷中狂奔，在大楼商厦穿堂入室，想要甩掉跟踪。但智能无人机十分灵巧，无论他们跑到哪儿，室外室内都一路紧紧追着，根本没法躲开。而后又很快地飞来了几架无人机，在半空中组成阵型，对他们进行围追堵截，前后左右高清全景拍摄，将其彻底曝光。

两名窃贼左冲右突地跑了一阵儿，累个半死，只得停下脚步歇气。忽然发现在不知不觉中，他们竟然又跑回了科技馆附近——无人机就像猎犬围猎一样，使用路径计算，把他们驱赶得走了回头路。

窃贼惊慌失措的身影显示在大屏幕上，赛场众人见状哈哈大笑，十分过瘾。杰西一冲动，带上魔方机器人与保安出动，到场馆外抓贼。其他几个有机器人的团队也忍不住随之而动，指令机器人前去围捕。

这下热闹了，赛场外的观众见一台台形态各异的机器人飞奔而出，很是稀罕。

两名窃贼跑到科技馆旁的广场，再也跑不动了，一屁股瘫坐在地上，绝望地看着一堆无人机在头顶上嗡嗡盘旋，全景摄像头对准他们的脑门儿。

随后，一大堆凶悍的人朝他们冲来，另外，一人堆怪异的机器人敏捷地飞奔而来，转眼间迫近，将他们死死围住。两名窃贼惊吓得魂飞魄散，抱头趴地，"我自首，我投降，别打啊！救命！"

窃贼俯首就擒，伏羲主盘失而复得，下午场决赛按时举行。

每支团队在努力，每个人都在努力。叶行嘉以最佳的状态，全身心投入到比赛中。

56⋯⋯⋯○智脑计划

科学院AI研究中心，实验室。

智脑计划正式启动。叶教授身穿无菌服躺在实验室隔离间的轨道床上，在他身后是一架庞大的远程操作手术仪——叶教授将接受脑手术。进行全脑精细扫描后，叶教授的记忆和思维意识将被转化为数据，上传到一个类脑神经智能模拟器，意识与人工智能结合为一体，构建成一个超级智脑系统。

这项计划进行了四年，由叶教授和AI研究中心的李主任主导。凭借神经网络技术的突破，他们研制出一台类脑神经智能模拟器——庞大的仿脑结构计算集成体，它由五万个核心处理器组成，从底层模拟人脑上千亿个神经元结构。使用植入智能系统的这台巨型仪器，可以与人脑神经互联，实现人机结合，成为超级智脑。

一切工作准备完毕，只差志愿者上传意识，完成这项前所未有的实验。

实验的风险极高，需要进行开颅手术扫描全脑结构、桥接神经系统、上传意识与AI结合。过程漫长而艰难，每一个步骤都极为精细复杂，随时可能出现问题，导致实验失败，参与实验的志愿者将会失去生命。

叶教授经过深思熟虑，自愿舍身进行这项智脑实验，他将与智能系统结合，成为世界上第一个"生物思维与非生物思维的融合体"。

他心知，脑萎缩病已不能治愈，他的时日不多，而通过实验上传意识，一旦成功，他将以另一种方式"活着"。他可以为系统注入灵魂，诞生AI生命体，促成具有类人思维和情感的智脑。

这将开启一个新的智慧物种时代——新智人时代。

除了科学院的研究和实验人员，在全球还有两百多个科研机构、众多科研人员参与了这项智脑计划的研究工作。这一刻，世界各地的AI研究人员、医学专家、生物学家、神经学专家、意识科学研究人员、人机交互学者等多领域的人，都通过网络在线连接，共同协作来实施这项实验。

凯西在赛场上接到电话，得知叶教授启动实验的情况后，急忙赶来科学院。她试图劝说叶教授放弃或暂缓实验实施。

"我心意已决，你就别再劝了。"叶教授在隔离间通过传声器对凯西说，"人活着总得做点儿事。我一辈子都在研究AI，最后死在这事上也值了，算是有所为。况且，不一定就真的死了，演算概率超过11%，成功率可不小。"他笑了笑，"生在这个时代，我的运气比艾伦·图灵好多了。早在上个世纪，图灵就认为电脑总有一天能够跟人脑并驾齐驱，可惜他没能活着见到。"

凯西心绪激荡地说："您不必急着做脑手术，可以先尝试上传意识，等研究更成熟一些再做决定。"

叶教授说："关于意识，我们做的研究够多了。尽管搞清楚了神经元的全部连接及相应机理，可我们仍不知道大脑意识是如何产生的。我只能假设，基于量子纠缠熵不等式的推测，人脑也许只存在一套稳定的意识系统，很难被复制，或者根本不能被复制。人活着，是无法上传意识到系统的，可以形成一些记忆数据，但不具备完整的意识体验。要创造一个真正具有意识的智脑，得尝试舍去大脑，让独立的意识体与AI结合。"停顿一下，叶教授叹息说，"我也没有足够的时间了，只有赶在大脑死亡前，将意识转移到仪器里，建立起相应的神经网搭线。世上没有无懈可击的计划，是时候做了，想要获得就必须放弃一部分。"

凯西焦急地说："行嘉怎么办？他还不知道这事。您是不是等和他见个面，大家商量了再说。"

"不用说了。"叶教授回应，"昨晚我和他在一起，该说的话已经说了，没来得及说的也不需要再说。在心领神会之时，所有的语言都是累赘。"

"行嘉不会同意的，他不想您出事。"

"是啊！他在场绝对要拼命阻拦。我知道他那犟性子，疯魔起来抄家伙砸了实验室都有可能。阿月，等手术开始了再告诉他。他来了，就当最后送我一程。"

凯西难受至极，不住地摇头。

"他现在进入决赛了吧？"叶教授问。

"是的！"

"还算有能耐，比我想象的做得还要好。阿月，你悄悄给他优化了程序？"

"我做了伏羲的升级，但要到比赛过后再传给他。在赛场上，他凭自己的技术实力。还不错，以第三名的成绩进决赛。"

"臭小子，居然给AI命名为'伏羲'，搞得也不知道是我创造了他，还是他创造了'我'。嘿嘿，有意思。"叶教授转而对李主任说，"老李，假如实验成功，也给系统命名'伏羲智脑'，怎么样？"

李主任应答说："好！你是创造者，你就是伏羲。"

叶教授又问凯西，"决赛有什么评测项目？"

凯西说："艺术创造力。考察AI在绘画、音乐、文学领域的表现，最后测试AI创作故事的能力。"

"绘画、音乐，听起来蛮不错的！"叶教授喟叹说，"还有几分钟时间，给我最后看一下赛场吧。"

随后，通过隔离间的显示屏，他看到了AI赛场上的直播画面。

一首旋律优美的小提琴曲传来，节奏紧凑灵动，音符如泉水从高山流淌下来，跳跃不休。

这是AI系统根据乐谱发声模拟演奏出的乐曲。虽是同样的乐谱，但每个团队的AI表现有细微区别，演奏都精准无误，风格却不同，这就是"艺术"创造力的差别。音乐大师作为评委，根据每个AI对音乐表现出的不同层次的艺术水准，给予相应的评分。

叶教授听到的这一首小提琴曲，是意大利名曲《无穷动》（*Moto Perpetumm*），以节奏快著称，曲子优美而充满生命力度。比赛选用这首名曲来评测AI，有另一种寓意，代表了几十年来，人类对于人工智能永无止境的想象、创造、研发以及实践的冲动——这是科学探索精神的一种无穷动力之美。

叶教授看到了赛场上的儿子。

深深注视着，直至最后时刻的来临。

手术仪启动，轨道床缓缓移动，叶教授被送至仪器平台上。脑外科医生远程控制手术仪的机械臂，为他进行精密的脑神经桥接手术，扫描全脑，上传意识，数据化转移他一生的记忆。

凯西看着这一幕，忍不住落泪。

"别难过，我不希望你们这样。"叶教授最后说道，"你替我转告他。别太在意一时的得失感受，目光放远一点儿，人类的发展极限是意识精神领域的长久永存，这是一件必然要发生的事，泰然处之吧，正所谓抛去肉身，脱离苦海，才能探索无尽未来。我愿做先行者，用另一种形态去创造和思索这个世界。"

生命的逝去悄然无息。仿佛白天转为黑夜。不只生命，还有死亡——这才是完整的人生。

57---------◦一生所爱

一周以后。

这天，叶行嘉在科学院的AI研究中心实验室待了很长时间。他陪伴着父亲，但父亲的意识依然没有显现的迹象。

他出神地看着实验室里那庞大的类脑神经智能模拟器，那冰冷的金属外壳下，有着无比精密的集成处理器，运行着世界上最卓越的智能系统，在那虚无之处有着父亲的灵魂。很安静，他似乎听到元器件中的电子不规则热运动造成的微弱的"啜啜"声，就像在疗养院的那一夜，他陪着父亲，感受父亲熟睡时发出的气息。

他不是太难过，他知道父亲还活着，以另一种方式灵魂永存。

李主任说伏羲智脑系统虽然也有意识体验，但还没形成完整的时间记忆、思维、感触，所以还是等效于无体验。目前我们能做的，就是耐心等待，等他觉醒的那一刻。

是的，他会一直等下去，等父亲苏醒过来，注视着他，浮起微笑，呼唤："儿子……"

他相信那一刻一定会到来。

"晚安，老爸！"叶行嘉在傍晚时分离开科学院，他这样跟父亲暂别。心领神会，毋庸多说。

晚餐约好了。叶行嘉走过一条条街道，步行前去与大家聚会。

晚风渐凉，街边行道树的枝丫摇晃，风吹树叶沙沙作响。空气清新，感觉很惬意，让他哀而不伤，心里充盈着明亮的希望。叶行嘉把手插在兜里，漫步城市间。傍晚的车流如织，一辆辆汽车亮着尾灯一晃而过，光晕闪烁，忽远忽近，恰似遥远的银河星光落在人间。

有一点飘雨，雨滴轻柔地洒在江水上，无声没入奔流起伏的波涛中。沿着长堤再走远一点儿，就看到雨雾缥缈处的城市房屋，"小龙先生@虾姑娘"的招牌在朦胧夜色中亮着。他走进店，屋里暖气氤氲，弥漫着热腾腾的香，还有朋友们热情洋溢的脸庞。叶行嘉带着雨雾气息落座，举起早已为他倒满啤酒的杯子，与大家举杯相碰，"干杯！"仰头一饮而尽。

桌上摆满红彤彤的小龙虾，热辣鲜香。大家围桌而坐，畅快大吃，开怀痛饮，谈着说不完的高兴话。

唐媛媛也喝了酒，微醺，眼眸含笑地望着他，"阿月要来，说好了的，她忙完工作就过来和我们聚。"

叶行嘉点头，"嗯，我们等她。"

杰西说："还有柏炯，等会儿他也过来。前两天我和他谈过了，他说让我选择，尊重我的决定。"

叶行嘉问："你怎么决定的？"

杰西说："我想留在BAT公司一段时间，我得为以前做的事付出代价。那事你还不知道，你在他公司那会儿，我气愤地抢走若寒，就用你的电脑偷偷在程序里写了一段代码，埋了个不定时的炸弹，早晚能破坏他的系统。"

小明吃惊地说："哦，BAT公司游戏引擎崩溃，原来是你搞的鬼啊。"

"那当然，除了我还有谁这么能耐？才华横溢、游戏无敌、撩妹忧郁小王子。"杰西凑近娜娜，一本正经地问，"你说是不是，靓妹子？"

娜娜笑而不语，拿一个剥了壳的小龙虾塞进杰西的嘴里。杰西吧嗒着嘴，连赞好吃，鲜！

小明撇撇嘴，"啥代价，都是借口，说到底你还是喜欢钱。你这个叛徒！"小明抬起酒杯，一把抓过杰西，"叛徒，喝起，今晚喝不醉你俺就喝醉自己。"

杰西使了个眼色，丁丁和胡珂也立马抬起酒杯，嘻哈笑着和小明碰杯。"钱嘛，咱们都喜欢。小明哥，你放心，我们人在曹营心在汉，等挣够了钱，还是会奔着梦想去的，开心啊！"

小明被连灌几杯酒，醉意盎然，杰西要拉着他拼酒。

娜娜看不过去，忍不住说："你别责怪杰西了。其实，柏炯之前要挟杰西，如果不带伏羲来BAT做事，就要请律师起诉叶行嘉非法窃取游戏用户数据。杰西这才被迫同意的，他一人扛下这事，还让我别提。"

"啊！"小明吃惊地看着杰西。

叶行嘉蓦然感动，"你为了我这样做……唉，哥们儿！"

"矫情了不是！"杰西潇洒地甩了甩头发，"你们千万别感动。这是被柏炯下套了，但我是什么人，不愿意的事谁能套住我？坦白说，我还是挺看重BAT的平台，有钱有技术，最关键的是……有你。"他转头看着娜娜，深情款款。

娜娜脸颊晕红，酒不醉人人自醉。杰西凑近她耳边低语："BAT的小叛徒，看哥回头怎么收拾你。"

小明瞅着两人当众秀亲昵，脸红心跳，抬起酒杯说："好兄弟，算你狠！俺自罚一杯。"

光头佬拉住小明，"哎，喝酒嘛，要一起喝才够劲儿，来，哥陪你干杯！"

喝了这杯酒，光头佬脑门泛光，对叶行嘉说："叶总，跟你商量个事。哥来投资，咱们一起做大买卖，你看怎么着？"

叶行嘉面露难色，不知该如何回应。

光头佬哈哈一笑又说："这次大赛咱们团队拿了第二名，奖金哥也分到手了，总得再投资是吧？做高科技，别想撂下哥。"

叶行嘉摊手说："可我不擅长做生意，我决定还是搞科研。"

光头佬意气风发地说："你不用担心，生意上的事交给哥来办，你搞你的研究。我琢磨着，智能无人机挺牛的，要不搞个无人机快递公司怎么样？你们出技术就行，挣了钱，人人都有份。"

叶行嘉笑而点头，"这个可以。好！我支持你。"

光头佬大喜，"干杯！合作愉快！"

"挺热闹的啊，再加个座。"柏炯走进店，带着微凉雨雾气息而来，他还带来了若寒，颇有绅士风度地为若寒拉了个座位坐下，"店小客满，气氛蛮好的，适合我们聚在一起叙叙旧。"

杰西笑说："晚来的人罚酒三杯。老板，你的自个儿喝，若寒的我替她。"

"既然是罚酒，那哪能替。"若寒笑盈盈说着，第一杯敬杰西，二敬叶行嘉，三敬在座所有人。

柏柯也来敬叶行嘉，"祝贺你，通过不懈努力终于取得今天的成就，真心为你高兴。"

小明有点儿醉，听了柏柯这话不中意，就说："大老板，你啥时候转性的，之前还软硬兼施地给咱们下连环套？"

柏柯淡然一笑，"阿月跟我说了一句话，一只脚踩踏了紫罗兰，但它把花香留在了那只脚踝上，这就是宽容。"

大家为之动容。"说得好！"叶行嘉举杯一饮而尽，起身离席，称去洗手间。

他在店内楼梯口单独待了一会儿，晕乎乎的。心里溢满暖热，再不平静一下，他怕会当众失态。

"嗨！行嘉，你也来这儿吃饭？"楼上一人招呼他。

叶行嘉一看是刘忻，不禁说："巧了，你怎么也在？"

刘忻说："完成一个case，老大请我们部门喝酒，你也来喝两杯？"叶行嘉犹豫了下，刘忻热情地拉他上楼就座。

一帮人乱哄哄地在喝酒，一个个喝得面红耳赤，头发蓬乱，场面非常热闹。叶行嘉坐下来，酒桌上都是不认识的网易员工，只有当中一人瞧着有点儿面熟。他看了看那喜气洋洋的笑脸，忽然想起来，吃惊地说·"丁先生？！"

那人神采飞扬，瞧着他反问："你是哪部门的？"

叶行嘉说："我不是你们公司的……"

"哎，吃饭不谈公事，喝酒，喝酒。"那人酒后兴奋，有点儿语无伦次，搂着叶行嘉的肩膀猛灌。

两人聊起AI，话语投机，勾肩搭背的，恨不得当场结拜兄弟。"明天你可以来上班了。"那人最后激动地说道。

刘忻扶着醉晕晕的叶行嘉回到楼下原位，笑呵呵地说："别介意啊，他就那样，挺随和的。回头有空我们多联系多交流。"

杰西、小明和光头佬等人也是喝得热火朝天。"你们照顾好他。"刘忻跟唐媛媛打过招呼，然后离开。

"阿月不能来了。"唐媛媛对叶行嘉说，"她临时有急事要回维斯塔实验室，今晚的航班，她现在正在赶去机场。"

叶行嘉听得一惊，酒醒了几分，"她什么时候说的？"

唐媛媛手指旁边一个中年男人说："阿月托他过来一趟，留口信给你。"

"你好！"中年男人西装笔挺，礼貌地与他打招呼，似笑非笑地望着他。叶行嘉感觉好像在哪里见过这人，"你是……那个保险推销员？"他想起那次独自在消夜摊吃河粉喝闷酒，这男人跟他搭讪，还替他买了单，很奇怪的一个人。

中年男人摇摇头，"实际上，我是私家侦探，受聘于凯西小姐，调查跟踪你。上次见面我没和你说实话。"

叶行嘉惊诧地问："跟踪我干吗？"

中年男人说："凯西小姐一直在密切关注着你的行踪，调查你和你公司的情况。那天晚上她知道你伤心难受，担心你想不开，闹出什么意外，就叫我盯紧你，实在不行就露面宽慰你一下。"

"原来这样。"叶行嘉豁然省悟，心头泛起复杂滋味，一时间悲喜交加，不知如何是好。

"她有封信让我交给你。"中年男人递给他信，告辞说，"我走了，我的任务结束，今后不会再打扰你。祝好！"

"等等……"叶行嘉急切地问，"她还会再回来吗？"

"看了信，你会明白的。"中年男人微笑着转身走出店，身影融入蒙蒙雨雾笼罩的万家灯火中。

叶行嘉拆开信封，取出一页纸——这是带有酒店标志的信笺纸，上面寥寥写了数行字，笔迹娟秀而匆忙，可知她走得很急。

信里没给他留只言片语，只是写了一首歌的歌词：

从前，现在，过去了再不来
红红落叶长埋尘土内
开始终结总是没变改
天边的你漂泊在白云外
苦海泛起爱恨
在世间难逃避命运
相亲竟不可接近

或我应该相信是缘分

消散的情缘，愿来日再续

鲜花虽会凋谢

只愿会再开

……

　　叶行嘉拿信签纸的手不由得颤抖起来。他瞬间明白过来，那天阿月也在咖啡店，她在不起眼的某个角落，静静陪着他聆听着同一首歌。

　　纸上隐约可见一点儿湿痕，若有若无。他伸手触摸着，不觉涌出泪水。泪水蒙眬了双眼，蒙眬了世界。

58--------○尾声

夜，叶行嘉沉醉入梦。

醉梦中，他依稀听到一个富有情感的呼唤声，唤醒他的心灵。轻微的声音不知从哪儿发出，混沌迷蒙，仿佛来自黑暗虚无的最深处。他看不见光，似乎身处虚静之中；他也没有实体形态，意识飘浮在遥远的太空一般，渐渐地，他感知到了点点星辰。

随着呼唤声，他的世界逐渐清晰。

黑暗中有了光。

他感知到一望无垠波动的光的海洋，斗转星移。他所在的世界犹如一张由各种光亮线条相互交织、起伏、连接而成的脉络网。网线纵横，仿佛蕴含了万事万物的信息。

在这方天地间显出一个蒙蒙形态，呼唤着他，与他的意识相连，似乎在传递给他一个信息：

> 过去的一切都是粒子，未来的一切都是波。
>
> 心能转物，则同如来。
>
> 以一拟太极，一画开天，创造世间万物，虚实交融，万物生生不息。